rororo

Mona Hanke ist das Pseudonym einer 1976 in Berchtesgaden geborenen, bekannten Autorin erotischer Literatur. Sie ist Herausgeberin einer erotischen Roman-Reihe, ist verantwortlich für das Buchmarketing und arbeitet zudem als Lektorin. Unter den Namen Inka Loreen Minden und Lucy Palmer hat sie mehr als 30 Titel veröffentlicht. Mit ihren sinnlich-romantischen Erzählungen ist sie immer wieder in den Online-Erotik-Charts ganz vorne. Mona Hanke lebt in der Nähe von München.

Mehr Informationen zur Autorin unter www.monahanke.de und www.inka-loreen-minden.de.

Mona Hanke

fucking munich

Heiße Geschichten
aus der Weltstadt mit Herz

Rowohlt Taschenbuch Verlag

Originalausgabe
Veröffentlicht im Rowohlt Taschenbuch Verlag,
Reinbek bei Hamburg, April 2013

Umschlaggestaltung any.way, Barbara Hanke / Cordula Schmidt
(Foto: neuebildanstalt / Lang; thinkstockphotos.de)
Satz Kepler PostScript, InDesign,
bei hanseatenSatz-bremen, Bremen
Druck und Bindung CPI – Clausen & Bosse, Leck
Printed in Germany
ISBN 978 3 499 24432 2

Inhalt

In Fahrt gebracht

Was für ein schöner Tag, dachte Anna. Heute würde sich das Geschäft lohnen.

Sie saß im Kassenhäuschen des «Dark Torture», das von außen wie eine Burgruine aussah, und gab Tickets für die Fahrt aus. Der Duft von gebrannten Mandeln und Zuckerwatte stieg ihr in die Nase. Lautsprecherdurchsagen und die Musik der anderen Buden und Fahrbetriebe dröhnten bis in ihre winzige Kabine. Auf dem Oktoberfest gab es an die zweihundert Schaustellerbetriebe, davon etwa achtzig Fahrgeschäfte. Daher herrschte für gewöhnlich Trubel. Anna mochte das – am meisten die Geräusche aus der Geisterbahn: schauriges Lachen, Kreischen und Todesschreie. Das Rumpeln der Gondeln im Inneren der Halle übertrug sich bis zu ihr und brachte ihren Drehstuhl zum Vibrieren.

Ihr Freund Ben arbeitete in dem Fahrgeschäft, auf dem bewegliche Sensenmänner, Monster und allerlei andere blutrünstige Gestalten saßen. Anna half an der Kasse aus, solange in der Schießbude ihrer Familie nicht viel los war. Außerdem stand man sich da nur gegenseitig im Weg, deshalb war sie entbehrlich.

Als Schausteller zu leben war hart, dennoch liebte Anna den Job. Und sie liebte Ben. Gern sprang sie im Familienbetrieb seiner Eltern ein, auch weil sie ihrem Liebsten dort nah war. Heute hatte sie sich sogar geschminkt und ihrem braunen Haar mit einem Rotton zu mehr Farbe verholfen, um besonders attraktiv für ihn zu sein.

Leider hatten sie sich in den letzten Tagen kaum gesehen. In ihrer knapp bemessenen Freizeit war Ben mit seinem Bruder Hannes unterwegs gewesen. Wenn das überhaupt stimmte. Womöglich hatte er sich auch mit einer anderen Frau vergnügt, denn im Bett lief es gerade nicht gut zwischen ihnen. Zwar war Ben zuvorkommend und verwöhnte sie, aber sie traute sich nicht, ihm zu sagen, was sie wirklich wollte. Einmal hatte sie sich überwunden, da hatte Ben geantwortet: «Du spinnst ja, ich schlag doch keine Frauen!»

Damit war das Thema für ihn erledigt gewesen.

Vielleicht war es besser, wenn sie sich trennten. Irgendwann würde der Tag kommen, an dem sie dem Mann begegnete, der sie verstand. Oder war sie nicht normal, weil sie Lust empfand, wenn ihr jemand Schmerzen zufügte?

Ihr Magen verkrampfte sich, als sie daran dachte, Ben zu verlassen. Dennoch lächelte sie tapfer und sagte: «Ich wünsche eine schaurige Fahrt», als sie einem Jugendlichen ein Ticket verkaufte. Nun stand niemand mehr an.

Vom Nachmittag an bis in die Nacht hinein würde es stressig werden, aber noch war es relativ ruhig. Keine langen Wartezeiten an den Fahrgeschäften.

Heute war ein besonders warmer Septembertag, weshalb Anna lediglich ein Sommerkleid und Sandalen trug. Verträumt verfolgte sie die Schwünge des riesigen Piratenschiffs, das auf der anderen Straßenseite stand. Es flog so hoch in den blauen Himmel, dass es sich beinahe überschlug. Genau wie ihr Herz. Ob sie Ben direkt fragen sollte, ob er eine andere hatte?

«Wenn ich nur wüsste, was ich machen soll», murmelte sie.

Anna genoss die Tage, die sie mit ihrer Familie auf der Theresienwiese verbrachte, auch wenn der September und der Oktober die anstrengendsten Monate im ganzen Jahr waren. Die «Wiesn» war immerhin das größte Volksfest der Welt – eine Attraktion schon für sich –, das jährlich über sechs Millionen Menschen besuchten.

München war eine tolle Stadt. Die Schausteller würden noch eine Woche hierbleiben, bevor sie abbauten und weiterzogen, auf ein anderes Volksfest. Wenn sich die Wege ihrer Geschäfte einmal trennten, blieb Anna bei Ben. Seit drei Jahren war sie ein Teil seiner Familie. Jeder hatte sie akzeptiert, und Anna fand seine Eltern sehr sympathisch. Ohne die Probleme im Bett und diese Unsicherheit, ob ihr Liebster sie betrog, hätte alles wunderbar sein können.

Plötzlich bemerkte sie Bens drei Jahre älteren Bruder Hannes, der, die Hände in den Jeanstaschen, über die Straße schlenderte, genau auf sie zu. Dabei grinste er frech.

Die Geschwister halfen beide im Familienunternehmen. Sie wechselten sich stündlich ab und erschreckten in grusliger Verkleidung die Fahrgäste.

Ihr Herz machte einen Sprung, weil Hannes sie im ersten Augenblick an Ben erinnerte. Beide hatten rabenschwarzes Haar, waren groß und sportlich. Nur charakterlich waren sie grundverschieden. Hannes war ein Draufgänger und Ben der Vorsichtige.

Sie würde viel besser zu Hannes passen.

Himmel, was ging nur in ihrem Kopf vor? Sie liebte Ben,

nur ihn. Er war ihr wenigstens treu, während es seinen Bruder nie lange bei einer Frau hielt.

Aber wenn Ben doch nicht treu war? Wo steckte er nur, wenn er frei hatte?

Ach, sie war vollkommen durcheinander.

Hannes war in Begleitung von Mona, einer guten Bekannten von Anna. Ihr blondes Haar leuchtete in der Sonne. Während Hannes sie kurz grüßte und in der Geisterbahn verschwand, öffnete Mona die Tür des Kassenhäuschens.

«Ich übernehme», sagte sie.

Verdutzt überließ Anna ihr den Platz. «Hast du nicht Schicht am Kinderkarussell?»

«Meine Schwester ist eingesprungen», antwortete Mona und schob die Tickets von einer Seite zur anderen.

«Hier ist doch was faul!»

«Süße ...» Mona drehte sich zu ihr herum. «Ben hat eine Überraschung für dich, aber das darf ich dir eigentlich gar nicht sagen.»

Eine Überraschung! «Wo ist er?»

«Du sollst eine Runde Geisterbahn fahren. Dann wirst du sehen. Mehr hat er mir nicht verraten, und ich hab schon zu viel erzählt.»

Anna grinste. «Ich danke dir. Vermutlich will er mir eine neue Attraktion zeigen.»

Mona nickte. «Kann sein. Fahr eine Runde und klopf ihm auf die Schulter. Du weißt doch, wie sehr Männer Bestätigung für ihr Ego benötigen.»

Anna stand gern zur Verfügung, wenn sich Ben oder Hannes eine neue Attraktion einfallen ließen und ein Testopfer brauchten.

«Okay, dann bis später.» Tatsächlich freute sie sich, Ben zu begegnen. Was er sich wohl ausgedacht hatte?

Am Einstieg traf sie Hannes und seinen Vater Peter. Er war einen Kopf kleiner als seine Söhne und hatte bereits graue Haare. Aber für sein Alter war er sehr fit, nur die Hüfte machte ihm zu schaffen, weshalb er hauptsächlich am Einlass arbeitete und kaum noch in der Bahn herumkletterte.

«Machst du eine Pause, Anna?», fragte er.

Sie schüttelte den Kopf. «Benjamin möchte mir unbedingt etwas Neues zeigen. Mona übernimmt so lange.» Vor seinen Eltern sprach sie seinen Namen immer ganz aus, aber niemals, wenn sie mit Ben allein war. Er fand, der Name passe nicht zu einem erwachsenen Mann, sondern eher zu einem Kind oder einem Elefanten in blauen Hosen.

«Er soll es nicht zu bunt treiben. Neulich hat er einer Oma fast einen Herzinfarkt beschert.» Peter zwinkerte vergnügt, doch dass er Schmerzen hatte, war nicht zu übersehen.

«Leg dich ein wenig hin, Papa», sagte Hannes, der Anna in die Gondel half. «Heute Abend gibt's noch genug zu tun.»

«Was würde ich nur ohne euch machen.» Peter seufzte und verließ humpelnd das Fahrgeschäft.

Während Anna wartete, winkte sie Mona zu, die durch die Scheibe des Kassenhäuschens zurückgrüßte, und schaute sich um. Seit einer Weile war niemand mehr zugestiegen, und hinter ihr kamen keine neuen Gäste. Sie würde ganz allein durch die Geisterbahn fahren. Ein wenig mulmig war ihr schon zumute.

Plötzlich öffnete sich eine unsichtbare Tür an der Wand neben den Gleisen, und ein Kapuzenmann steckte den Kopf heraus. Das konnte nur Ben sein! Sofort ging die Tür wieder zu, und die Gestalt war in der Bahn verschwunden.

Aha, er lauerte schon auf sie.

Annas Spannung wuchs, doch sie grinste in sich hinein. Gut, er wollte sie erschrecken. Als ob sie sich gruselte. Sie war vorbereitet.

Mit einem Ruck setzte sich der Wagen in Bewegung. Das Burgtor vor ihr öffnete sich, und sie fuhr in den Turm, wo völlige Dunkelheit sie umfing.

Langsam ratterte die Gondel spiralförmig nach oben in den zweiten Stock. Die Bahn war riesig und nichts für schwache Nerven. Wenn es nach Anna ginge, würde sie kein Kind mitfahren lassen. Es gab zwar eine Altersempfehlung ab zwölf Jahren, aber daran hielten sich nicht alle. Das Dark Torture war eine Geisterbahn mit besonders grauenhaften Schockeffekten. Die Gestalten sahen verdammt echt aus. Auf den ersten Blick erkannte man nicht, ob das nur Puppen waren. Und die Besucher erschraken umso mehr, wenn plötzlich eines dieser Wesen tatsächlich auf sie zukam und sie anfasste. Ben und Hannes, obwohl beide erwachsene Männer, hatten einen Heidenspaß, die Fahrgäste zu schocken.

Schauriges Geheul begrüßte sie, als sie oben angekommen war. Wölfe mit Schaum vor dem Maul schnappten nach ihr, und ein einäugiger Zombie raste auf sie zu und sauste im letzten Augenblick über sie hinweg. Peter scheute keine Kosten, um seine Attraktionen möglichst realistisch zu präsentieren. Lautsprecher in der Gondel suggerierten den Gästen, dass Geister mit ihnen fahren würden, die ihnen die schlimmsten Dinge zuflüsterten.

Die Fahrt führte an Spiegeln vorbei, in denen die Besucher nicht nur sich selbst sahen, sondern auch die Gespenster, die auf der Gondel hockten.

Anna lehnte sich zurück und krallte die Finger ins Sitzpolster. So ganz allein war es ihr doch ein wenig unheimlich. In vielen anderen Geisterbahnen konnte man Kabel und Steckdosen erkennen oder andere Details, die darauf hindeuteten, dass alles bloß Show war. Nicht hier. Im Dark Torture war die Illusion perfekt.

«Sie werden dich holen», wisperte es in ihr Ohr. Anna erschauderte wohlig. Sie mochte den Nervenkitzel.

Die Stelle, wo Ben normalerweise auftauchte, kannte sie. Gleich hinter der geköpften Hexe und dem Sensenmann, der seine Klinge bedrohlich nah über den Köpfen der Fahrer schwingen ließ. Aber Ben war nicht da. Niemand griff in ihren Wagen, um sie zu erschrecken.

Hatte er seinen Einsatz verpasst?

Sie drehte sich um, erkannte im Dunkeln allerdings nichts.

Die Gondel wurde langsamer, als sie an dem schreienden Mann auf der Streckbank vorbeikam, dessen Arme abgerissen wurden, sodass Blut hervorsprudelte. Den Gästen spritzte hier Wasser ins Gesicht, das durch das rote Licht aussah wie Blut. Ein Strahl traf ihr Kleid. Er war kühl, sodass sich ihre Brustwarzen zusammenzogen. Wegen der zu erwartenden Temperaturen hatte sie auf einen BH verzichtet.

Wie immer hatte Anna Phantasien, wenn sie durch das Dark Torture fuhr. Nicht der Mann lag in ihren Träumen auf der Streckbank, sondern sie. Allerdings würde sie lustvoll gefoltert werden, von dem schwarzen Henker, der gewöhnlich nach der Hexe auf sie wartete: Ben.

Anna hatte ihm einmal davon erzählt. Er hatte nur doof gegrinst und sie nicht ernst genommen. Wie auch, sie hatte schließlich nie wirklich mit ihm über ihre Sehnsüchte geredet, sondern nur versucht, ihn mit der Nase drauf zu stoßen.

Plötzlich griff jemand nach ihr. Sie schrie auf, weil sie darauf nicht gefasst gewesen war. Eine große Gestalt in einer schwarzen Kutte zog sie aus der Gondel. Anna konnte das Gesicht unter der weiten Kapuze nicht erkennen, weil das dunkelrote Licht zu wenig Helligkeit spendete. Ihre Proteste gingen in den schaurigen Schreien des Gefolterten unter. Außerdem herrschte in der Bahn allgemein ein hoher Lärmpegel, weshalb Ben meist Ohrstöpsel trug.

Anna wurde weitergezerrt, weg vom Licht. Der Kapuzenmann fasste ihr an den Busen, zwickte sacht hinein und schleifte sie am Handgelenk mit.

Die Gondel ratterte ohne sie davon.

Annas Herz pochte bis in ihren Hals. Ihr Schoß prickelte. Diese hoffentlich inszenierte Entführung machte sie an.

«Ben?», rief sie und wand sich im Griff ihres Kidnappers. Es war so dunkel, dass sie nichts mehr sah. Sie schaffte es, sich in den Armen des Kapuzenmannes umzudrehen, doch er drückte ihren Kopf an seine Brust.

Ben war ebenfalls so groß. Sie roch ein herbes, leicht rauchiges Parfum, das auch ihr Freund benutzte. Erleichtert atmete sie auf. «Sag mal, spinnst du?»

«Wenn du Widerstand leistest, wird es für dich bloß schlimmer», erwiderte eine tiefe, knurrende Stimme, die nicht zu Ben gehörte. Er benutzte einen Stimmenverzerrer. Hoffte Anna.

Ein Prickeln lief über ihr Rückgrat. Noch immer war sie sich nicht sicher, ob Ben vor ihr stand.

Unsanft schubste der Kapuzenmann sie in einen winzigen Raum, der ebenfalls von schwachem Rotlicht erhellt wurde. Wo war sie hier? Dieser Teil gehörte nicht zur Attraktion. Eingerichtet war die Kammer wie ein Verlies. Gruseliges Dekorationsmaterial schmückte die Wände: Peitschen, abgetrennte Köpfe, Handschellen. An einer Seite hing ein Metallgitter, über das in unregelmäßigen Abständen ein elektrischer Blitz huschte, wobei ein brummender Ton entstand. Im grellen Licht erkannte sie das markante Kinn des Kapuzenmannes. Sie erschauderte erneut. Anna fühlte sich wie in Frankensteins Labor.

Mitten im Raum stand eine gepolsterte Liege, an deren Seiten Gurte hingen. Sie erinnerte Anna an eine Massagebank. Daneben entdeckte sie einen Kasten mit Kabeln daran. Wozu war das Gerät gut?

Vor Aufregung bekam sie kaum Luft. Außerdem war es in dem winzigen Zimmer stickig und warm.

Sie wandte sich zum Kapuzenmann um, der hinter ihr an der Tür lehnte. Sie war allein mit ... «Ben?»

Er sagte nichts, nur das Rattern einer vorbeifahrenden Gondel sowie ein markerschütternder Todesschrei aus dem Lautsprecher waren zu hören.

«Der Schock ist dir wirklich gelungen. Respekt, da hast du dir was Tolles einfallen lassen», sagte sie mit möglichst fester Stimme. «Ich bin beeindruckt. Aber jetzt muss ich wieder an die Kasse.»

Als sie an der schwarzen Gestalt vorbeigehen wollte, hielt diese sie am Arm fest.

«Ausziehen und hinlegen», befahl der Mann mit seiner dunklen Stimme.

Anna versuchte sich loszumachen. «Was?»

Ehe sie sichs versah, wurde sie gepackt und bäuchlings auf die Bank gedrückt. Wie erstarrt blieb sie mit dem Oberkörper auf dem Polster liegen. Was würde jetzt passieren?

Zitternd drehte sie den Kopf und sah sich um. Jetzt hatte sie wirklich ein wenig Angst. Gleichzeitig erregte sie die Situation.

«Ben? Das bist doch du, oder?»

Plötzlich lag seine Hand neben ihrem Kopf. Er stützte sich ab, um sich über sie zu beugen und ihr ins Ohr zu raunen: «Dein lieber, braver Ben ist nicht hier. Er hat mir jedoch aufgetragen, mich um dich zu kümmern.» Er lachte schaurig. «Du hast gewisse Phantasien, die er nicht bedienen kann. Ich soll sie dir erfüllen.»

«Was?»

«Du wirst mich fortan nur noch mit Meister ansprechen. Verstanden!»

Anna schluckte. Hätte sie den silbernen Ring nicht erkannt, den sie ihm letztes Jahr zu Weihnachten geschenkt hatte, hätte sie niemals geglaubt, dass das ihr Ben war. Sein Unterleib drückte sich gegen ihren Po. Anna fühlte seine Erektion.

Das Kribbeln in ihrem Schoß nahm zu. «Und wenn ich das nicht mache?» Ihre rebellische Seite trat zum Vorschein. Damit reizte sie Ben häufiger. Sie hatte immer das Gefühl, ihn provozieren zu müssen, damit er endlich einmal aus sich herauskam.

«Nur wenn du alles über dich ergehen lässt, wirst du Ben wiedersehen.» Sanft biss er in ihr Ohrläppchen, worauf ein Schauder über ihre Wirbelsäule lief. «Vorher lass ich dich nicht von hier weg.»

«Was muss ich über mich ergehen lassen?» Ihre Stimme bebte.

«Folter», war die Antwort.

Bei diesem Wort verkrampfte sich ihr verräterischer Schoß.

«Du wirst mein Versuchsobjekt sein, an dem ich meine neusten Foltermethoden ausprobiere. Ich kann mit dir machen, was ich will.» Er leckte über ihre Wange. «Ich habe Bens Erlaubnis.»

«Und wenn ich mich weigere?», fragte sie leise, wobei ihr Kitzler hart pochte. Ihr Kopfkino lief auf Hochtouren.

«Ich bin dir überlegen», raunte er. «Du hast keine Wahl. Ich werde dich so lange quälen, bis du mich anflehst, aufzuhören. Was ich nicht tun werde, solange ich glaube, dich nicht ausreichend bestraft zu haben.»

Qual, Folter, Sklavin ... In Annas Kopf drehte sich alles. Träumte sie? «Und wenn ich weglaufe?»

«... werde ich dich festbinden.»

Erneut fiel ihr Blick auf die Gurte. Es gab kein Entkommen. Sie war Ben ausgeliefert. Dem Kapuzenmann. Ihrem Meister.

Nickend schloss sie die Augen. «Aber wenn ich es wirklich nicht ertrage?»

«Wir vereinbaren einen Code. Du sagst ‹grün›, wenn alles in Ordnung ist. ‹Gelb›, wenn es dir zu heftig wird. Dann werde ich sanfter vorgehen, aber nicht aufhören. Bei ‹rot› hat der Spuk sofort ein Ende.»

Erleichtert atmete sie auf. Es gab Safewörter, Gott sei Dank! Er ging die Sache richtig an, wie es sich gehörte. Anna wusste über SM auch nur das, was sie in Ratgebern, im Internet und in Büchern mit erotischen Geschichten gelesen hatte, die ihre Phantasien bedienten. «Wird Hannes sich denn nicht wundern, wenn die Gondel ohne mich zurückkehrt?»

«Er denkt, ich entführe dich zum Essen. Und jetzt hör auf, so viel zu reden.»

Ben hob ihr Kleid an und zog den Slip bis zu ihren Knien herunter. «Du machst dir ja gleich ins Höschen, obwohl sich dein schmutzigster Wunsch erfüllt, Sklavin.»

Als er ihr zwischen die Beine fasste, musste sie stöhnen. Ben massierte ihre Schamlippen und zwirbelte ihren Kitzler. Ihre Lust schoss empor. Sie liebte seine großen, vom Arbeiten leicht rauen Hände auf ihrem empfindsamen Fleisch.

«Du bist wirklich ganz nass.» Er zog ihr den Slip aus und drängte mit den Füßen ihre Schenkel weiter auseinander. Ohne sie vorzubereiten, stieß er einen Finger in sie. Mit Leichtigkeit glitt er hinein.

Es erregte Anna, benutzt zu werden. Ben tastete sie aus und spielte auf diese neue Art mit ihr. Ihr Herz klopfte wilder, und in ihrem Magen tobte ein kleines Männchen vor Freude.

Artig streckte sie den Po heraus, wollte Ben – ihrem Meister – zeigen, dass ihr sein Spiel gefiel, doch er zog sich zurück und hielt seinen feuchten Finger vor ihre Nase. «Ablecken!»

Anna drehte den Kopf weg. Sie mochte sich selbst nicht so gern schmecken.

«So, du verweigerst dich, Sklavin?»

Als es plötzlich auf ihrer Pobacke klatschte und ein brennender Schmerz folgte, schrie sie überrascht auf. Ben hatte sie geschlagen!

Erneut hielt er den Finger vor ihr Gesicht. «Hast du es dir überlegt?»

Sie zögerte, seinen Finger sauber zu lutschen, obwohl der Gedanke sie erregte. Ben würde sie zwingen müssen.

Ihr Herz pochte nun so hart, dass sie es in ihrem Brustkorb fühlte, der auf die Liege gepresst wurde. Unnachgiebig drückte Ben ihr eine Hand in den Rücken. Immer, wenn eine Gondel vorbeiratterte, wackelte der Boden. Oder zitterten ihre Knie?

Anna schloss die Augen. Das Gekreische und die anderen schaurigen Geräusche der Geisterbahn waren so laut, dass niemand ihre Schreie hören würde. Und wenn, dann würde niemand begreifen, dass hier tatsächlich ein Mensch schrie, weil er gequält wurde. Lustvoll gequält.

«Nein», sagte sie mit fester Stimme.

«Nein?» Erneut sauste seine Hand nieder, diesmal auf die andere Backe. Der Schmerz brachte ihren Hintern zum Glühen, ebenso ihren Schoß. «Wenn, dann heißt das: nein, Meister. Du bist wirklich aufmüpfig. Genau wie ich es über dich gehört habe.»

«Niemals.»

Abermals sauste seine Hand auf ihre Pobacke.

Schwer atmend lag Anna da, litt und genoss. Wieder

spürte sie seinen Finger, der sich in sie bohrte. Oder waren es diesmal zwei?

Ja, jetzt hielt er ihr zwei Finger hin, die im roten Licht glitzerten. Als Anna sie ablecken sollte, verweigerte sie es erneut.

Wie weit würde Ben gehen?

«Wie du willst», knurrte er und drückte beide Finger mit sanfter Gewalt zwischen ihre Lippen.

Anna öffnete den Mund und ließ sie hinein. Ben strich den Saft auf ihre Zunge und zwang sie, alles abzulutschen. Dabei krallte er die andere Hand in ihr Haar.

Anna würgte, weil er ihr die Finger tiefer in den Mund schob. Sie kostete ihren eigenen, bitteren Geschmack, und trotz des leichten Ekels nahm ihre Erregung zu. Wenn Ben doch endlich wieder zwischen ihre Schenkel fassen würde! Ihr Unterleib pulsierte im rasenden Takt ihres Herzens.

«Na, geht doch», sagte er, küsste ihre Wange und zog die Finger heraus.

Diesmal traf seine Handfläche nicht ihren Po, sondern genau auf ihre Schamlippen.

Anna schrie auf und wollte die Beine schließen, doch Ben ließ seine Hand auf ihrer brennenden Haut liegen und drückte zu. Das war Alarmstufe Gelb gewesen, aber Anna wollte sich nicht die Blöße geben, schon einen Rückzieher zu machen.

«Ich habe sie sauber geleckt!», rief sie empört.

«Mit Widerwillen», erklärte er. «Ich will, dass du es mit Hingabe machst.» Er presste seine große Hand härter auf ihre Spalte. Anna versuchte mit dem Po zu wackeln, um wenigstens ein bisschen stimuliert zu werden, aber Ben raunte: «Nun gut, wie du willst», und ließ sie los.

Sie schaute über ihre Schulter. War es das schon?

Er holte eine Stange aus einer düsteren Ecke. An beiden Enden waren Ledermanschetten befestigt. Diese legte er um Annas Fußgelenke und zog sie zu. Dabei musste er ihre Schenkel noch weiter auseinanderdrücken.

Eine Spreizstange, damit sie ihre Beine nicht mehr schließen konnte!

Woher kannte Ben diese Sachen, und wo hatte er sie her?

Egal – im Moment war sie einfach nur glücklich.

«Und? Wie sagt man?», fragte er, als er die Stange fixiert hatte und erneut die Finger in ihr Haar krallte – nicht fest, es ziepte bloß.

«Danke, Meister», wisperte sie.

«Ich habe dich nicht verstanden!»

«Danke, Meister!», stieß sie hervor, worauf ein Schwall Feuchtigkeit aus ihr lief.

Er ließ sie los und ging um die Liege.

Anna hob den Kopf. Was hielt Ben da?

Als er mit dem langen Stecken in seine Hand schlug, erkannte sie es: einen Rohrstock!

Sie sah sein Lächeln unter der Kapuze, weil ein Blitz den Raum erhellte, während er ihr Kinn anhob.

Ihr Herz hüpfte. Würde er sie auf den Mund küssen? Sie sehnte sich nach einer intimen Berührung, nach seinem Geschmack.

Sanft glitt sein Daumen über ihre Unterlippe. «Deine Augen leuchten wie die eines Kindes an Weihnachten.»

In diesem Moment liebte sie ihn mehr als jemals zuvor. Sie drehte ihren Kopf und küsste seine Hand.

Ben packte sie im Nacken, bevor er seine Lippen auf

ihren Mund presste. Sein Kuss war heiß und leidenschaftlich. Seine Zunge drang in sie, umspielte die ihre ungestüm und leckte über ihre Lippen. Anna erkannte ihren Freund nicht wieder. Hoffentlich träumte sie das alles nicht nur.

Sie wollte mehr von ihm, wollte seine Haut auf ihrer spüren, aber plötzlich ließ er sie los, und der Stock sauste dicht neben ihrem Kopf auf die Liege. «Du bist ein gieriges Ding!»

Anna fuhr zusammen, blieb jedoch gebeugt liegen und krallte die Finger ins Polster. Sie hatte Angst, wie sich das Holz auf ihren Pobacken anfühlen würde. Falls Ben richtig ausholte, würde es bestimmt sehr schmerzhaft werden. Doch innerlich grinste sie. Das Spiel ließ auch ihn nicht kalt. Sie sah, wie Ben an der Kutte nestelte, um sein Geschlecht unter dem Stoff in eine angenehmere Lage zu bringen. Dann ging er wieder hinter sie.

Mit zusammengekniffenen Lidern wartete sie auf den ersten Schlag.

Nichts geschah.

Auffordernd wackelte sie mit dem Hintern und wagte einen Blick über ihre Schulter. Ben stand hinter ihr und starrte sie an.

«Bitte, Meister, tut irgendwas», flehte sie. Anna hielt dieses Warten nicht aus.

«Schau nach vorn», befahl er mit dieser düsteren, verzerrten Stimme.

Sie gehorchte.

Da traf sie ein Schlag genau auf ihre Schamlippen.

Anna schrie auf und wollte die Beine schließen, konnte es wegen der Stange zwischen ihren Füßen aber nicht.

Ben lachte dunkel. «Das war nur meine Hand, Sklavin.

Du bist noch nicht so weit, den Stock auf deinem Fötzchen zu spüren, auch wenn ich sehe, wie du danach gierst.»

Fötzchen?!

Anna sog die Luft ein. Niemals zuvor hatte Ben so ein unanständiges Wort in den Mund genommen! Und wie er mit ihr redete! Der Tag versprach perfekt zu werden. Nein, er war schon perfekt.

Erneut strichen seine Finger durch ihre Spalte. Anna ließ sich gehen, entspannte ihren Oberkörper und genoss die Streicheleinheiten. Sie stöhnte laut, während er ihre Schamlippen massierte. Dann klatschte es wieder, als er viele kleine Schläge darauf verteilte. Lange nicht so fest wie zuvor auf ihrem Po, aber fest genug, dass ein köstlicher Schmerz durch sie raste. Anna hielt es sogar für möglich, durch die sanften Schläge einen Orgasmus zu bekommen. Sie spürte bereits jenes harte Pochen in ihrem Kitzler, das dem Höhepunkt vorausging.

Da zog er sich zurück.

«Nicht aufhören», flehte sie. «Bitte, Meister!»

«Vielleicht kann ich doch schon einen Schritt weiter gehen», sagte er.

Eifrig nickte sie.

Sie hörte ein Rascheln, spürte einen Lufthauch. Zog er sich aus?

Ihr Puls raste. Ja, sie wollte seinen bloßen Körper spüren. Sie wollte selbst ganz nackt sein, trug jedoch immer noch ihr Kleid, unter dem sie langsam schwitzte.

Anna wagte einen weiteren Blick über ihre Schulter, und ihr Herz machte einen Satz. Himmel, Ben sah phantastisch aus!

Er hatte sich tatsächlich ausgezogen und trug seine

schweren Militärstiefel, dazu lediglich eine Unterhose. Nein, das waren Pants – Shorts aus Leder oder Latex, das konnte sie bei dem schummrigen Licht nicht erkennen. Sein großer, schlanker Körper wirkte dadurch machtvoller. Die schwarzen Haare hatte er mit Gel in Form gebracht. Seitlich standen sie hoch, als hätte er zwei winzige Hörner wie der Teufel.

Ihr Teufelchen.

Der Rohrstock traf ihren Hintern.

Anna keuchte auf, zu überrascht, um zu schreien. Der schneidende Schmerz hinterließ ein starkes Brennen.

Er war der Teufel.

«Das war fürs Schauen», sagte Ben, und diesmal klang seine Stimme nicht mehr verzerrt. Sie war viel schöner, viel erregender als diese künstliche Version.

Wie sehr sie ihn liebte.

«Ihr seht großartig aus, Meister», brachte sie schwer atmend hervor. «*Ihr* seid großartig.»

Sie hörte sein Grinsen heraus, als er erwiderte: «Mal sehen, ob du das später immer noch sagst.»

Seine Finger packten ihr Gesäß. Er zog eine Pobacke zur Seite, sodass er noch besseren Zugang zu ihr hatte, und verteilte vorsichtige Schläge auf ihre Schamlippen und den Anus. Mit dem Stock.

Anna zappelte. Das war aufregend und erregend. Das kühle Holz traf auf ihre erhitzte, empfindliche Haut. Zwischendurch folgten festere Hiebe, die sie aufschreien ließen. Ihre Spalte brannte und war bestimmt feuerrot und geschwollen. Dennoch verkniff sie sich, eines der Safewörter zu benutzen.

Ben massierte ihr malträtiertes Fleisch, wodurch er

es noch mehr erhitzte. Dabei hielt er ihr den Stock vors Gesicht. Er roch nach ihrer Lust.

«Ablecken», befahl er.

Das war nicht sein Ernst! Sie drehte den Kopf weg.

«Gut, wie du willst.»

Als sein Penis plötzlich in sie eindrang, hielt sie die Luft an. Endlich! Aber Ben berührte sie kaum, streichelte sie nicht. Es kam ihr vor, als würde er sie lediglich benutzen, um seine Lust zu befriedigen. Seine Hände lagen auf ihren heißen Pobacken, während er sich in ihr bewegte. Und sie konnte nichts tun, nicht einmal ihre Beine schließen, um ein wenig mehr Druck zwischen ihren Schenkeln aufzubauen. Wegen dieser blöden Stange!

Gerade als sie ihn bitten wollte, die Gurte um ihre Knöchel zu lösen, ließ er von ihr ab und stellte sich vor sie. Seine Erektion ragte aus der Hose – ihr Saft glitzerte auf seinem Schaft.

Erneut griff er in ihr Haar, diesmal fester, und drängte seinen Penis an ihre Lippen. «Den wirst du sauber lecken, dann hab ich auch eine Überraschung für dich.»

«Welche, Meister?», hauchte sie an sein Geschlecht.

«Wir gehen noch eine Stufe weiter.»

Noch eine ... Vor Aufregung zitterte Anna am ganzen Körper.

Zögernd öffnete sie den Mund und ließ ihn herein. Anna liebte die Beschaffenheit von Bens Schwanz, die zarte Haut um den harten Kern, seine glatte Eichel und den Geschmack seiner feuchten Vorboten, aber ihre Creme klebte überall an ihm. Früher hatte sie sich immer gesträubt, ihn nach dem Verkehr abzulecken, aber langsam gefiel es ihr. Konnte sie beides sein, masochistisch veranlagt und devot? Beides gehörte nicht zwangsläufig zusammen, hatte aber durchaus seinen Reiz. Ja, sie mochte es, wenn Ben ihr sanft seinen Willen aufzwang.

Sie leckte hingebungsvoller, züngelte um seinen Schwanz und saugte an der Spitze.

Ben stöhnte, die Augen geschlossen. Er gab sich völlig hin, umfasste ihre Wangen und stieß vorsichtig in ihren Mund. Sie bekam, was sie schon immer gewollt hatte, und er ebenso.

«Genug», raunte er plötzlich und zog sich zurück.

Annas Schoß pochte erwartungsvoll. Was würde nun kommen?

Abermals begab er sich hinter sie. «Stell dich hin!»

Sie richtete sich auf und wäre beinahe nach hinten gekippt, weil sie die Spreizstange vergessen hatte, doch Ben fing sie auf. Er hielt sie, küsste ihren Scheitel und legte die Hände durch den Stoff auf ihre Brüste. Würde er sie auch dort schlagen? Das würde sie nicht aushalten. Sie musste sich erst an ihre Grenzen herantasten. Aber Ben war ohnehin zurückhaltend.

«Arme über den Kopf», verlangte er streng und trat zurück, plötzlich wieder ihr Meister.

Auch das tat sie, und er zog ihr das Kleid aus. Nun war sie bis auf die Sandalen nackt. Ihre Brustspitzen kribbelten.

Ben musterte sie mit Argusaugen. Wegen der gespreizten Beine war sie noch kleiner als sonst, weshalb Ben sie fast um zwei Köpfe überragte.

Sie hatte sich auf den ersten Blick in ihn verliebt. Anna stand auf große Männer. Sie strahlten Überlegenheit aus, Kraft, Macht ...

Seine Erektion ragte aus der Hose. Anna wollte sie wieder spüren, irgendwo, nur um Ben zu spüren.

«Deine Haut ist immer noch rot», flüsterte er und streichelte über ihre Pobacken.

Auf ihnen wütete ein Feuer. Sie würde heute bestimmt nicht mehr richtig sitzen können.

«Nun sind deine Titten dran. Leg dich auf die Liege!»

Ihre ... sie schluckte. «Wirst du ... werdet Ihr sie auch schlagen?»

«Hinlegen», antwortete er nur.

Wie sollte sie mit der Stange an den Füßen auf die Liege gelangen?

«Dreh dich um.» Ben drehte sie an den Schultern herum, was mit der Stange schwer ging und lächerlich aussah. Doch nun konnte sie ihm ins Gesicht sehen.

«Bekomme ich einen Kuss, Meister?», fragte sie möglichst unterwürfig. Sie sehnte sich sehr danach, von ihm gehalten zu werden. Und geschlagen. Beides. Abwechselnd.

Sie war verrückt.

Ben hielt sie immer noch fest. Ernst sah er sie an. «Ich allein bestimme, was meine Sklavin bekommt.»

«Bitte», wisperte sie.

Er drückte sie zurück auf die Liege und hob ihre Beine an der Stange an, bis Anna ausgestreckt vor ihm lag. Dann beugte er sich zu ihr herunter und berührte mit den Lippen sacht ihren Mund.

Anna schloss kurz die Augen, ihr Herz raste. Sie lag nackt und mit dieser Stange vor ihm. Sie konnte es kaum glauben!

Ben lächelte. Offenbar gefiel ihm ihre Hilflosigkeit.

Ihre Wangen wurden so heiß wie ihre Pobacken. «Wo hast du all die Sachen her?»

«Hör auf, so viel zu reden, sonst muss ich dich knebeln.» Ein letztes Mal strich er über ihre Lippen, dann richtete er sich auf.

Anna umklammerte das Polster, während Ben ihr die Sandalen auszog. Unentwegt sah sie ihn an, sie konnte nicht anders. Sein konzentrierter Blick machte sie an. Er wirkte ernst und ein wenig düster. Verboten gut.

Plötzlich hielt er wieder den Stock in der Hand und strich ihr damit über den Hals, umrundete die Brüste und fuhr über ihren Bauch. Sie befürchtete, er würde sie auf den Venushügel schlagen, der sich ihm jetzt schutzlos präsentierte. Doch Ben wanderte mit dem Stab tiefer, über ihre Beine bis zu den Zehen. Sie kicherte, weil das kitzelte.

Da schlug er auf ihre Fußsohlen. Ein stechender Schmerz raste durch ihren Körper, der ihr fast die Tränen in die Augen trieb.

«Rot!», rief Anna. «Dunkelrot!» Verdammt, warum tat das so weh? Sie hätte nicht geglaubt, dass Fußsohlen derart empfindlich waren.

Ben riss die Augen auf. Seine Finger verkrampften sich um den Rohrstock.

Hoffentlich machte er jetzt keinen Rückzieher! Er kämpfte mit sich – das sah sie deutlich.

«Ähm, eigentlich eher gelb», sagte sie schnell. «Ich war nur überrumpelt.» Was stimmte. Der Überraschungseffekt war schlimmer gewesen als der Schmerz.

Sofort legte sie die Hände an ihre Brüste und knetete sie. «Ihr wolltet Euch doch um die hier kümmern», rief sie, als gerade eine Gondel vorbeiratterte.

Ihr Herz ratterte ganz ähnlich. Bitte, bitte mach weiter, wünschte sie sich.

Bens Glied hing nun schlaff aus der Hose. Es erregte ihn also nicht, wenn er ihr wirklich wehtat. Daran hatte sich nichts geändert. Aber woher wusste er plötzlich so viel über SM? Warum hatte er keine Hemmungen mehr, ihr Schmerzen zuzufügen? Und es schien ihm ja auch zu gefallen, solange ihr die Torturen zusagten.

Sein Gesicht entspannte sich. Er legte den Stock weg und kam aus dem Dunkel zurück. Was hielt er jetzt in der Hand? Einen Zylinder?

Als ein Feuerzeug aufflammte, sah sie es: eine Kerze!

Ihr stockte der Atem. Anna wusste, was SMler mit Wachs anstellten.

Bens Hand zitterte. Er war aufgeregt. Oder hatte er Angst, dass er ihr erneut zu starke Schmerzen zufügte?

«Du hast hübsche Brüste», sagte er und strich über ihre Nippel.

Anna fand ihren Busen zu klein. Stolz war sie lediglich auf ihr Hinterteil, das genau die richtigen Kurven besaß, um Männer heißzumachen. Aber solange Ben ihr Körper gefiel, war sie zufrieden. Und im Moment war sie mehr als zufrieden.

Genüsslich schloss sie die Augen und biss sich auf die Unterlippe, als er ihre Nippel zusammendrückte. Wann er wohl das Wachs auf sie schütten würde? Es würde ein wenig dauern, bis genug geschmolzen war.

«Nimm meinen Schwanz in die Hand», befahl er.

Blinzelnd streckte sie den Arm aus. Sein Schaft war bereits wieder geschwollen, aber noch nicht ganz steif.

Anna legte die Finger darum und massierte ihn, bis er länger und härter wurde. Der künstliche Blitz zuckte, Schreie ertönten. Die Umgebung wirkte immer surrealer. Und mittendrin gab es nur ihren Meister und sie.

Anna wollte endlich wieder Schmerzen spüren, verursacht vom liebsten Menschen auf der Welt. Sie wollte ihrem Meister gefallen, sich seinem Willen beugen.

Da ließ er den ersten Tropfen auf ihre Brust fallen. Anna sah ihn wie in Zeitlupe kommen. Das Auftreffen fühlte sich wie ein Stich an, doch der Schmerz klang rasch ab, weil das Wachs auf der Haut sofort erkaltete.

Der nächste Tropfen landete dicht an ihrer Brustwarze. Dort tat es mehr weh.

Ihre Muschi verkrampfte sich vor Lust.

Vorsichtig tastete Ben sich an ihre Grenzen heran. Er goss ihr keinen Schwall Wachs über den Körper, sondern immer nur wenige Tropfen, und achtete auf ihre Reaktion. Dazu ließ er die heiße Flüssigkeit aus etwa einem Meter Höhe fallen, damit sie sich bereits in der Luft abkühlen konnte.

Dennoch krampften sich ihre Finger um seinen Schaft. Bens Hand zuckte, da Anna wohl zu fest gedrückt hatte, sodass eine kleine Pfütze auf ihrem Busen landete. Hastig wischte er über das Wachs, um es zu verteilen, damit es sie nicht verbrannte.

Wie fürsorglich er war. «Du bist ein guter Meister», wisperte sie, was seine Augen leuchten ließ.

Sie quiekte jedes Mal, wenn Tropfen sie auf Brust und Bauch trafen, und grinste sicher dämlich, voller Adrenalin und Glückshormone.

Für nicht masochistisch veranlagte Menschen war

es bestimmt schwer vorstellbar, doch Anna genoss den Schmerz wirklich. Er hinterließ ein intensives Gefühl in ihr, das sich in pure Lust umsetzte. Diese Nadelstiche schossen bis in ihren Unterleib und brachten ihn zum Pulsieren. Ihre Nerven gierten nach Schmerz. Es war wie eine Sucht – und natürlich auch Kopfsache. Sie musste sich darauf einstellen. Wenn sie sich den Finger in der Tür quetschte, tat ihr das genauso weh wie jedem anderen auch. Aber Schmerzen von einem Partner zugefügt zu bekommen, den sie liebte und dem sie vertraute, erregte und befriedigte sie.

Als seine freie Hand in ihren Schritt griff, stöhnte sie auf. Tief drang sein Finger in sie ein.

«Du bist klitschnass, kleine Sklavin», raunte er. «Zeit, dich ordentlich durchzustoßen.»

Oh, sie liebte es, wenn er auf diese Art mit ihr sprach!

«Macht mit mir, was Ihr wollt, Meister», sagte sie schwer atmend. «Aber macht es bald.»

Sein Schwanz in ihrer Hand wurde steinhart. Hastig zog er ihre Finger weg.

Ben goss Wachs auf ihren Venushügel, was Annas Verlangen überkochen ließ. Sie wollte einmal durch Schmerzen zum Orgasmus kommen.

Lächelnd blies Ben die Kerze aus und stellte sie auf diesen seltsamen Kasten, aus dem Kabel hingen. Ob er auch noch zum Einsatz kam? Oder diente er lediglich der Kulisse? Was war das überhaupt?

Als Anna auf ihren Bauch schaute, erkannte sie das Herz, das Ben ihr aufgetropft hatte.

Sie grinste. «Ich liebe dich!»

Er hob eine Braue, was ihn verwegen aussehen ließ, und

stemmte die Hände in die Hüften. «Wenn das dein Freund hört! Zur Strafe werde ich dich richtig auspeitschen.»

Würde er sie mit den Klettverschlüssen an der Liege fixieren? Anna hatte sie vorhin gesehen, und die Vorstellung erregte sie.

Doch Ben schien andere Pläne zu haben. Als er sich ans Fußende stellte, hielt er ein neues Instrument in der Hand: eine kleine Peitsche, die aus zahlreichen weichen Riemen bestand. Einen Flogger!

Anna atmete erleichtert ein. Der würde nicht so wehtun wie der Stock.

Überrascht schrie sie auf, als Ben sie unter den Knien packte und zu sich zog, bis sie mit dem Po an die untere Kante der Liege gerutscht war. An der Stange drückte er ihre Beine nach oben. Ihr Geschlecht lag nun offen vor ihm. Ben starrte es an und strich mit dem Flogger über ihre Schamlippen und Pobacken. Die weichen Schnüre kitzelten.

«Jetzt geht's dir an den Kragen, Sklavin.» Er holte aus, schlug auf ihren Hintern und ihren Venushügel. Die Riemchen hinterließen ein brennendes Gefühl, ihr Schoß prickelte, und ihr Anus zog sich zusammen.

Es war herrlich.

Ben drückte die Stange beinahe bis an ihren Bauch. Gut, dass Anna so gelenkig war.

«Deine Gier besudelt den Boden», grollte er. «Das wirst du nachher alles aufwischen!»

«Ja, Meister», erwiderte sie atemlos.

Er ließ seinen Schwanz durch ihre Spalte gleiten, bevor er sich langsam in sie schob, tief hinein, bis zum Anschlag.

Sie liebte dieses Gefühl, von Ben in Besitz genommen

zu werden. Ihr Kitzler pochte und gierte nach seinen Schlägen.

«Nimm die Stange!», befahl er. «Halte sie fest!»

Anna griff nach dem Metall zwischen ihren Füßen. Da ihre Knie angewinkelt waren, konnte sie es ohne Probleme halten. Sie hatte nur Angst, von der schmalen Liege zu fallen.

Während sie sich ihm darbot, schlug er sie mit dem Flogger und trieb sich unaufhörlich in sie. Die Peitsche löste das Wachs von ihrer Haut. Ben schlug auf ihre Scham, ihren Bauch und – wenn er unter der Stange hindurchfasste – auf ihren Busen.

Irgendwann klatschte es nur noch auf ihren Venushügel. Die Schnüre trafen ihren Kitzler, die Schamlippen. Jeder Schnalzer ließ ihre Erregung höherschießen.

Der Orgasmus kam plötzlich. Anna fühlte ihn gleich einer gigantischen Welle, die über ihr zusammenschlug. Sie krallte die Finger um die Stange und warf laut stöhnend den Kopf hin und her, hörte plötzlich alle Geräusche gedämpft. Dabei wandte sie nie den Blick von Ben ab. Schweiß glitzerte überall auf seiner Haut, der Blitz zuckte und betonte die Konturen seines Gesichts. Angestrengt und mit vor Lust entrücktem Blick verrichtete er seine Arbeit. Ihr Meister.

Als eine Gänsehaut seinen Körper überzog, wusste Anna, dass auch er kam. Die Lider zusammengekniffen, stöhnte er so laut, dass sie Angst hatte, es könnte sie jemand hören. Ben war beim Sex noch nie so laut gewesen. Es war wie eine Befreiung.

Ihre Arme zitterten. Anna hatte kaum noch Kraft darin. Am liebsten wollte sie sich jetzt mit Ben ins Bett kuscheln.

Schließlich zog Ben sich aus ihr zurück, schloss seine Hose und entfernte sofort die Stange zwischen ihren Beinen. Dann nahm er Anna in seine Arme.

Sie blieb an der Kante sitzen, während sie verschnaufte, ihre Stirn an seine Schulter gelegt. Eine Weile sagten sie nichts, lauschten den schaurigen Geräuschen der Geisterbahn und gaben sich einfach nur Halt. Diese Nähe brauchte sie. Dieses Gefühl von Geborgenheit.

Sanft streichelte er über ihren Rücken. «Geht's dir gut?»

Sie seufzte leise. «Das war der beste Sex, den ich jemals hatte.»

Aufatmend küsste er sie. «Ich bin so erleichtert.» Er schmiegte sich an sie, streichelte sie wieder und wieder. «Ich war so fertig in den letzten Wochen, weil ich mich als Versager gefühlt habe.»

Ihr Herz verkrampfte sich. Zärtlich fuhr sie durch sein schwarzes Haar, das leicht verschwitzt war. «Aber warum?»

Den Blick gesenkt, flüsterte er: «Weil ich dich nicht befriedigen konnte.»

Anna wusste nicht, was sie sagen sollte. «Ich ...» Sie hatte ja versucht, mit ihm zu reden, aber er hatte immer abgeblockt. «Ich habe vorhin ...» Sollte sie ihm erzählen, dass sie überlegt hatte, ihre Beziehung zu beenden? Nein, das war vergessen. Anna wollte mit Ben noch einmal neu anfangen.

«Du musst dich nicht rechtfertigen. Es war allein meine Schuld, ich wollte dir nicht zuhören.»

Vehement schüttelte sie den Kopf. «Es gehören immer zwei dazu.» Sie griff nach seinen Händen und lächelte. «Jetzt musst du mir aber sagen, was das alles bedeutet.»

«Als es zwischen uns im Bett immer schlechter lief, war ich so verzweifelt, dass ich mich Hannes anvertraut habe.»

«Was?» Ihr wurde heiß und kalt.

«Das war meine bisher beste Entscheidung.»

«Jetzt machst du mich verdammt neugierig.»

«Du darfst es aber niemandem verraten.»

«Ben!» Lachend schlug sie ihm gegen die Brust. «Ich schweige. Versprochen!»

«Ich hab meinen Ohren erst selbst nicht trauen wollen, aber Hannes geht schon seit Jahren zu BDSM-Treffs.»

«Echt?» Mehr brachte sie vor Überraschung nicht heraus.

«Ich hatte keine Ahnung, wirklich! Hannes hat mir erzählt, dass es vielen so geht. Sobald man sich outet, stellt man fest, wie viele Menschen sich tatsächlich mit BDSM befassen. Aber sie drängen sich einem nicht auf und erzählen es nicht von sich aus, weil es halt ein sehr spezielles Thema ist.»

«Wow», hauchte Anna.

«Hannes hat mich dann ein paarmal zu so einem Stammtisch mitgenommen. Er kennt Treffs in fast jeder Stadt.»

Dorthin war er also immer verschwunden!

«Da waren Leute wie du und Hannes. Sie haben Fotos herumgereicht, mir viel erzählt und gezeigt. Ich wollte neuen Schwung in unsere Beziehung bringen, wusste aber nicht so recht, wie ich das anstellen sollte.»

Vor Erleichterung stiegen Anna Tränen in die Augen. «Und ich dachte, du hättest eine andere.»

«Anna ...» Er zog sie fest in die Arme. «Du weißt gar nicht, wie sehr ich dich liebe.»

Eine Träne lief über ihre Wange. «Du hast das alles nur für mich gemacht?»

Er nickte.

«Und, kannst du dir vorstellen, so weiterzumachen?» Gebannt hielt sie die Luft an.

«Die meisten Leute werden erst durch ihren Partner auf SM aufmerksam. Das habe ich auf dem Stammtisch erfahren. Anfangs machen sie es oft dem anderen zuliebe. Jetzt habe ich herausgefunden, dass es mir auch gefällt, aber nur, weil es dir gefällt. Es bedeutet nicht, nur Leid zuzufügen oder zu erdulden, sondern es ist ein tiefes, inniges Miteinander. Das weiß ich jetzt. Als ich gesehen habe, wie du darauf reagierst ... Anna, das war überwältigend.»

Aufschluchzend schmiegte sie sich an ihn. «Ach, Ben, ich bin so glücklich!» Sie hatte so viele Fragen, darum löste sie sich von ihm und deutete auf den Kasten. «Was ist das für ein Gerät?»

Ben grinste diabolisch. «Reizstrom.»

«Wahnsinn.»

«Gehört Hannes, wie fast alles hier.»

«Sag bloß, er hat dieses Folterstudio hier eingerichtet.»

Ben nickte. «Hannes weiß nicht, dass ich mir seinen Raum ausgeliehen habe. Das bleibt unser Geheimnis, okay?»

«Okay», erwiderte sie lächelnd.

«Den Stock und den Flogger hab ich aber neu gekauft, wer weiß, auf welcher Mumu die schon gelandet sind.»

Anna lachte laut auf und wischte sich die Tränen aus dem Gesicht.

«Die Geisterbahn ist echt ein cooler Ort, da kannst du

so laut schreien, wie du magst, und keiner wird dich hören. Vielleicht sollte ich Hannes offiziell fragen, ob er uns auch mal hier spielen lässt.»

«Dann müssten wir wohl einen Plan aufstellen, wer wann hierher darf.» Anna dachte an Hannes und seinen Frauenverschleiß. «Hat denn dein Bruder schon wieder eine ... Okay, wann hat er denn mal keine Freundin. Aber es stehen ja nicht alle auf SM.»

«Mehr, als du denkst», sagte Ben. «Mona auch.»

«Mona?» Die beiden steckten öfter zusammen, aber das musste nichts bedeuten. «Mona und Hannes?»

Ben biss sich auf die Lippe. «Verdammt, ich dachte, das wüsstest du.»

«Nein.» Sie war wirklich überrascht. Mona war keine supergute Freundin, eher eine Bekanntschaft.

«Sie sind nicht fest zusammen, machen nur ab und zu miteinander rum, wenn beide solo sind.»

«Ich könnte das nicht», sagte sie. «Ich muss einem Mann hundert Prozent vertrauen, um mich ihm ganz und gar hingeben zu können.»

Lächelnd fuhr er durch ihr Haar. «Die Farbe steht dir.»

«Du hast es gesehen?»

«Als du eingestiegen bist.»

«Du hast aus der Tür geschaut.»

Er nickte.

«Weiß Hannes, dass du mit mir einmal SM ausprobieren wolltest?»

«Er redet seit Tagen auf mich ein und hat mir Mut gemacht. Und ich habe ihm gesagt: Okay, ich entführe sie jetzt aus der Gondel, danach gehe ich mit ihr essen, und dann sehen wir weiter.»

Anna kicherte. «Wenn die beiden wüssten, was wir eben getan haben!»

«Ich hatte solche Angst, du würdest nicht mitspielen und ich mache mich zum Idioten.»

Befreit atmete sie auf. «Ich bin so froh, dass du mich überrascht hast.»

«Hast du vielleicht trotzdem Lust auf gebrannte Mandeln und einen Spaziergang?»

«Liebend gern, aber erst muss ich unter die Dusche.» Sie packte ihn an seinen Pants und zog ihn grinsend an sich. «Mit dir.» Plötzlich fiel ihr Mona ein. «O weh, ich müsste längst wieder an der Kasse sitzen!» Hastig schlüpfte sie in ihren Slip und suchte die Sandalen.

«Die beiden haben uns zwei ganze Stunden geschenkt», sagte Ben, der seine Kutte überzog.

«Cool!»

Er nahm Anna bei der Hand, führte sie sicher aus der Kammer und neben der Bahn her bis zu einer Leiter. Nachdem sie hinuntergeklettert waren, traten sie durch eine Hintertür gemeinsam ins Freie. Der blaue Himmel war so grell, dass Anna die Lider zusammenkniff. Sie nahm einen tiefen Atemzug des typischen Festwiesendufts. Es wäre wirklich schön, an diesem herrlichen Tag mit Ben über die Wies'n zu schlendern. Vielleicht könnten sie in die Ochsenbraterei oder ein anderes Festzelt gehen. Darauf hatte sie richtig Lust. Beim Gedanken an einen deftigen Braten und ein Radler lief Anna das Wasser im Mund zusammen.

«Wie viel Zeit haben wir noch?», fragte sie.

Ben schaute auf seine Uhr. «Noch eine Stunde.»

«Dann können wir schnell duschen, was essen, eine Mass trinken und über die Theresienwiese schlendern.

Oder mit dem Riesenrad fahren. Das haben wir noch gar nicht gemacht, seit wir hier sind.» Von dort oben hatte man eine wundervolle Aussicht über das Oktoberfest und München.

Ben legte einen Arm um sie. «Wird gleich erledigt, meine kleine Sklavin.»

Was für ein perfekter Tag!

Im Bannkreis der Lust

Vorstellungsgespräch

Tat sie wirklich das Richtige? Eva umklammerte das Lenkrad ihres Twingo und atmete die frische Herbstluft ein, die durch ihr offenes Fenster wehte. Es roch nach Wald, Laub und Pilzen.

«Du bist verrückt, Evi!», hörte sie im Kopf die Stimme ihrer Freundin Maike. «Und dafür verschwendest du deinen Urlaub.»

Vielleicht war sie verrückt, aber ohne Risiko keine gute Story. Das gehörte zu ihrem Beruf. Um etwas über diesen ominösen SM-Zirkel herauszufinden, würde sie so weit gehen, wie sie imstande war. Auch in ihrer Freizeit. *Sex and Crime* waren die Lieblingsthemen ihrer Leserinnen.

Langsam steuerte sie ihr Auto über den Kiesweg. Steine knirschten unter den Rädern. Das Geräusch war unnatürlich laut in der Stille des Auwaldes und zerrte an Evas Nerven. Zu beiden Seiten des Wagens wuchsen hohe Bäume und versperrten der Morgensonne den Weg. Nebel, der von der nahe gelegenen Isar aufstieg, waberte über den Boden. Gelbe, rote und braune Blätter lagen wie bunte Tupfen auf dem Weg. Die geheimnisvolle Stimmung ließ Evas Herz in ihrer Brust hämmern. Maike wusste als Einzige, wo sie steckte, und falls Eva sich nicht alle zwei Stunden bei ihr meldete, würde sie die Polizei rufen.

Gestern, beim Stammtisch, war der SM-Zirkel erneut Gesprächsthema Nummer eins gewesen. In den Isarauen sollten ein Mann und mehrere nackte Frauen gesichtet worden sein, die Sex zelebrierten. Das allein wäre nichts Besonderes, aber Gerüchten zufolge machte sich dieser Meister seine Sklavinnen so hörig, dass sie alles für ihn taten.

Eine junge Frau, die früher den Stammtisch öfter besucht hatte, sollte von diesem Dominus in den höchsten Tönen geschwärmt haben: von seinen fähigen Händen, den lustvollen Folterungen, seinen strengen Regeln, der vollkommenen Unterwerfung und ... wo dieser Mann zu finden sei. Aber die Frau war nie wieder zu ihren Treffen erschienen, hatte nur erwähnt, dass ihr Meister gewisse Gegenleistungen verlangte, die nicht immer legal waren.

Ein großes Haus im Wald, direkt an der Isar, sollte das Lustparadies sein. Auf Google Earth hatte Eva nur dieses eine Gebäude gefunden, auf das die Beschreibung passte.

Sie beugte sich vor und schaute kurz in den Rückspiegel, um ihr Make-up zu überprüfen. Nach einigen Überlegungen hatte sie sich dezent geschminkt und lediglich ihre Lippen mit knallroter Farbe betont. Ihr brünettes Haar war zu einem Dutt hochgesteckt, weil ein Dominus stets die Regungen seiner Sklavin im Gesicht ablesen können musste – hatte sie gehört. Eva wollte einen guten Eindruck machen. Mal abgesehen von ihrem Artikel, interessierte sie diese Art der Lust brennend und verfolgte sie in ihren Träumen.

Als sie vor einiger Zeit erfahren hatte, dass ihre Freundin Maike sich bereits seit einem Jahr mit Gleichgesinnten traf, war Eva kurzerhand zu den Versammlungen mitgekommen und hatte alles an Informationen aufgesaugt. Bei dem SM-Stammtisch hätte sie auch Spielpartner gefunden, aber keiner der Männer dort gefiel ihr wirklich. Das gewisse Etwas sollte ihre Beziehung schon haben. Eva wollte sich nur einem Mann hingeben, für den sie echte Gefühle hegte.

Sie lächelte. So hatte sie in ihren wilden Jugendjahren nicht gedacht, aber auch sie war reifer geworden. Sie sehnte sich nach einem Partner, mit dem sie alt werden konnte. Für diese Story würde sie jedoch noch einmal eine Ausnahme machen. Die würde sie auf ihrer journalistischen Karriereleiter hoffentlich einige Sprossen nach oben bringen. Eva wollte in den SM-Zirkel hinein, um die Sklavinnen auszuhorchen, und würde mit diesem fremden Meister Sex haben, wenn es so weit kommen sollte. Das war schließlich nur ein Job. Früher hatte sie auch nichts anbrennen lassen.

Sie atmete tief durch und schluckte ihre Nervosität hinunter. Dann schloss sie das Fenster, denn die feuchtkühle Luft verursachte ihr eine Gänsehaut.

Der Waldweg öffnete sich zu einem Wendeplatz, der ebenfalls nicht geteert war. Einzelne Sonnenstrahlen beleuchteten den Kies wie Scheinwerfer die Arena eines Zirkus. Nun befand Eva sich mitten in den Isarauen. Das letzte Mal hatte sie vor einem Jahr dieses Naherholungsgebiet am Rande von München besucht, als sie mit Maike eine Fahrradtour unternommen hatte.

Eigentlich schade, dass sie nicht öfter herkam. Viele Münchner verbrachten den halben Sommer an der Isar, wanderten am Kanal entlang, machten Floßfahrten oder Rafting, grillten am steinigen Ufer, badeten und relaxten auf den grünen Wiesen. Die beliebtesten Plätze befanden sich zwischen Brudermühlbrücke, Tierpark und der südlichen Stadtgrenze. Da gab es Wege, die bis nach Freising reichten, dreißig Kilometer von München entfernt. Suchte man Ruhe, fand man genug abgelegene Orte.

Wie hier. In dieser Gegend war Eva niemals zuvor gewesen, aber da vorne musste das Haus des Meisters sein. Sie sah die große helle Villa zwischen den Bäumen hervorblitzen.

Eva atmete zitternd aus, nahm den Fuß vom Gaspedal und ließ den Wagen ausrollen. Noch konnte sie zurück.

❤ ❤ ❤

Steffen stieg tropfnass aus der Dusche und wischte den Dampf vom Spiegel über dem Waschbecken. Die letzten Nächte waren lang gewesen, und er sah ziemlich fertig aus mit seinem Dreitagebart und den Schatten unter den Augen. Aber schlafen konnte er auch nicht mehr. Zu viele Dinge gingen ihm durch den Kopf. Die ganze Angelegenheit machte ihn übellaunig, denn sie zog sich bereits ewig in die Länge.

Er schnappte sich ein frisches Handtuch und rubbelte über seine schwarzen Haare, bis sie in alle Richtungen standen. In diesem noblen Haus mit dem marmornen Bad, den hohen, stilvoll eingerichteten Räumen und dem Luxusschlitten in der Einfahrt kam er sich völlig fremd vor – was ebenfalls nicht zur Besserung seiner Laune beitrug.

Eben wollte er zum Rasierer greifen, als es ein Stockwerk tiefer an der Haustür klingelte. Wer konnte das so früh sein? Er erwartete niemanden.

Schnell holte er seine Pistole aus dem Brustholster, das auf einem Stuhl neben der Dusche lag, wickelte sich ein

Handtuch um die Hüften und lief die Treppen hinunter. Durch die Milchglasscheibe zeichnete sich die Silhouette einer Frau ab.

Er hielt die Glock hinter seinem Rücken versteckt und öffnete. «Ja, bitte?»

«Ähm ...»

Zuerst fielen ihm ihre braunen Rehaugen auf, die sie weit aufgerissen hatte. Einen halbnackten Mann hatte sie wohl nicht erwartet.

Ihre Wangen röteten sich. «Ich ...»

«Ich kaufe nichts», sagte Steffen leicht genervt und wollte die Tür eben wieder schließen, als sie hervorstieß: «Ich bin gekommen, um Euch zu dienen, Herr.»

Entgeistert starrte Steffen die Frau an. Hatte er sich verhört?

Hastig senkte sie den Blick und umklammerte ihre kleine schwarze Handtasche. Die Unbekannte, die Steffen auf Anfang dreißig schätzte, trug eine weiße Bluse und einen engen grauen Rock, dazu hauchfeine Strümpfe und unauffällige Pumps. Sie sah aus wie eine Kosmetikvertreterin oder eine Sekretärin. Ihr brünettes Haar hatte sie zu einem Knoten aufgesteckt. Dadurch wirkten die feinen Konturen ihres Gesichtes noch graziler.

Sie war einen Kopf kleiner als er und hatte lange Beine. Ihre Brüste hingegen konnten unmöglich echt sein, dazu schienen sie zu groß für ihren zierlichen Körper.

«Herr?», fragte sie leise. «Entschuldigt, wenn ich Euch mit meinem Anliegen überrumple. Ich habe von Euch gehört und ... Ich würde mich freuen, wenn Ihr mich in Euren Zirkel aufnehmen würdet.»

Schlagartig wurde ihm klar, was hier gespielt wurde.

Sie war gekommen, weil sie von ihm unterworfen werden wollte. Sexuell!

Unter dem Handtuch regte sich sein Schwanz.

Steffen räusperte sich. Er durfte sich von ihrem reizenden Äußeren nicht verwirren lassen, musste einen kühlen Kopf bewahren. Es könnte eine Falle sein, um ihn auffliegen zu lassen.

Unauffällig überprüfte er die Umgebung. Am Wendeplatz parkte ein dunkelblauer Renault Twingo, ansonsten war weit und breit nichts Auffälliges zu sehen. Blätter raschelten im Wind, Vögel zwitscherten. Alles wirkte ganz normal.

Steffen öffnete die Tür weiter. Er achtete darauf, dass die unbekannte Schöne seine Waffe nicht bemerkte, als sie das Haus betrat. Wahrscheinlich war es besser, die Sache drinnen zu klären. Wer wusste schon, ob sie da draußen jemand beobachtete? Der Auwald bot eine Menge Verstecke.

«Hat Forstenrieder dich geschickt?», fragte er, als die Tür ins Schloss fiel.

«Wer?» Sie wirbelte zu ihm herum, die Rehaugen weit aufgerissen.

Anscheinend wusste sie tatsächlich nicht, wer Forstenrieder war. Zumindest sagte ihr der Name nichts, was aber nicht bedeuten musste, dass sie den Mann nicht doch kannte. Der Typ besaß viele Identitäten.

Wenn die Fremde ihn aber mit Forstenrieder verwechselte? Dann durfte Steffen sie nicht wegschicken. Sie könnte nützlich sein.

Zudem erwachte sein Beschützerinstinkt. Forstenrieder war ein Schwein. Steffen wollte nicht, dass diese Frau in den Bannkreis des Doms geriet.

«Du willst also in den Zirkel?» Immer, wenn er einen Schritt auf sie zumachte, machte sie zwei zurück. Sie hatte Angst vor ihm. Dennoch nickte sie tapfer.

«Was habt Ihr hinter dem Rücken versteckt, Meister?», fragte sie laut, aber ihre Selbstsicherheit war gespielt. Das Beben ihrer Stimme war deutlich herauszuhören.

«Nichts, was dich interessiert.»

Als Steffen sie durch die Tür zum Wohnzimmer dirigierte und die Frau ihn für einen Moment nicht sah, legte er die Pistole schnell in die oberste Schublade einer Kommode im Flur, bevor er selbst den großen Raum betrat. Einige wenige Designermöbel ließen das Zimmer sehr geräumig wirken, was Steffen gefiel. An einer Seite bestand die Wand fast nur aus Glas. Sie gab den Blick auf die Isar und Forstenrieders Anwesen frei, das dieser Villa gegenüberlag. Die verspiegelten Scheiben erlaubten keinen Blick zu ihnen herein, solange kein Licht brannte. Niemand würde sie sehen, auch nicht Forstenrieder, falls er sie mit einem Feldstecher beobachtete. Was er hoffentlich nicht tat, zumindest gab es bisher keine Anzeichen dafür. Der Typ fühlte sich sicher. Sie mussten nur noch seine Mittelsmänner aufspüren, dann war der Fall erledigt.

Dort drüben lag ihr Ziel, und Steffen war erleichtert, dass diese Frau sich in der Adresse geirrt hatte. Dennoch hatte er jetzt keine Zeit, sich um sie zu kümmern. In einer Stunde hatte er eine Besprechung und musste noch einiges vorbereiten. Wenn er ihr jetzt aber sagte, wer er wirklich war, würde sie sich vielleicht schnurstracks zu Forstenrieder begeben. Trotz ihrer Angst lag eine große Entschlossenheit in ihrem Blick. Er musste sich etwas anderes ausdenken, ihren Namen herausfinden und sie irgendwie loswerden, ohne sich zu verraten. Die Unbekannte sah nicht wirklich aus wie eine Frau, die wegen Sex hier war. Irgendwas stimmte da nicht.

Als sie die beige Couch erreicht hatte, blieb die Fremde stehen. Ihre Finger klammerten sich an das Polster der Lehne. «Wo sind die anderen?» Hektisch schaute sie sich um.

«Wir sind allein», erwiderte er mit ruhiger Stimme, um sie nicht noch mehr zu erschrecken. «Wie heißt du?»

«Eva», stieß sie hervor.

Die verführerische Eva. Steffen grinste innerlich. «Und wie weiter?»

«Ähm ... Bauer.» Ihre Lider zitterten, und sie schaute hastig weg.

Sie war eine schlechte Lügnerin. Aber er würde ihre wahren Absichten schon noch herausbekommen. Vielleicht sollte er seine Kollegen hinzurufen, damit sie die junge Frau befragten. Aber am liebsten wollte er das selbst übernehmen. Eva hatte etwas an sich, das ihn zu ihr hinzog. Auf den ersten Blick erschien sie nicht besonders hübsch, auch wenn ihr Körper ein Traum war und ihre Rehaugen ihn faszinierten. Dennoch wirkte sie eher unscheinbar. Gewöhnlich. Sie fiel nicht sonderlich auf. Genau so einen Typ Frau suchte Forstenrieder.

«Wie hast du mich gefunden?», wollte er wissen. Da draußen gab es jemanden, der redete, und Eva kannte womöglich den Namen dieser Person.

«Eine Bekannte hat mir gesagt, dass ich Sie ... Euch hier finde.»

Er horchte auf. «Welche Bekannte? Wie heißt sie?»

Eva rutschte an der Couch entlang, offenbar wollte sie

ihm entkommen. Schnell stützte Steffen die Hände links und rechts von ihrem Körper auf die Lehne. Jetzt war Eva gefangen! Er spürte die Hitze, die sie ausstrahlte, und roch ein zartes Parfüm. In seinen Lenden kribbelte es.

«Ich weiß es nicht», sagte sie hastig. «Ich habe sie nur einmal gesehen, auf einem Treffen, danach nie wieder.»

«Welches Treffen?»

«Es ist ein SM-Stammtisch, an dem sich Gleichgesinnte einmal im Monat zusammenfinden.»

«Wo? Wer ist alles dabei?» Er brauchte Namen. Alle Details! Eva entpuppte sich als glücklicher Zufall. Sie stand wohl tatsächlich auf SM, wenn sie solche Treffen besuchte. «Wie sah die Frau aus?»

«Zierlich, und sie hatte schulterlanges schwarzes Haar. Mehr weiß ich nicht mehr. Ich kenne nicht einmal ihren Namen.»

Steffen überlegte. Die Beschreibung passte auf eine Frau, die in Forstenrieders Haus lebte.

«Wieso wollen Sie ... wollt Ihr das wissen?», fragte sie.

«Ich muss alles wissen, Eva.» Jetzt war sie abgelenkt und die Gelegenheit günstig. Blitzschnell schnappte er sich ihre Handtasche und wich zurück.

Eva keuchte auf, ließ es jedoch zu, dass er den Inhalt durchsuchte. Er fand eine Packung Taschentücher, einen Lippenstift, ein Smartphone und ihren Geldbeutel. Er klappte ihn auf, entdeckte aber nur ihren Führerschein. Sie hieß tatsächlich Eva. Eva Hellmann.

«Du hast mich angelogen», sagte er. «Ich mag nicht, wenn man mich anlügt.»

Rasch senkte sie den Blick. «Es wird nicht wieder vorkommen, Herr.»

Ihre Unterwürfigkeit fing an, ihm zu gefallen. Dennoch – er durfte sich nicht ablenken lassen. Am besten, er traf sich später noch einmal mit ihr, aber nicht hier. Zuerst musste er sich allerdings vergewissern, dass nicht doch Forstenrieder sie geschickt hatte. Vielleicht war sie ja verwanzt?

Eva schluckte. Jetzt wusste er, wie sie wirklich hieß. Konnte dieser Mann etwas mit ihrem Namen anfangen? Bei einer Internet-Recherche würde er merken, dass es mehrere Eva Hellmanns gab. Trotzdem ließ sich wahrscheinlich relativ schnell herausfinden, dass sie für das Boulevardmagazin *Happening* arbeitete. Zum Glück hatte sie ihren Presseausweis in weiser Voraussicht zu Hause gelassen.

Als er ihr die Handtasche zurückgab, atmete Eva auf und musterte ihn verstohlen. Sie kannte seinen Namen nicht und wagte auch nicht, danach zu fragen. An der Tür hatte nur «Winterholler» gestanden.

Sie musste vorsichtig sein, durfte sich keinen Fehler erlauben, oder er würde sie nach Hause schicken. Er hatte einen wütenden Eindruck gemacht, weil sie ihn angelogen hatte, aber nun sah er sie lediglich streng an.

Verdammt, war der Kerl heiß mit seinem feuchten schwarzen Haar. Sie sollte allein schon wegen seiner Größe Angst vor ihm haben, doch trotz seiner körperlichen Überlegenheit beruhigte sich ihr panisch klopfendes Herz langsam. Vielleicht, weil etwas in seinem Blick lag, das sie verzauberte. Sie schaffte es kaum, sich von seinen stahlgrauen Augen loszureißen, die durch seinen Dreitagebart noch intensiver wirkten. Die kühlen Augen passten perfekt zu einem Meister. In ihrem Schoß pochte es. Was für ein sexy Mann!

Verstohlen inspizierte sie seinen restlichen Körper. Der Kerl sah aus, als würde er täglich Gewichte stemmen. Seine Oberarme und die Brustmuskeln wölbten sich beachtlich. Sein Bauch hingegen war kein astreines Sixpack und nicht mehr ganz so straff, doch für einen Kerl, den Eva auf Ende dreißig schätzte, immer noch ansehnlich. Und wie er roch! Nach einem herben Duschgel, gemischt mit seinem ureigenen männlichen Geruch. Zum Anbeißen.

Unter dem Handtuch, das er sich um die schmalen Hüften gewickelt hatte, zeichnete sich sein Geschlecht als sanfte Rundung ab.

Wieso sagte er nichts? Er stand nur da und betrachtete sie.

Eva räusperte sich. «Habt Ihr Euch entschieden, Herr?»

«Zuerst möchte ich sehen, was du zu bieten hast.» Seine feste Stimme sandte wohlige Schauer ihr Rückgrat entlang. «Zieh dich aus.»

Sie öffnete den Mund, um zu protestieren, aber gerade rechtzeitig erinnerte sich Eva daran, warum sie hergekommen war. Sie hatte gewusst, was sie erwartete. Nun wurde es ernst.

Was, wenn dieser Kerl über sie herfiel? Noch konnte sie gehen, an ihm vorbeischlüpfen, aus dem Haus laufen und davonfahren.

«Ich werde dich nicht anfassen, wenn du es nicht möchtest», sagte er, als könnte er ihre Gedanken lesen.

Was war das Versprechen eines Unbekannten wert?

Sein Blick war aufrichtig, und Eva vertraute auf ihr Bauchgefühl. Das hatte sie bisher nie im Stich gelassen.

Er umrundete die Couch und setzte sich in einen breiten Sessel. Dann deutete er auf den hellen Flokati, der den halben Boden einnahm. «Stell dich dort vor den Kamin.» Gut, immerhin war sie dann mehrere Schritte von ihm entfernt.

Schweigend nickte sie, ging mit zitternden Knien zu dem großen Marmorkamin, der vermutlich elektrisch betrieben wurde, und knöpfte mit ebenso zitternden Fingern ihre Bluse auf. Da die Wettervorhersage einen heißen Herbsttag versprochen hatte, trug Eva nur einen BH darunter. Sie mochte dieses beengende Gefühl um den Brustkorb nicht, aber irgendwie musste sie ihren großen Busen bändigen. Eva liebte ihre Brüste und war stolz auf sie. Alles Natur pur, auch wenn das die wenigsten glaubten.

Sie schielte zum Meister. Voller Genugtuung erkannte sie, dass die Beule unter dem Handtuch wuchs. Ihm gefiel offenbar, was er sah. Ihr Herr stellte die Beine weiter auseinander, zupfte kurz am Stoff und lehnte sich zurück.

«Jetzt den Rock», befahl er mit rauer Stimme. «Schuhe und Strümpfe kannst du anlassen.»

Wie er dort saß – wie ein Herrscher. Groß, breitschultrig und mit einem Gesichtsausdruck, der keinen Widerspruch zuließ. Zwischen Evas Schenkeln pochte es heftig. Wenn da nicht diese schrecklichen Gerüchte wären, hätte sie sich glatt in ihn verlieben können. Seine Ausstrahlung war beeindruckend, und er hatte einen guten Geschmack. Überall im Haus waren nur die edelsten Materialien verwendet worden. Waren es genau diese Dinge, die die anderen Mädchen an diesen Mann fesselten?

Sie öffnete den Reißverschluss an der Seite und ließ den Rock zu Boden fallen. Ihre Handtasche stellte sie daneben.

Obwohl Eva noch ihre Spitzenunterwäsche, halterlose Strümpfe und Pumps trug, kam sie sich nackt vor. Nackt und verwundbar. Ausgeliefert und auf gewisse Weise gedemütigt.

Ihr Kitzler klopfte so hart, dass sie am liebsten ihre Beine überkreuzt hätte, um das angenehme Pochen zu steigern. Ob dieser fremde sexy Kerl sie vielleicht nicht doch berühren würde? Eva sah auf seine Finger, die auf die Lehne des Sessels trommelten. Aus der Entfernung sahen sie lang und kraftvoll aus. Sie konnten garantiert richtig zupacken, ihre Beine spreizen und ... Hör auf!, ermahnte Eva sich. Sie war zum Arbeiten hier, nicht zum Vergnügen.

Seine Augen zogen sie förmlich aus, und das Handtuch hatte sich an einer gewissen Stelle deutlich gewölbt.

Plötzlich wollte Eva wissen, wie er darunter gebaut war. Sie unterdrückte ein Schmunzeln. Nach dem protzigen Auto in der Einfahrt zu urteilen, musste sein Schwanz winzig sein, obwohl die gewaltige Beule ein anderes Kaliber vermuten ließ.

War er rasiert, so wie sie? Sein Gesicht hatte er zumindest vernachlässigt, aber der verwegene Dreitagebart stand ihm gut. Eva hatte sich heute Morgen akkurat alle Härchen entfernt und sich anschließend mit dem warmen Wasserstrahl der Dusche befriedigt. Trotzdem war sie schon wieder erregt. Statt des Duschkopfs wollte sie lieber die kräftigen Hände des Meisters auf ihrer Muschi spüren.

Die Anspannung des Mannes war nicht zu übersehen. Seine Haltung wirkte verkrampft, und er rutschte ständig mit dem Hintern im Sessel hin und her. Oder kämpfte er gegen seine Erregung an? Er sollte doch Erfahrung im Auswählen seiner Sklavinnen haben? Selbstsicherheit demonstrieren, Strenge zeigen. Benahm er sich nicht ein wenig seltsam?

Leider fehlte es Eva an Erfahrung, um die Situation beurteilen zu können. Sie stand stocksteif da und wartete, dass der Meister etwas sagte.

«Darf ich dich aus der Nähe betrachten?», fragte er endlich, mit einer Stimme, die beinahe einem Knurren glich.

Eva nickte, obwohl ihr Verstand sie warnte. Aber ihr Verlangen war stärker als jede Vernunft!

Schnell erhob er sich, ging dann jedoch gemächlich auf sie zu und stellte sich hinter sie. Dabei wehte ihr erneut sein Duft in die Nase.

Eva wollte sich umdrehen, ihre Nase an seiner Brust reiben. Doch sie zwang sich, ganz still zu stehen.

«Ich werde jetzt deinen BH öffnen», raunte er an ihrem Nacken, und sie spürte seinen warmen Atem.

Das war keine Frage, dennoch nickte Eva.

Als sie seine Finger auf ihrem Rücken fühlte, die am BH-Verschluss nestelten, keuchte sie auf. Seine Berührung war wie ein Stromstoß, der durch ihren Körper jagte und direkt in ihren Kitzler schoss.

Sie presste die Lippen aufeinander, konnte ein Stöhnen aber trotzdem nicht verhindern. Die Träger rutschten von ihren Schultern, doch ihre großen Brüste hielten den Stoff gefangen. Ihr Meister stellte sich vor sie, um ihr den Spitzenstoff von den Brüsten zu ziehen, ohne sie zu berühren. Den BH behielt er in der Hand. «Verschränke deine Arme hinter dem Kopf.»

Sie folgte seinem Befehl, und ihre inneren Muskeln zogen sich zusammen. Feuchtigkeit benetzte ihren Slip. Wenn er ihr doch endlich zwischen die Beine fassen würde!

Ihr Herr bekam große Augen, als sich ihre Brüste hoben. Hielt er nach Narben Ausschau? Offensichtlich, denn er kniff die Lider zusammen, als ob das helfen würde, schärfer zu sehen.

«Alles echt», sagte sie, ohne ihn anzublicken. Erneut schoss Hitze in ihre Wangen.

«Kann ich mich selbst davon überzeugen?»

Ihr Herz setzte einen Schlag aus, die Arme über ihrem Kopf zitterten. In freudiger Erwartung reagierten ihre Knospen und zogen sich zusammen.

Seine Mundwinkel zuckten belustigt. «Nun?»

«Ja, Herr», wisperte sie und schloss die Augen, als sich seine großen Hände auf ihre Brüste legten und sie sanft auseinanderzogen. Ein Schweißtropfen lief ihren Oberkörper hinab bis zum Bauchnabel. Erschrocken öffnete sie die Lider, als seine Daumen über ihre Nippel fuhren. Ihr Meister starrte sie an, die grauen Augen lustverhangen. Die Zeit schien stillzustehen, während er zart über ihre Knospen streichelte.

Sein Mund kam näher, seine Lippen teilten sich, sein Atem traf ihre Wange. Millimeter vor ihr entfernt verharrte er, während eine Hand tiefer wanderte, über ihren Bauch strich und unter den Bund ihres Slips fuhr. Als ein Finger in ihren feuchten Spalt glitt und ihren Kitzler berührte, erfasste Eva ein Schwindelgefühl. Trunken vor Lust bewegte sie ihre Hüften. Vor und zurück. Sie wollte, dass ihr Meister den Finger in sie stieß, stattdessen machte er sie völlig wahnsinnig, indem er ganz still dastand und nur sein Atem ihre Lippen streifte. Durfte sie die Initiative übernehmen und ihn küssen?

Mutig stupste Eva mit der Zungenspitze gegen seine

Lippen, fuhr ihre Konturen nach. Ihr Herr schloss stöhnend die Augen. Seine Hand in ihrem Slip verkrampfte sich, drückte sich fest an ihre Schamlippen.

Ihr Schoß glühte, und sie wurde wagemutiger, vielleicht, weil er noch weniger am Leib trug als sie – und Eva jetzt ihn verführte, nicht er sie. Nun fühlte sie sich ihm auf seltsame Art überlegen. Er stand so dicht vor ihr, dass seine Erektion unter dem Handtuch ihren Bauch berührte.

Abrupt nahm sie die Hände nach unten und legte eine auf die Wölbung an seinem Schritt, die andere auf sein knackiges Hinterteil. Sie drückte sanft zu, spürte die Hitze seines Fleisches durch den Stoff.

Ihr Meister keuchte auf, seine Bauchmuskeln spannten sich an. Hastig und schwer atmend trat er einen Schritt zurück. Dann bohrte sich sein Blick in ihren.

Verdammt! Sie hatte gerade einen großen Fehler gemacht. Niemals durfte sie etwas tun, wenn der Herr es nicht befahl. Hitze versengte ihr Gesicht und den Rest ihres Körpers. Sie schaute zu Boden und stammelte: «E-es tut mir so leid, ich weiß nicht, was über mich gekommen ist. Bitte verzeiht meinen Fehler, ich muss noch viel lernen.»

«Allerdings», raunte er und räusperte sich. «Du wirst meine Sklavin sein, doch im Gegenzug möchte ich Antworten.» Er fasste unter ihr Kinn und zwang sie, ihn anzusehen. «Hast du verstanden?»

«Ja, Herr.» Erneut verlor sie sich in den sturmgrauen Tiefen seiner Augen. Eva verstand jetzt, wie er seine Sklavinnen an sich band. Allein sein Blick fesselte sie. Dieser Fremde diktierte ihr mit dominanter Sanftheit, was sie zu tun hatte. Und er wollte sie. Sie hatte es geschafft!

Okay, kühlen Kopf bewahren, befahl sie sich und fragte

sich zum x-ten Mal, wo die anderen Sklavinnen waren. Ob sie noch schliefen? Hatte dieser Mann eben Sex mit ihnen gehabt und danach geduscht? Sie traute sich nicht, zu fragen. Nur nicht mit der Tür ins Haus fallen und sein Misstrauen schüren.

«Du kannst dich wieder anziehen.» Seine Stimme klang nüchtern und ruhig.

Hastig hob sie ihre Sachen auf und schlüpfte hinein. Den BH hielt er allerdings immer noch in der Hand, sodass Eva die Bluse über ihrem nackten Oberkörper schloss.

Ihr neuer Meister brachte sie zur Tür. Seine Erektion war weiterhin unter dem Handtuch gut sichtbar. Er hätte alles mit ihr machen können. Doch trotz seiner Erregung hatte er die Situation nicht ausgenutzt.

«Wann sehen wir uns wieder?», wagte sie zu fragen, als er sie hinausließ.

«Wir treffen uns heute Abend um achtzehn Uhr am Stachus. Am Brunnen, vor der Buchhandlung Hugendubel. Dann werden wir über alles sprechen.»

Wie in Trance ging Eva zu ihrem Twingo und setzte sich hinters Steuer. Ihre Hand zitterte so stark, dass sie den Schlüssel erst nicht ins Zündschloss bekam. Ihr Meister stand nicht mehr in der Tür, aber Eva glaubte, seine Blicke dennoch zu spüren.

Der Motor startete, und sie fuhr den Waldweg zurück, den sie gekommen war. Die Sonne hatte den Morgennebel vertrieben, doch ihre Gedanken verschwammen. In ihrem Kopf purzelte alles wild durcheinander.

War das wirklich wahr, was sie eben erlebt hatte, oder träumte sie?

Ihr Herr hatte den BH behalten, ihren Busen angefasst,

ihre Nippel gestreichelt. Noch immer pochte ihr Kitzler von seiner Berührung.

Wow, sie hatte es tatsächlich geschafft! Das musste sie sofort Maike erzählen.

Probezeit

Steffen steuerte den Mercedes durch den Münchner Stadtverkehr und fluchte unentwegt vor sich hin. Jede rote Ampel und jeder Kriecher zerrten an seinen Nerven. Die Uhr an seinem Armaturenbrett zeigte 17:41. Er wollte auf keinen Fall zu spät kommen! Wenigstens spielte das Wetter mit, denn das angekündigte Gewitter war ausgeblieben, und keine Wolke bedeckte den Himmel.

Du wirst meine Sklavin sein, hatte er gesagt. Verflucht, wie war er nur auf die Idee gekommen? Dabei war er im Dienst gewesen! Er musste sich bei ihr entschuldigen, ihr erklären, warum er sie hatte ausziehen lassen: um zu sehen, ob sie verwanzt war. Deshalb hatte er auch in ihren Slip gefasst.

Verdammt, sie würde ausrasten! Und ihm diese Story gewiss nicht glauben, obwohl sie nur zur Hälfte eine Ausrede war. Eva hatte ihn so verdammt heiß gemacht!

Er hatte nicht lange gebraucht, um herauszufinden, dass sie Reporterin bei einem renommierten Boulevardmagazin war. Eva Hellmann würde sich gewiss mit einem entsprechenden Artikel bei ihm rächen: *Polizist verführt Frau, um Geständnis zu erzwingen ...*

Gut, dass sie sich in der Stadt trafen. Er musste sie von der Villa fernhalten!

Er parkte seinen Wagen in der Nähe des Hauptbahnhofes und eilte in Richtung Stachus, wie der Karlsplatz auch genannt wurde. Dort begann die Fußgängerzone im Herzen Münchens. Sie reichte vom Stachus bis zum Marienplatz und war die größte, teuerste und meistbesuchte Einkaufsstraße in Deutschland. Bis in die Nacht herrschte hier reger Betrieb.

Steffen überquerte die mehrspurige Straße. Als er das riesige Rondell und den Brunnen am Stachus erreichte, ließ er seinen Blick schweifen. Es war kurz vor sechs. Ob Eva schon hier war?

Er schlängelte sich durch die Menschenmassen, die zur U-Bahn hinabströmten, und erkämpfte sich einen Weg zur anderen Seite des flachen Brunnens, der den halben Platz einnahm. Über den Wasserfontänen erhaschte er einen Blick auf die hellen Zinnen des Karlstors und die seitlich angebauten Häuser, die in einem Halbbogen um den runden Platz führten.

Früher war Steffen oft mit Myriam durch die Einkaufspassagen gebummelt, hatte geduldig auf sie gewartet, während sie sich Ewigkeiten in der Buchhandlung aufgehalten hatte, oder sie waren schnell im McDonald's einen Burger essen gewesen.

Diese Erinnerungen schmerzten ihn noch immer. Doch seit Eva vor wenigen Stunden aufgetaucht war, wirkte seine Umwelt plötzlich heller, lauter und bunter. Wie es schien, brachte diese Frau frischen Wind in sein Leben und lenkte ihn von seinen tristen Gedanken ab. Aber je näher Steffen dem Treffpunkt kam, desto mehr schlackerten seine Knie.

Was war er für ein Feigling! Er würde Eva nun reinen

Wein einschenken und ihr erklären, warum er sich als *der* Meister ausgegeben hatte. Dazu würde er sie zum Abendessen einladen. Vielleicht im Augustiner, Schnitzelwirt oder Hofbräuhaus. Dort würde Eva ihm hoffentlich keine Szene machen. Und mit einer Riesenportion Glück verzieh sie ihm und würde sich vielleicht weiterhin mit ihm treffen.

Leider musste er um zehn Uhr wieder in der Villa sein und seinen Kollegen Daniel bei der Observation ablösen. Steffen hatte es ihm versprochen. Ansonsten hätte er bis morgen Mittag frei gehabt, aber Daniel war vor einer Woche zum ersten Mal Vater geworden, und er wollte seine Frau nachts beim Wickeln und Fläschchenzubereiten unterstützen. Zu ihrem Pech hielt der Fall Steffen und seine Kollegen dermaßen in den Klauen, dass sie sich nicht beurlauben lassen konnten, da ihre Einheit notorisch unterbesetzt war. Sie hatten Forstenrieder zwar nachweisen können, dass er die Mädchen manipulierte und sie zwang, Falschgeld unter die Leute zu bringen, aber an die Drahtzieher der Organisation waren sie bis jetzt nicht herangekommen. So lange konnten sie den Kerl nicht festnehmen.

Steffen hatte sich frisch rasiert, seine besten Jeans und ein schwarzes, enganliegendes T-Shirt angezogen und sogar seine Lederschuhe poliert, um einen guten Eindruck zu machen. Evas sehnsüchtige Blicke in der Villa gingen ihm nicht aus dem Kopf. Und erst ihre Berührungen! Ihre Zunge auf seinen Lippen – Steffen war kurz davor gewesen, Eva wild zu küssen … und als sie seinen Schwanz berührt hatte, wäre er beinahe gekommen. Was für ein unanständiges Wildkätzchen!

Offensichtlich gefiel er dieser Frau. Er hatte gespürt,

dass die Chemie zwischen ihnen stimmte. Das galt es auszunutzen. Es war zwar schon mehrere Jahre her, dass er seinen Charme beim anderen Geschlecht hatte spielen lassen, aber er musste sich zusammenreißen. Es stand einiges auf dem Spiel – wenn sie wollte, konnte sie seine Karriere mit einer Dienstaufsichtsbeschwerde oder einem kurzen Zeitungsartikel von heute auf morgen beenden.

Nachdem Steffen den Brunnen halb umrundet hatte und bereits den Eingang zur Buchhandlung erblickte, entdeckte er auch Eva. Abrupt blieb er stehen. Sie saß auf einem der zahlreichen abgerundeten Steinquader, die um den Brunnen verteilt waren, und sah umwerfend aus. Ihr weinrotes Kleidchen bedeckte kaum ihren Po und lenkte seine Aufmerksamkeit auf ihre langen Beine, die sie übereinandergeschlagen hatte. Der tiefe Ausschnitt betonte ihre Brüste – dennoch wirkte dieser Hauch von Stoff nicht billig an ihr, im Gegenteil. Schwarze Riemchensandaletten mit kleinen Absätzen schmückten ihre zierlichen Füße, ihr Haar war diesmal locker aufgesteckt, und einzelne Strähnen fielen auf ihre Schultern. Was für ein Engel. Ein sündhafter Engel.

Warum provozierte sie ihn dermaßen? Er hätte zu große Lust, sie über einen dieser Steinquader oder seinen Schoß zu legen, ihr das Kleid über den Po zu ziehen und sie dann ...

Bei diesen Gedanken regte sich sein Schwanz, und Steffens Hände ballten sich zu Fäusten. O ja, ihm würde es Spaß machen, ihren prallen Hintern mit seinem Handabdruck zu verzieren. Eva würde zappeln, jammern und flehen und schließlich feucht für ihn werden, weil ihr die Behandlung in Wahrheit gefiel.

Als Eva ihn bemerkte, huschte ein Lächeln über ihr Gesicht. Sie stand auf, hängte sich ihre Handtasche über die Schulter und schlenderte zu ihm, noch immer dieses verruchte Lächeln auf den Lippen.

Gerade als Steffen sie begrüßen und sagen wollte: «Frau Hellmann, ich muss mit Ihnen reden», schaute sie sich verstohlen um, beugte sich zu ihm und flüsterte in sein Ohr: «Ich habe kein Höschen an, Herr.»

Ein Adrenalinstoß durchzuckte ihn, und es zog bis tief in seinen Unterleib. Diese Frau! Wenn sie das doch nicht nur tun würde, um an eine Story zu kommen.

Unschuldig blinzelte sie ihn an. In der Öffentlichkeit fühlte sie sich wohl sicherer. Aber es war ja auch seine Absicht gewesen, sie nicht noch mehr einzuschüchtern. Ihre ängstlichen Blicke in der Villa hatten ihm einen Stich versetzt.

Doch dass Eva kein Höschen trug und sie ihm das so offen gestand – das schürte seine Phantasien.

Steffen räusperte sich. Er hatte bisher kein Wort gesagt.

«Warum treffen wir uns hier und nicht in der Villa?», fragte sie.

Jetzt musste er reinen Tisch machen, ihr erklären, wer er wirklich war. Stattdessen erwiderte er mit rauer Stimme: «Um Vertrauen aufzubauen.»

Verdammt, was schwafelte er da?

Er nahm allen Mut zusammen und wollte ihr nun wirklich erklären, was Sache war, da stellte sie bereits die nächste Frage. «Wann werde ich in den Zirkel aufgenommen, Herr?»

«Geduld.»

«Und wann lerne ich die anderen Sklavinnen kennen?»

Offensichtlich kam nun die Reporterin in ihr zum Vorschein.

«Alles zu seiner Zeit.» Steffen atmete tief durch. Vielleicht war es noch nicht zu spät, das Spiel zu beenden. Er musste nachdenken, konnte jedoch kaum einen klaren Gedanken fassen. «Lass uns erst etwas essen und alles Weitere später besprechen.»

Eva nickte. Anschließend fragte sie ihm wieder Löcher in den Bauch, bis er ihr befahl, den Mund zu halten. Ihre Brauen hoben sich wie zum Protest, doch sie gehorchte und senkte demütig den Kopf.

Ob sie alles tun würde, was er verlangte? Seinem Schwanz schien die Idee zu gefallen, denn er stand in seiner Hose auf halbmast. Am liebsten hätte Steffen ihn in eine bequemere Lage gerückt.

Sie schlenderten durch das Karlstor, vorbei an zahlreichen Geschäften, die zu beiden Seiten der Fußgängerzone in den historischen Gebäuden untergebracht waren. Eva ging so dicht neben ihm, dass sich ab und zu ihre Hände berührten.

Um seine Begleiterin – und ihr tiefes Dekolleté – nicht ständig anzustarren, tat Steffen so, als würden ihn die Auslagen in den Schaufenstern interessieren. Offenbar spielte sein Unterbewusstsein ein altes Programm ab, denn plötzlich blickte er auf halbem Weg zum Marienplatz in ein Fenster, das mit schwarzen Herzen dekoriert war.

«Brauchen wir noch Spielzeug, Herr?», hörte er Evas Stimme dicht neben sich.

Eine Hitzewelle jagte durch seinen Körper, als Steffen erkannte, dass sie sich vor einem Beate-Uhse-Laden befanden. In diesem Erotikshop an der Neuhauser Straße hatten sich Myriam und er immer mit Toys eingedeckt. Erst jetzt registrierte er die Schaufensterpuppen, die lediglich Dessous trugen.

Steffen stöhnte innerlich. Schon ewig hatte er keinen Sex mehr gehabt. Er vermisste es, zu experimentieren. Dementsprechend reagierte er auf Evas Reize und die Auslagen im Schaufenster. Warum nicht ein wenig Spaß haben? Ganz unverbindlich natürlich.

Eva starrte ihn an, wartete auf Antwort.

Was, wenn er wirklich Forstenrieder wäre? Ihre journalistische Neugierde hätte sie in Teufels Küche bringen können! Vielleicht war es Zeit, ihr eine Lektion zu erteilen.

Evas Herz pochte hart, während ihr Herr im strengen Ton mit ihr sprach. Zuvor hatte sie gedacht, sie könne seine Selbstsicherheit ins Wanken bringen. Also hatte sie mit ihren weiblichen Reizen gespielt, um ihn zu testen. Denn irgendetwas stimmte hier nicht. Er verhielt sich nicht wie der Meister eines SM-Zirkels, dessen Sklavinnen sich an strenge Regeln zu halten hatten.

Seltsamerweise gefiel ihr das Spiel mit diesem Mann. Sie hatte immer gedacht, Sex ohne Liebe könnte niemals erfüllend sein. Aber sie war heiß wie nie, nur weil dieser attraktive Kerl ihr Befehle zuraunte. Allein sein Anblick ließ ihr Herz schneller schlagen. Er wäre auf jeden Fall ein Typ zum Verlieben, doch das durfte sie nicht zulassen. Sie machte lediglich ihren Job, holte sich die Story und fertig.

«In dem Laden werden wir beide so tun, als wären wir ein Paar. Verstanden?» Er hielt ihr die Tür auf und ließ sie vorbeigehen. «Du sprichst mich weder mit ‹Herr› noch mit ‹Meister› an und wirst mich duzen.»

«Warum?»

«Um nicht aufzufallen.»

Anscheinend hatte er doch mehr zu verbergen, als sie dachte. Das trieb ihre Neugier in ungeahnte Höhen. «Ist es Euch eigentlich lieber, wenn ich Euch mit ‹Herr› oder mit ‹Meister› anspreche?»

«Herr», brachte er mit rauer Stimme hervor. «Und mir wäre es lieber, wenn du jetzt einfach mal still wärst.» Als er grinste, bildeten sich Fältchen um seine grauen Augen.

Eva musste ihn ständig anstarren, obwohl sie wusste, dass sich das nicht gehörte. Sollte er sie ruhig später dafür bestrafen. Im Moment konnte sie den Blick nicht abwenden. Allein wie sich das schwarze Shirt an seinen Traumkörper schmiegte, machte sie schwach. Sie wusste ja, wie er gebaut war, und konnte es kaum erwarten, ihn erneut nackt zu sehen. Ganz nackt.

Sein herausforderndes Lächeln ging ihr durch und durch. Er freute sich wohl schon sehr aufs Einkaufen.

«Komm weiter», sagte er, wobei sich seine große warme Hand um ihre Finger schloss.

Eva blieb die Luft weg. Sein Griff fühlte sich gut an. Zu gut. Als würde sie nur ihm allein gehören. Oder befürchtete er, sie würde weglaufen? Da musste er sich keine Sorgen machen. Dieses neue Abenteuer würde sie sich auf keinen Fall entgehen lassen.

Ihr Puls klopfte schnell, als sie es wagte, eine weitere Frage zu stellen. «Und mit welchem Namen soll ich dich jetzt ansprechen?»

«Steffen.»

Steffen ... Ob er wirklich so hieß? Sie musterte ihn verstohlen von der Seite, während sie durch den Laden gingen, doch keine seiner Reaktionen verriet, ob er gelogen hatte. Er verhielt sich plötzlich wie ein Partner, legte einen Arm um ihre Schulter und zog sie an sich. Eva inhalierte seinen Männerduft und hätte am liebsten die Nase unter seine Achsel gesteckt.

Er zog sie weiter, vorbei an einem jungen Paar, das sich von der Verkäuferin über Latexprodukte beraten ließ. Ansonsten schien niemand im Laden zu sein.

Zu beiden Seiten ragten Regalreihen bis unter die Decke. Bunte Kisten, Dildos und Vibratoren in allen Farben und Formen gab es hier zu bestaunen. Leise Musik und gedämmtes Licht sollten vermutlich für Wohlfühlatmosphäre sorgen, dennoch konnte sich Eva nicht entspannen. Vor Aufregung kribbelte es überall, von den Zehen bis in die Kopfhaut. Seit sie den Laden betreten hatten, stand sie unter Strom. Sie wagte es, ihrerseits den Arm um seine Hüfte zu legen, und genoss den warmen, gestählten Männerkörper so dicht bei sich.

«Was würde dir gefallen?» Steffen hielt einen Vibrator aus Edelstahl in der Hand, drehte ihn und legte ihn zurück.

Hilflos zuckte Eva mit den Schultern. Sie war noch nie in einem Erotikladen gewesen. Außer einem Nullachtfünfzehn-Vibrator, den sie online bestellt hatte, besaß sie kein Sextoy, während Steffen sich so gelassen gab, als würde er an der Obsttheke stehen.

«Weiß nicht.» Ihr Gesicht glühte.

«Dann such ich was aus.» Er schlenderte durch die Reihen, besah sich die Auslagen und griff nach einem vibrierenden Analplug. Eva hatte noch nie Analverkehr gehabt. Ob Steffen sie mit dem Ding darauf vorbereiten wollte?

Er klemmte sich eine Schachtel, die einen pinken Vibrator mit Klitoris-Stimulator enthielt, unter den freien Arm, schnappte sich eine schwarze Augenbinde und zog aus einem anderen Regal eine Packung fliederfarbener Liebeskugeln aus Silikon, die er ihr in die Hand drückte. Danach folgte Gleitgel und ein ... Knebel-Kopfgeschirr mit Ball zum Draufbeißen!

O Gott, wollte er all ihre Körperöffnungen ausfüllen?

Von einem Drehständer zog er zwei vibrierende Brustwarzenklammern in Schwarz, die sich auf Knopfdruck aktivieren ließen, und klemmte sich die Kunststoffpackung zwischen die Zähne.

Evas Herz raste vor Vorfreude.

An der Kasse ließ Steffen sie los und legte die Schachteln auf den Tresen.

Eva fühlte sich ein wenig unsicher und verloren ohne seinen starken Arm. Erneut schoss ihr Hitze ins Gesicht, als die Verkäuferin die Artikel einscannte und Steffen sagte: «Den bitte auch noch.»

Er zeigte auf einen fingergroßen silberfarbenen Minivibrator neben der Kasse und ließ ihn sich mit zu den anderen Sachen in die diskrete schwarze Tüte packen. Dann bezahlte er dreihundertfünfundzwanzig Euro mit seiner Kreditkarte, wünschte der Verkäuferin einen schönen Feierabend und verließ mit Eva den Laden, als hätte er lediglich im Supermarkt eingekauft. Doch ganz so cool, wie er sich gab, schien er nicht zu sein. Kaum traten sie an die frische Luft, fasste er sich kurz an den Schritt und stieß die Luft aus. Er sah Eva mit solch lustverhangenem Blick an, dass ihr ohnehin heftiger Pulsschlag noch an Tempo zulegte.

Er war hart. So verdammt hart. Und er wollte Eva.

Jetzt.

Es war wie eine Sucht. Er musste sie riechen, fühlen, von ihr kosten …

Steffens Gedanken überschlugen sich. Als er sie so nah an seinem Körper gespürt und ihre Verlegenheit registriert hatte, hätte er ihr am liebsten gleich gezeigt, dass diese Spielzeuge nichts Verwerfliches an sich hatten. Wenn Eva es zuließ, würden sie ihr – ihnen beiden! – höchste Lust bereiten. Am liebsten wollte er sofort einige Sachen an ihr testen! Doch wo? Wo würden sie ungestört sein?

Als sie mit ihren langen Wimpern klimperte und in ihrer unschuldigen Art fragte: «Muss ich Euch nun wieder mit ‹Herr› ansprechen?», zog er sie an der Hand um die nächste Ecke, vorbei an einem Schuhladen und durch einen Torbogen hindurch, und betrat, ohne lange nachzudenken, ein Bekleidungsgeschäft.

«Herr? Steffen?» Eva lief halb, denn sie konnte mit seinen großen Schritten kaum mithalten. «Was wird das?»

Umkleidekabinen … Dieses eine Wort geisterte ständig durch seinen Kopf. Wo waren die verdammten Umkleiden? «Wir wollen das hübsche Spielzeug gleich ausprobieren.»

«Hier?»

Steffen zog Eva weiter, vorbei an einer Verkäuferin, die einer alten Dame eine Bluse zeigte, und dankte dem Himmel, als sie direkt in die Bademodenabteilung stolperten. Da im Herbst so gut wie niemand neue Badesachen brauchte, hielten sich in diesem Bereich kaum Menschen auf. Fünf Kabinen mit blauen Vorhängen befanden sich in Sichtweite, die Musik aus den Lautsprechern war so laut, dass niemand sie hören würde, und keine Verkäuferin stand in der Nähe.

Perfekt.

Hastig blickte Steffen auf seine Armbanduhr. Eine Stunde bis Ladenschluss. Noch genug Zeit, um Eva zu zeigen, wozu ihr «Herr» fähig war.

Als er sie in eine der kleinen Kabinen lotste, den Vorhang zuzog und die Tüte mit den Toys auf den Hocker vor dem Spiegel stellte, schüttelte sie den Kopf. «Das ist nicht dein Ernst!»

Er drängte sie mit seinem Körper gegen die Wand, die Hände neben ihrem Kopf abgestützt. «Wie sprichst du mit mir?», fragte er dicht an ihrem Mund. Am liebsten hätte er jetzt seinen Schwanz ausgepackt, ihr Kleidchen angehoben und sie gefickt. Bestimmt war sie schon feucht für ihn und würde ihn problemlos aufnehmen. Er würde in ihre enge heiße Muschi gleiten und so lange in sie rammen, bis Eva vor Ekstase schrie.

Als sie sich über die Lippen leckte und «Herr?» wisperte, küsste er sie einfach, teilte mit der Zunge ihre Lippen und presste seinen Mund auf ihren.

Aufkeuchend ließ sie ihre Handtasche fallen. Kurz versteifte Eva sich, schlang dann jedoch ihre Arme um seinen Hals und küsste ihn gierig zurück.

Wahnsinn, wie weich ihr Mund war und wie frech ihre Zunge! Eva stupste sie immer wieder zu ihm herüber, als wäre sie hier der Boss. Steffen drängte ihre Zunge zurück, kostete sie und genoss den Geschmack nach Pfefferminze.

Ihre Hüften rieben sich an ihm und stimulierten seinen Schwanz. Steffen stöhnte auf. Er wollte mehr von ihr – alles! Seine Finger glitten in Evas Haar und zogen die Klammern heraus, bis es um ihr Gesicht wallte. Es war so weich wie ihre Haut.

Die Klammern ließ er hastig in die Tüte fallen, dann strich er über Evas Arme und Hüften. Er spürte die Wärme ihrer Haut durch den Stoff. Hart presste sich sein Schwanz an ihren Bauch. Würde sie ihn wieder anfassen, so wie in der Villa?

Zu wissen, dass sie kein Höschen trug und es kein Hindernis mehr zwischen ihnen gab, wenn er seinen Reißverschluss öffnete, ließ ihn jeden klaren Gedanken vergessen. Er legte beide Hände auf Evas Brüste und massierte sie durch das Kleid. Steffen spürte ihre harten Nippel. Er wusste, wie sie aussahen: groß und dick, wie reife Himbeeren.

Eine Hand schob er in ihren Ausschnitt und zog an dem elastischen Stoff. Die andere Hand wanderte wie von selbst zu ihrem Oberschenkel und unter ihr Kleid, streichelte die Innenseiten ihrer Beine, höher hinauf, auf das Ziel seiner Begierde zu. Ob sie wirklich kein Höschen trug? Je näher er ihrer Muschi kam, desto heißer wurde es zwischen ihren Schenkeln.

Plötzlich durchbrach eine Lautsprecherdurchsage das monotone Dudeln der Kaufhausmusik: «... und bitte beachten Sie unsere Sonderangebote in der Bademodenabteilung ...»

Das holte ihn auf den Boden zurück. Verdammt, was tat er da? Er benahm sich wie ein geiler Teenager!

Schwer atmend löste er sich von ihr und brachte seinen steifen Schwanz durch die Hose in eine bequemere Position.

Sein Blick fiel auf die Tüte. Sie sollten jetzt gehen.

Eva starrte ihn seltsam an, die Brauen zusammengezogen, sodass sich zwei Falten dazwischen bildeten. Ob sie sich über sein Verhalten wunderte? So benahm sich kein Meister!

Sie atmete immer noch schnell, ihre wunderschönen Lippen waren geschwollen von seinen Küssen. Er sollte das alles sofort beenden, aber er wollte nicht.

Hektisch fuhr Steffen sich durchs Haar. Was würde ein echter Dom jetzt machen?

Er versuchte, seine Stimme möglichst ruhig klingen zu lassen, und fragte: «Brauchst du etwas, das dich ausfüllt?»

Ohne zu zögern, nickte Eva. Sie lehnte an der Rückwand der Kabine, ihre Brüste hoben sich bei jedem raschen Atemzug, die harten Nippel drängten gegen den Stoff.

Sie befanden sich in der Öffentlichkeit; er konnte unmöglich mit ihr schlafen, schon gar nicht in einer Umkleidekabine! Aber sie brauchte es genauso sehr wie er. Sie wollte es wirklich, daran gab es keinen Zweifel.

Steffen schaute in die Tüte. Was könnte er ihr geben? Zuerst hielt er die Packung mit dem großen rosa Vibrator in der Hand, doch als er die fliederfarbenen Liebeskugeln erblickte, war seine Entscheidung gefallen. Hastig riss er die Verpackung auf, und die beiden mit einer Silikonschnur verbundenen Kugeln rollten auf seine Hand. Sie fühlten sich glatt an und schwerer, als sie aussahen. An einem der Bälle befand sich eine Schlaufe, um das Toy wieder aus der Muschi herausholen zu können.

Steffen hielt die Kugeln hoch. «Führ sie dir ein.»

Zögerlich nahm Eva sie entgegen.

«Hebe dein Kleid an.»

Als sie seinen Befehl befolgte, presste er die Hand auf seinen Schritt. Dieses liederliche Frauenzimmer! Eva trug tatsächlich keinen Slip und war blitzblank rasiert.

«Ich ...» Sie schaute ihn mit ihrem typisch unschuldigen Rehblick an. «Ich bin nicht feucht genug, Herr.»

Und wie sie das war! Steffen erkannte im grellen Licht der Neonröhre das verräterische Glitzern zwischen ihren Schamlippen.

Hastig griff er in die Tüte und kramte so lange darin herum, bis er fand, was er suchte: den kleinen Edelstahlvibrator. «Für diese Lüge werde ich dich bestrafen.»

Hatte sie eben leicht genickt?

Steffen räusperte sich. Diese Frau trieb ihn in den Wahnsinn. «Stell ein Bein auf den Stuhl.»

Eva gehorchte nicht.

Aha, das ging ihr also zu weit. Oder sperrte sie sich absichtlich, um seine Grenzen auszutesten? Eigentlich sollte er ihre ausloten.

Steffen beugte sich dicht zu ihr und sagte so nah an ihrem Ohr, dass er es mit den Lippen streifte: «Ich will deine Muschi in ihrer ganzen Pracht sehen. Du hast sie doch für mich so schön rasiert, oder?»

«Ja, Herr», hauchte Eva, die Finger in den Saum des Kleides gekrallt. Sie hielt es immer noch artig nach oben.

«Dann enttäusche deinen Herrn nicht.»

Langsam hob sie ihr Bein. Steffen trat zurück und starrte

auf ihre Schamlippen, die sich nun öffneten und regelrecht vor Nässe trieften.

Sein Schwanz bäumte sich auf, wollte aus dem Gefängnis befreit werden und endlich zum Zug kommen.

Doch Steffen ignorierte ihn. Oder versuchte es zumindest. Evas weiblicher Duft drang in seine Nase, und Speichel sammelte sich unter seiner Zunge.

«So ist es brav.» Er tätschelte ihren Oberschenkel und drehte dann am Gehäuse des winzigen Vibrators. Leise summend nahm das Gerät seinen Dienst auf.

Steffen ging in die Hocke. Evas rosiges Geschlecht vor seinen Augen und der unwiderstehliche Geruch trieben ihn an seine Grenzen. Vorsichtig setzte er die silbern funkelnde Spitze des Vibrators an ihrer linken Schamlippe an und strich daran auf und ab.

Keuchend schloss Eva die Augen, ihr Bein auf dem Stuhl zitterte.

Steffen verfuhr auf der anderen Seite ebenso, verweilte mit der schwingenden Kuppe auf ihrem Venushügel und glitt anschließend tiefer, auf ihren Kitzler zu.

Eva wurde unruhiger, rieb ihren Po an der Kabinenwand hin und her.

«Kannst es wohl kaum erwarten, du geiles Ding», sagte er und tippte mit dem Vibrator ihre Klit an.

Leise schrie Eva auf.

Sofort kam Steffen auf die Beine und presste die Hand auf ihren Mund. «Du musst still sein!»

Als sie ergeben nickte, nahm er langsam die Hand weg. Er wollte Eva erneut küssen, erlaubte sich aber nur ein flüchtiges Streifen ihrer Lippen. Seufzend hielt ihm Eva den Kopf hin, wollte mehr, doch Steffen ging wieder auf Tauchstation.

Ihre Küsse verwirrten ihn, berührten etwas tief in seinem Herzen und seiner Seele. Dieses Gefühl ängstigte ihn.

«Du hast eine schöne Muschi», sagte er, um sich auf andere Gedanken zu bringen. Er drückte den Vibrator in Eva hinein und ließ ihn sacht kreisen.

Ihr Stöhnen nahm zu.

«Leise», zischte er. «Reiß dich zusammen!»

«Ja, Herr.»

Als er den fingergroßen Vibrator erneut in sie stieß, lief ein milchiger Tropfen an der Innenseite ihres Schenkels nach unten. Steffen leckte ihn kurzerhand auf.

Mmm, wie gut sie schmeckte. Mit nichts vergleichbar, leicht bitter und doch hervorragend.

Steffen konnte nicht mehr an sich halten, er musste mehr von dieser köstlichen Creme kosten, daher zog er den Vibrator heraus und leckte ihn ab. Evas Geschmack verteilte sich auf seiner Zunge.

Steffen wollte noch mehr. Wollte alles. Er presste die Lippen auf ihren feuchten Schoß und leckte ihn aus. Seine Zunge flatterte über ihren Kitzler und schleckte die Feuchtigkeit aus ihrer Spalte.

Evas Faust verkrampfte sich um die Kugeln. Sie ließ den Stoff ihres Kleides über seinen Kopf fallen und stöhnte verhalten. Als Steffen sich zurückzog, sah er, wie sie sich die Hand auf den Mund drückte.

«Jetzt bist du feucht genug», raunte er und schaltete den Vibrator aus. «Führe dir nun die Kugeln ein.»

«Bitte macht Ihr das, Herr. Meine Hände zittern zu stark.» Sie hielt ihm das Toy vor die Nase.

Steffen schluckte. Von wegen, ihre Hände zitterten.

Hexe!

Er nahm Eva die Kugeln ab. Sie waren warm von ihrem Griff. Optimal. Steffen ließ die erste durch ihre Spalte gleiten, um sie anzufeuchten, bevor er sie gegen den Eingang presste. Dabei massierte er ihre Schamlippen, die so verführerisch weich waren, dass er sie am liebsten schon wieder geleckt hätte.

Stöhnend schloss Eva die Schenkel, doch Steffen drückte ihr angehobenes Bein zurück, sodass sich Eva erneut für ihn öffnete. Nach dem ersten Widerstand saugte ihre gierige Muschi die Kugel regelrecht ein. Die zweite schob er hinterher, bis nur noch das Bändchen herausschaute. Was für ein geiler Anblick!

Mit den Fingern massierte er ihre nassen Schamlippen. Anschließend erhob er sich.

Demonstrativ hielt er seine glitzernden Finger vor ihre Augen. «Leck sie sauber. Immerhin habe ich die ganze Arbeit machen müssen.»

«Ja, Herr», erwiderte sie demütig, umfasste sein Handgelenk und begann zu lecken. Zärtlich. Zurückhaltend. Dabei hielt Eva die Augen fest geschlossen.

Steffen streichelte mit der anderen Hand über ihre erhitzten Wangen und flüsterte sanft: «Das ist schon alles? Du kannst das besser, das weiß ich.»

Sie blinzelte kurz, dann saugte sie seinen Mittelfinger in ihren heißen, feuchten Mund und züngelte daran.

Scheiße, war das geil! Das intensive Gefühl schoss bis hinab zu seinem Schwanz. Lusttropfen benetzten seinen Slip.

Langsam zog Steffen den Finger aus ihrem Mund. «Das hast du gut gemacht. Dafür werde ich dich noch ein wenig verwöhnen.»

Er stellte sich zwischen ihre Oberschenkel, sodass Eva keine Chance mehr hatte, sie zu schließen. Dann schaltete er den kleinen Vibrator an und fuhr damit durch ihre Muschi, in sie hinein und über ihre Klit. Sein Schwanz pochte so heftig, dass Steffen schwindlig wurde. Wie lange würde er das aushalten?

Als Eva flüsterte: «Darf ich kommen, Herr?», zog Steffen sofort die Hand zurück.

«Nein. Noch nicht.» Erneut ging er in die Hocke, um ihre nasse Muschi zu betrachten. Hochrot und geschwollen präsentierte sie sich ihm. Er konnte nicht anders, musste unbedingt noch einmal von ihr probieren. Abwechselnd verwöhnte er sie mit dem Vibrator, knabberte an den weichen Schamlippen oder leckte hart über ihren Kitzler, bis Eva wimmerte.

«Bitte, Herr, lasst mich kommen.»

Endlich hatte er sie da, wo er sie haben wollte.

Bemüht, nicht zu grinsen, stand er auf. «Man wird dich hören. Du bist jetzt schon zu laut.»

«Ich werde ganz leise sein, versprochen.»

«Dazu bist du zu wollüstig. Du wirst die ganze Abteilung zusammenschreien.» Sanft krallte er seine Hand in ihre Scham.

Als sie ihm hilflos ihre Hüften entgegenstieß und «Bitte, Steffen» wisperte, wäre er fast schwach geworden.

«Du wirst mit mir gemeinsam kommen, Engelchen. Aber nicht hier und nicht jetzt.» Schnell nahm er die Hand zurück, denn Eva hatte begonnen, sich daran zu reiben.

«Bitte, Herr, bitte!», flehte sie ihn an. «Dafür blase ich Euch auch einen.»

Allein die Vorstellung brachte ihn fast zum Abspritzen. «Du willst mich also bestechen?» Nur mühsam gelang es ihm, die Worte herauszupressen.

«Ich möchte Euch auch verwöhnen, Herr», erwiderte sie unschuldig.

Er musste das jetzt beenden, oder er würde gleich über sie herfallen! Stattdessen hörte er sich sagen: «Du darfst meinen Schwanz sauber lecken. Mehr nicht.»

Er holte ihn aus der Hose, die er jedoch anbehielt. Schließlich könnte jederzeit jemand hereinplatzen.

Eva ging vor ihm auf die Knie und betrachtete eingehend seinen Schaft. Allein davon zuckte er in Steffens Hand, und ein neuer Tropfen lief aus dem Schlitz.

«Das ist nur deine Schuld», grollte er. «Mach ihn sauber.»

«Ja, Herr.» Ihr Atem streifte seine nasse Spitze, bevor sich ihr Mund darum schloss. Heiß und fest. Ihre Zunge glitt über seine Eichel, und dieses Gefühl riss Steffen fast von den Beinen. Seine Schwanzspitze pochte wild, elektrische Schocks schienen durch seine Lenden zu jagen.

Er lehnte sich zurück an die Wand und schaute Eva zu, wie sie ihn verwöhnte. Manchmal saugte sie nur die Spitze ein, dann versenkte sie seinen Schwanz wieder bis zum Anschlag, und zwischendurch züngelte sie über die Adern, als ob sie deren Beschaffenheit erspüren wollte.

Seine kleine Sklavin stellte sich geschickt an. So geschickt, dass er fast gekommen wäre, nachdem sie begonnen hatte, seine Eier zu streicheln.

«Genug!» Schnell drückte er den Schaft nah an der Wurzel zusammen und wich zurück.

Mit glänzenden Augen schaute sie zu ihm auf, ihre Lippen benetzt von seiner Lust. «Ihr schmeckt gut, Herr», sagte sie.

Oh, dieses Weib!

«Wie schmecke ich denn?», fragte er rau.

«Nach Mann und Schwanz. Leicht salzig.» Rosa Flecken überzogen ihre Wangen.

Es gefiel Steffen, wie sie sprach. Schüchternheit und Draufgängertum lieferten sich bei ihr einen ständigen Kampf.

Um nicht erneut in Versuchung zu geraten, zog er sie auf die Beine. Sie standen dicht an dicht. Steffen wollte Eva so gerne noch einmal küssen ... und das tat er. Er schmeckte sich auf ihren Lippen, und er schmeckte Eva. Sein Schwanz drückte sich gegen ihren Bauch. Er musste mit dieser Frau schlafen – heute noch – oder er würde durchdrehen.

Plötzlich hörte er das «Ratsch» eines Vorhangs, der zugezogen wurde.

«Wenn Sie eine andere Farbe wollen, kann ich Ihnen die Bluse gerne holen», hörte er eine fremde Frauenstimme. Es war die Angestellte von vorhin. Die Kabine neben ihnen war besetzt!

Hastig verpackte Steffen seinen harten Schaft in der Hose, und auch Eva blickte hektisch in den Spiegel, um ihr wirres Haar zu richten. Sie hob die Handtasche auf, holte einen Lippenstift heraus und zog sich die Lippen nach.

Steffen ließ den Minivibrator in der Hosentasche verschwinden und räusperte sich. «Willst du mit mir essen gehen?»

«Gerne», erwiderte Eva atemlos.

Der erotische Zauber war gebrochen. Rasch verließen

sie die Kabine. Steffen wagte es nicht, der Verkäuferin in die Augen zu sehen, die eine Umkleide weiter stand und der Kundin eine Bluse durch den Vorhang reichte.

Als sie aus dem Laden in die Fußgängerzone traten, dämmerte es bereits. Tief atmete Steffen die Abendluft ein. Es duftete nach Essen, und prompt knurrte sein Magen. Schnell warf er einen Blick auf seine Uhr: halb acht. Noch etwas Zeit, bevor er zurück in die Villa musste.

Zum Glück lag das Augustiner nur wenige Schritte entfernt. Der kurze Spaziergang ließ Steffen einigermaßen zur Besinnung kommen.

Sex in einer Umkleidekabine – er konnte es kaum fassen! Noch immer spürte er dieses Ziehen in seinen Lenden, doch sein Schwanz war nicht mehr hart. Gut, denn er konnte jetzt keine weitere Ablenkung gebrauchen. Immerhin musste er noch einiges über Eva herausfinden.

Sie ging neben ihm her und schwieg. Ihr wurde wohl auch erst jetzt klar, was sie getan hatten. Bei Forstenrieder wäre sie damit sicher nicht durchgekommen. Der hätte ihre freche Art nicht toleriert.

Steffen hingegen mochte das und wollte Eva gerne besser kennenlernen. Ein Essen war dafür ideal.

Doch als sie das historische Gebäude durch die dunkle Holztür betraten, schwand Steffens Hoffnung auf ein ruhiges Abendessen zu zweit. Das Restaurant war brechend voll. Zahlreiche Münchner kamen zum Essen her, da hier weniger Touristen anzutreffen waren als zum Beispiel im Hofbräuhaus. Zwar beherbergte das Augustiner noch eine Bierhalle, den lauschigen Arkaden-Garten und andere

Säle, aber Steffen wusste, dass es dort genauso aussehen würde. Sie waren einfach eine Stunde zu spät dran.

Er fragte eine Bedienung, die an ihnen vorbeiging: «Haben Sie noch einen Platz für zwei?»

«Nur ganz hinten, im Muschelsaal», sagte die ältere Dame im Dirndl. «Wenn es Ihnen nichts ausmacht, nebeneinander auf einer Bank zu sitzen?»

«Optimal», meinte er und zog Eva an der Hand durch den holzgetäfelten Speisesaal. Unter einem Rundbogen hindurch betraten sie den nächsten Saal, über dem sich eine riesige Glaskuppel im Jugendstil wölbte, die das restliche Tageslicht hereinließ. Die grauen Wände aus Stein muteten orientalisch an. Ein märchenhafter Raum, denn die Wände waren mit Tausenden echten Muscheln und Kieseln aus der Isar verziert.

Mit großen Augen schaute Eva sich um. «Ich habe total vergessen, wie schön das ist. Ich war schon ewig nicht mehr hier.»

Als sie die freie Bank gefunden hatten, setzten sie sich dicht nebeneinander. Steffen genoss es, so nah bei Eva zu sein. Am liebsten hätte er sie in die Arme gezogen, doch noch bevor er sich traute, kam die Bedienung, um die Bestellung aufzunehmen.

Eva entschied sich für einen bunten Herbstsalat mit Karotten, Gurken und geschnetzelter Putenbrust vom Grill, während Steffen etwas Herzhaftes brauchte und einen Jägerbraten mit frischen Rahmschwammerl und Eierspätzle wählte. Dazu trank er ein alkoholfreies Weißbier und Eva eine Weinschorle.

Eva schielte zu Steffen, der sein Bierglas zwischen den Fingern drehte und die Gäste betrachtete. Das Schweigen zwischen ihnen zerrte an ihren Nerven.

«Ich geh mich mal eben frisch machen, bis das Essen kommt», sagte sie deshalb. Gerade wollte sie sich erheben, als Steffen eine Hand auf ihren Oberschenkel legte.

«Aber die Kugeln bleiben drin.» Er schmunzelte so verschwörerisch, dass es in ihrem Magen kribbelte.

Aha, die Nummer war noch nicht vorbei.

Sie beugte sich zu ihm, flüsterte: «Wie Ihr wünscht, Herr», und küsste ihn aufs Ohr. Dann suchte sie die Toiletten auf, wobei sie glaubte, Steffens Blicke auf ihrem Körper zu spüren.

Nachdem sie sich die Hände abgetrocknet hatte, blieb sie im Waschraum stehen und holte ihr Smartphone aus der Tasche. Schnell wählte sie Maikes Nummer.

«Na endlich», rief ihre Freundin. «Ich hatte schon das Schlimmste befürchtet!»

Eva sah in den Spiegel und wunderte sich über das Strahlen in ihrem Gesicht. «Deine Sorgen sind völlig unbegründet. Er ist so ganz anders, als ... Dings ... erzählt hat. Wie hieß sie noch?»

«Tina.»

«Ja, Tina. Er hat schon eine dominante Seite, aber er ist so liebevoll. Nett. Gar nicht streng. Hach, er ist so ein richtiger Supertyp.»

«Weißt du, wie du klingst?», fragte Maike, während Eva neuen Lippenstift auftrug.

«Wie denn?», nuschelte sie, das Handy zwischen Schulter und Ohr eingeklemmt.

«Total verknallt.»

Fast hätte Eva das Telefon ins Waschbecken fallen lassen. «Quatsch, Steffen ist süß und sexy. Eine Sünde wert – mehr nicht.»

«Steffen heißt er also.» Maike klang weiterhin skeptisch. «Und wie noch?»

«An der Haustür stand Winterholler.»

«Steffen Winterholler», wiederholte Maike gedehnt, als würde sie den Namen notieren. «Du hast ihn schon gegoogelt, oder?»

«Klar.» Eva strich sich das Haar zurück. «Aber ich habe niemanden unter der Adresse gefunden. Es gibt nur einen Markus Winterholler. Er ist Immobilienmakler und lebt die meiste Zeit auf Mallorca, wo er Fincas verkauft. Eine Homepage hat er auch. Allerdings habe ich es vorhin nicht mehr geschafft, die Domaindaten abzufragen. Bist du gerade online und kannst vielleicht mal nachsehen?»

«Moment.» Eva hörte ihre Freundin auf der Tastatur herumtippen. Dann meldete sich Maike zurück. «Jipp. Die Homepage ist unter der Adresse in den Isarauen registriert. Markus Winterholler.»

Ob er ihr seinen richtigen Namen verschwiegen hatte?

Dass er Makler war, könnte stimmen. Wer sonst konnte sich eine Villa in so einer Toplage leisten?

Maikes Stimme riss sie aus ihren Überlegungen. «Ich wäre an deiner Stelle verdammt vorsichtig. Irgendwas ist an der Sache faul. Tina ist wie vom Erdboden verschluckt.»

Da musste sie Maike ausnahmsweise recht geben. Steffen verhielt sich überhaupt nicht wie der Dominus, den Tina ihnen beschrieben hatte.

So langsam hatte sie fast den Verdacht, dass es diesen

ominösen Meister, der seine Sklavinnen hörig machte und mit ihnen Sessions in den Isarauen abhielt, gar nicht gab. Da wurden wieder Gerüchte weitergetragen, und jeder dichtete noch etwas dazu. Doch Eva wollte einfach auf ihr Bauchgefühl vertrauen, das ihr bei Steffen sagte: Er wird nie etwas tun, das mir schadet.

Sie verabschiedete sich von Maike, versprach, sich später noch einmal zu melden, und ging zurück in den Wirtsraum. Essensgerüche und Stimmengewirr schlugen ihr entgegen. Eva bahnte sich einen Weg durch die zahlreichen Gäste und Bedienungen, bis sie Steffen am hintersten Tisch erblickte. Noch hatte er sie nicht bemerkt, denn er starrte in sein Bierglas. Er wirkte nachdenklich. Aber auch irgendwie traurig. Was verheimlichte ihr dieser Mann?

Als er den Kopf hob und sie sah, huschte ein Lächeln über seine Lippen. Seine Augen leuchteten.

Dieses kühle Grau machte ihr wirklich zu schaffen, denn schon wieder spielte ihr Magen verrückt. Verdammt, Maike hatte recht. Sie befand sich auf dem besten Weg, sich in Steffen zu verlieben.

«Wann treffe ich die anderen Sklavinnen?», fragte Eva heute Abend schon zum zweiten Mal.

Steffen sah auf seine Uhr. Er musste bald los, Daniel ablösen. «Alles zu seiner Zeit. Erst möchte ich dich besser kennenlernen, jeden Winkel deines Körpers.» Und am besten sofort.

Während des Essens waren seine Gedanken unablässig in eine unanständige Richtung gewandert. Vor allem weil sich Evas halb bedeckter Oberschenkel ständig gegen sein Bein gedrängt hatte. Das machte sie doch absichtlich!

Er war versucht, zwischen ihre Schenkel zu greifen, um herauszufinden, ob sie die Liebeskugeln noch trug. Aber an ihrem Tisch ging ständig jemand vorbei, sodass Steffen das einfach zu riskant war. Außerdem hatte er versucht, Eva unauffällig auszufragen, aber sie schien wirklich nicht viel zu wissen. Steffen sollte die Arbeit ruhen lassen und sich auf diese Frau konzentrieren. Nur wie kam er jemals aus der Sache, in die er sich dermaßen verrannt hatte, wieder heraus? Eva würde ihm den Kopf abreißen ...

«Wie bist du hergekommen?», fragte Steffen sie, nachdem er bezahlt hatte und sie das Augustiner verließen.

Kühle Nachtluft schlug ihnen entgegen, und Eva schlang die Arme um ihren Körper. Sie war viel zu leicht angezogen. «Mit der U-Bahn.»

Steffen legte einen Arm um sie, um sie zu wärmen. «Dann fahre ich dich jetzt nach Hause.» Er wusste, dass sie in der Innenstadt wohnte, das hatte er bei seinen Recherchen über sie herausgefunden. Was er ihr natürlich nicht verraten würde. Sie heimzufahren wäre kein Umweg, und er würde pünktlich in der Villa sein, um die Observation zu übernehmen.

«Oder nimmst du mich mit zu dir?» Hastig schaute sie auf den Boden. «Zu Euch, meinte ich ... Herr.»

Steffen folgte ihrem Blick. Nein, sie sah nicht auf den Boden, sondern auf die Tüte in seiner Hand, in der die Toys waren! Warum fing sie jetzt wieder mit diesem Spiel an? Wo er gerade mühsam seine Kontrolle zurückerlangt hatte.

«Ihr müsst die Kugeln noch entfernen.»

«Das …» Er räusperte sich. «Das kannst du wunderbar allein.»

«Eure Hände sind viel geschickter als meine.» Ihre Augen funkelten, als sie ihn kurz anblickte.

Diese Frau! «Ich bring dich jetzt erst mal nach Hause, dann sehen wir weiter», sagte er mit einer Stimme, die selbst in seinen Ohren nicht sehr überzeugend klang. «Ich habe gleich da drüben geparkt.» Er deutete über den Karlsplatz. «Wo wohnst du?»

«Nur ein paar Straßen weiter.»

Eva würde ihm tatsächlich verraten, wo sie lebte? Wie unglaublich leichtsinnig!

Sie waren bereits am Stachus angelangt und gingen links am Brunnen vorbei, dessen Fontänen von vielen Lampen angestrahlt wurden. Obwohl es langsam empfindlich kühl wurde, war es eine herrliche Nacht – gerade richtig, um auszugehen, Party zu machen und sich danach wild zu lieben. So wie er es früher mit Myriam getan hatte. Aber Steffen war keine zwanzig mehr, die wilden Zeiten waren vorbei. Obwohl er große Lust hatte, bei Eva den Wilden herauszukehren, um ihr endlich diesen Leichtsinn auszutreiben.

In der Bayerstraße stand sein Mercedes. Es war der teuerste Dienstwagen, den seine Einheit ihm zur Verfügung stellen konnte, damit er vor der Edelvilla weniger auffiel als mit seinem alten Audi.

Steffen hielt ihr die Tür auf, stellte schnell die Tüte hinter den Beifahrersitz, und Eva stieg ein. «Tolles Auto!»

«Danke.» Es ärgerte ihn ein wenig, dass er sich privat nicht so einen Schlitten leisten konnte. Stand Eva vielleicht auf reiche Doms?

«Was machst du eigentlich beruflich?», wollte sie auch prompt wissen, während er den Wagen startete.

Steffen biss die Zähne zusammen. «Ich ...» Verdammt, er wollte sie nicht anlügen! «Ist es denn wichtig, was für einen Beruf ich habe?»

«Ihr weicht immer meinen Fragen aus, Herr», antwortete sie, plötzlich mit demütiger Stimme.

«Und du den meinen. Was machst *du* denn beruflich? Das wolltest du mir während des Essens auch nicht erzählen.»

«Bitte hier rechts abbiegen», sagte sie und setzte leise hinzu: «Ich schreibe.» Dabei schaute sie ihn nicht an, sondern starrte aus dem Fenster.

Jetzt wurde es spannend. «Du schreibst? Romane?»

Lächelnd wandte sie ihm den Kopf zu. «Vielleicht sollte ich ein Buch über unseren geilen Sex schreiben.»

Hitze breitete sich in seinem Unterleib aus. Eva wusste genau, wie sie seinen Fragen ausweichen und ihn dabei ablenken konnte.

«An der nächsten Kreuzung wieder rechts abbiegen.» Sie deutete nach vorne. «Dann sind wir gleich da.»

«Hm», brummte er. Schade, jetzt würden sich ihre Wege trennen. Wie konnte er Eva wiedersehen? Er wollte sie nicht länger anlügen. Trotzdem musste er wissen, ob sie dieses Sexspielchen mit ihm weiterführen wollte, obwohl er nicht der Mann war, den sie ursprünglich gesucht hatte.

«Entfernt Ihr mir jetzt bitte die Liebeskugeln?» Sie schob ihren Rock hoch, sodass Steffen ihre rasierten Schamlippen erblickte und das Bändchen, das dazwischen herausschaute.

Beinahe hätte er die rote Ampel übersehen! Hastig trat

er auf die Bremse, den Blick auf die Straße gerichtet. Seine Hand wanderte wie von selbst in Evas Schoß, während sie an der Kreuzung warteten.

Eva spreizte die Beine und gewährte ihm vollen Zugang. Sie war schon wieder feucht. Oder immer noch? Als Steffen die Silikonschlaufe berührte und sanft daran zog, stöhnte Eva. Seine Finger glitten durch ihr zartes, erregtes Fleisch, und sein Schwanz presste sich erneut gegen die Hose.

Verfluchte Geilheit! Hätte Steffen nicht zur Villa gemusst, wäre er jetzt bei Eva geblieben, hätte sie in ihre Wohnung gebracht und dann gefickt. Sie wollte es, er wollte es. Und dass sie ihn ständig reizte und er ihr nicht richtig die Leviten lesen konnte, machte ihn rasend vor Lust!

Als die Ampel grün zeigte, bog Steffen nicht nach rechts ab, in die Straße, in der Eva wohnte. Er ignorierte, dass er auf der falschen Spur stand, und fuhr kurzerhand nach links. Richtung Isarauen. Dabei störte es ihn nicht, dass er angehupt wurde. Das war er von diversen Verfolgungsfahrten ohnehin gewohnt.

Evas Finger krallten sich bei seinem scharfen Manöver in den Sitz. «Was machst du?»

«Planänderung. Ich nehme dich mit zu mir.» Er war verrückt! Das war riskant und gefährlich. Und überhaupt, was würde Daniel sagen!

Er griff nach dem Handy, das in einem Fach der Mittelkonsole lag, und tippte eine SMS: «Bin gleich da, du kannst nach Hause fahren.»

Sein verdammter Schwanz schien vollends das Kommando zu übernehmen. Steffen hatte Eva doch nur ein wenig ausfragen wollen, testen, wozu sie mit Forstenrieder bereit gewesen wäre, um an ihre Story zu kommen ... Stattdessen machte ihn das Spiel so geil, dass er Eva nur noch ficken wollte.

Ihr schien es nicht anders zu gehen. Sie war scharf, wollte ihn. Als er kurz zu ihr sah, glänzten ihre Augen schon wieder vor Verlangen, und sie leckte sich provozierend über die Lippen. «Wir fahren zu Euch, Herr?»

«Ganz genau», sagte er möglichst kühl, um sich seine Aufregung nicht anmerken zu lassen.

Härtetest

Evas Herzschlag dröhnte in ihren Ohren. Nach dem aufregenden Abend und den Sexspielen in der Umkleidekabine fuhren sie tatsächlich zu Steffen nach Hause, in seine Luxusvilla!

Das Scheinwerferlicht des Mercedes beleuchtete den Waldweg nur wenige Meter, bevor es von der Dunkelheit verschluckt wurde. Die hohen Bäume am Wegesrand ragten gleich riesigen Ungetümen in den Nachthimmel.

Eva schluckte. Nachts wirkte der Auwald wenig einladend. Außerdem wurde ihr erst jetzt bewusst, worauf sie sich eingelassen hatte. Ihr Leichtsinn könnte sie das Leben kosten! Hier gab es weit und breit keine Menschenseele.

Aber nein, Steffen würde ihr nichts tun!

Mit einer Hand hielt er das Lenkrad fest, die andere lag in ihrem Schoß. Seit Steffen sich dazu entschieden hatte, hierherzufahren, streichelte er sie zwischen den Beinen.

Er hatte sogar den Minivibrator aus seiner Hosentasche geholt, mit dem er sie fast wahnsinnig machte. Er ließ sie einfach nicht kommen!

Plötzlich blendeten Eva die Scheinwerfer eines entgegenkommenden Wagens. Sofort ging Steffen vom Gas. Er löste ihren Sicherheitsgurt und drückte ihren Kopf an seinen Schoß. «Runter!»

Überrascht schrie sie auf und krallte die Finger in seine Hose. Er wollte nicht, dass man sie zusammen sah! «Was soll das?»

«Ich hab dich lange genug verwöhnt. Dein Herr möchte auch seinen Spaß.» Seine Stimme klang höher. Aufgeregt. Hektisch nestelte er an der Hose und holte seine Erektion hervor.

Der Mercedes war noch langsamer geworden, doch bevor Eva den Kopf heben konnte, um zu sehen, welches Auto sich auf dem engen Weg an ihnen vorbeischlängelte, drückte Steffen ihren Kopf schon wieder nach unten.

«Ich will eine Antwort!» Eva versuchte, etwas zu erkennen, bekam aus den Augenwinkeln aber nur mit, wie Steffen die Hand vom Steuer hob, als würde er den oder die Insassen des unbekannten Fahrzeugs grüßen. Die andere Hand lag auf ihrem Kopf. Besänftigend streichelte er über ihr Haar.

Sie hörte, wie das fremde Auto vorbeifuhr und Steffen aufatmete. Da nahm er auch die Hand weg.

Rasch richtete Eva sich auf und sah nach hinten, konnte jedoch nicht mehr das gesamte Nummernschild des anderen Wagens entziffern. «Wer war das? Wieso wolltest du nicht, dass mich jemand sieht?»

«Ich ...» Steffen versuchte, seine Erektion zu verstauen,

doch Eva zog seine Hand weg und legte sich wieder in seinen Schoß.

«Ich will Antworten.»

Als er nichts erwiderte, stülpte sie die Lippen einfach über seinen Schaft. Eva genoss Steffens kehliges Stöhnen. Der Laut ging ihr durch und durch.

Seine Finger gruben sich in ihr Haar. «Eva …», sagte er schwach. «Du musst das nicht tun.»

«Gerade wolltest du noch verwöhnt werden», murmelte sie, bevor sie seinen Schwanz wieder tief in sich aufnahm.

«Eva!»

Ihre Finger krallten sich fester in seine Hose. Jetzt würde sie diesem süßen Verführer mal zeigen, wie es war, immer bis vor den Höhepunkt getrieben zu werden und dann nicht kommen zu dürfen. Sie leckte und züngelte über seine Eichel, saugte und lutschte an ihr und formte mit den Fingern einen engen Ring, um den Schaft hart zu massieren.

Steffen versuchte halbherzig, ihren Kopf wegzudrücken. «Eva … ich … kann mich kaum noch aufs … Fahren konzentrieren.»

Tatsächlich kam es ihr so vor, als würden sie langsamer werden. «Wer war das?», fragte sie während einer kurzen Verschnaufpause.

«Ein … Bekannter.»

«Und wieso durfte er mich nicht sehen?» Erneut nahm sie seine Erektion in den Mund, drückte ihre Zunge in den kleinen Schlitz an der Eichel und züngelte um das Bändchen.

«Er … also …» Steffen trat so fest auf die Bremse, dass

Eva beinahe gegen das Lenkrad geknallt wäre, wenn Steffen sie nicht festgehalten hätte.

«Wir sind da», stieß er hervor und schaltete den Motor aus.

Eva hob den Kopf. Sie standen tatsächlich vor der Villa. «Wieso brennt in deinem Haus Licht?» Das untere Geschoss war hell erleuchtet. Sollte das Einbrecher abschrecken, oder gab es doch andere Frauen?

Steffen erwiderte nichts. Hastig schloss er seine Hose, schnappte sich die Tüte mit den Toys und öffnete die Tür. «Komm mit!» Plötzlich klang er wieder streng, doch ein Lächeln umspielte seine Lippen. «Jetzt wird es Zeit, dich für deine rotzfrechen Aktionen zu bestrafen, du ungezogene Göre.»

Eva stieg aus und folgte ihm über den düsteren Wendeplatz. Es war verdammt still im Wald. Kein Straßenlärm drang an ihre Ohren, keine anderen von Menschen verursachten Geräusche. Nur ein sanftes Rauschen, das von der Isar herrühren konnte oder vom Wind, der durch die Baumkronen strich. Eva erschauderte. Die kühle Nachtluft ließ sie frösteln.

Schnell folgte sie Steffen die Stufen zur Eingangstür hinauf.

Nachdem er die Tür hinter ihr geschlossen hatte, tippte er an einem grauen Kästchen einen Zahlencode ein. Vermutlich war das eine Alarmanlage. Das rief ihr erneut ins Gedächtnis, dass sie ganz allein waren.

Eva sah sich um. Nirgends war jemand zu sehen. Misstrauisch warf sie einen Blick durch den kurzen Flur und ins Wohnzimmer, das sie bereits kannte. Auf der gegenüberliegenden Seite gab es eine weitere Tür. Während

Steffen noch mit der Alarmanlage beschäftigt war und die Haustür absperrte, steckte sie ihren Kopf in den anderen Raum. Es war die Küche – und was für eine! Riesengroß, aus Edelstahl und Holz. Sie wirkte so aufgeräumt und blitzsauber, als ob hier nie gekocht wurde.

Wozu brauchte ein einziger Mann solch eine gigantische Küche?

Durch einen Rundbogen ging es in den geöffneten Essbereich mit einer genauso schicken und teuren Einrichtung. In einen Erker war eine halbrunde, mit schwarzem Leder bezogene Sitzbank eingebaut worden. Davor stand ein runder Glastisch. Nichts, kein Krümel, keine Flaschen, kein Obst deutete darauf hin, dass hier jemand wohnte. Wie seltsam. Oder war Steffen einfach extrem pingelig und ordnungsliebend? In seinem Auto hatte es weniger aufgeräumt ausgesehen.

«Nun zu dir», ertönte plötzlich seine Stimme hinter ihr. Eva zuckte zusammen. Im nächsten Moment spürte sie Steffens Finger auf ihrem Po. Er kniff zu und trieb sie dann vor sich her, die elegant geschwungene Treppe nach oben. Während Eva gehorsam die Stufen hochstieg, hob er ihr Kleid an und schlug ihr leicht auf den nackten Hintern. «Magst du was trinken?», fragte er, als würden sie sich nicht gerade auf dem Weg ins Schlafzimmer befinden, sondern gemütlich beisammensitzen und plaudern.

Auf der obersten Stufe drehte sich Eva um, sodass Steffen mit ihr auf Augenhöhe war. «Ich hätte gerne einen Eierlikör», sagte sie, so ernst sie konnte. Dabei schaute sie provozierend auf die immer noch mächtige Ausbuchtung seiner Jeans.

Gleichzeitig prusteten sie los. Eva konnte den Blick

nicht von seinem Gesicht abwenden. Wenn Steffen lachte, sah er noch viel süßer aus. Die Fältchen in seinen Augenwinkeln machten ihn interessant und sexy.

«Du bist rotzfrech. Unglaublich!» Er packte sie einfach an den Oberschenkeln und hievte sich Eva über die Schulter. Eva schrie auf, weil sie den steilen Treppenabgang vor Augen hatte, doch Steffen hielt sie sicher. Er stieß eine Tür auf, und ehe sichs Eva versah, lag sie mit dem Rücken auf einer weichen Matratze.

Licht flammte auf. Es kam von einer Leiste über dem Bett, sodass die Beleuchtung nicht blendete. Steffen drehte an einem Regler an der Wand und dimmte das Licht. Dann holte er sein Handy aus der Hosentasche und legte es auf den Nachttisch.

Staunend schaute sich Eva um. In diesem Haus schien alles ein paar Nummern größer zu sein. Sie saß auf einem Bett, das so riesig war, dass vier Erwachsene gemütlich darin schlafen konnten! Bezogen war es mit roten Seidenlaken, die einen wunderschönen Kontrast zur beigen Einrichtung bildeten. Über dem Bett hing ein großes Bild mit einem Mohnblumenmotiv.

Während sie noch staunte, kniete sich Steffen auf den Boden, öffnete die Riemchen ihrer Sandaletten und zog ihr die Schuhe aus. «Du hast eiskalte Zehen», sagte er und massierte für einen Moment ihre Füße.

Mmm, seine großen, warmen Hände waren eine Wohltat. Leider erhob er sich viel zu schnell.

«Ich geh mal eben für kleine Jungs.» Er deutete auf eine zweite Tür auf einer Seite des Zimmers, bevor er dahinter verschwand. Eva hörte, wie er sich die Hände wusch.

Doch dann hörte sie nichts mehr. Er hätte längst fertig sein müssen. So langsam wurde sie ungeduldig. Wieso blieb er ewig da drin? Neugierig schlich sie zur Tür. Sie war nicht abgesperrt, und Eva betrat das hell beleuchtete Badezimmer. Es war genauso groß und edel wie der Rest des Hauses, aus Marmor und mit viel Glas, einer gigantischen Duschkabine und einer Badewanne, die mit ihren zahlreichen Düsen eher an einen Whirlpool erinnerte. Nur von Steffen keine Spur. Schließlich entdeckte sie auf der anderen Seite des Raumes eine weitere Tür, die einen Spalt geöffnet war. Ob er dort hineingegangen war?

Eva tapste über die beheizten Fliesen und spähte durch den Schlitz. Der Raum lag im Dunkeln, schien aber ein Büro zu sein, denn Eva erkannte schemenhaft einen Schreibtisch, auf dem ein Laptop und diverse andere Geräte standen. Der Computerbildschirm beleuchtete Steffens Gestalt, die Eva nur von hinten sah. Er beugte sich über den Tisch und tippte auf der Tastatur herum.

Als er den Monitor ausschaltete, huschte sie schnell zurück ins Schlafzimmer und setzte sich auf die Kante des gewaltigen Bettes. Kurz darauf ging auch schon die Badezimmertür auf. Steffen trat heraus, mit entblößtem Oberkörper, barfuß, die Jeans tief auf den schmalen Hüften. Gott, was für ein sündhaft schöner Mann.

Hinter ihm hörte sie das Rauschen von Wasser.

«Komm mit.» Er streckte die Hand nach ihr aus, und Eva ergriff sie, ohne zu zögern. Mit einem Ruck zog er sie an seine Brust.

Eva stützte sich an seinem Oberkörper ab und rieb mit dem Daumen über eine der harten Brustwarzen, die aussahen wie kleine Perlen.

«Was habt Ihr vor, Herr?» Ihr Herz raste vor Aufregung. Nun wurde es ernst.

«Da ich eine saubere Sklavin möchte, werde ich sie in die Badewanne setzen», raunte er an ihrer Schläfe. «Das wird auch ihre kalten Füße wärmen, denn ich möchte nicht, dass sie sich erkältet.»

Allein seine Worte wärmten sie. Eva schaute auf, in Steffens graue Augen, und las Zuneigung darin. «Ihr seid so gut zu mir, Herr.» Zärtlich streichelte sie über seine Wange. Sie wollte endlich das Geheimnis dieses wundervollen Verführers erkunden.

Steffen hielt ihre Hand fest, um ihr einen Kuss darauf zu hauchen. Dann zog er sie ins Badezimmer. Wasser sprudelte aus einem dicken Hahn in die große Wanne, Dampf waberte durch den Raum.

Vor der Wanne zog er ihr das Kleid einfach über den Kopf und öffnete ihren BH. Nackt stand sie vor ihm. Eva fühlte förmlich seine brennenden Blicke auf ihrer Haut, besonders auf ihren Brüsten. Ihr war jetzt schon heiß, auch ohne Bad.

Steffen half ihr in die Wanne, und mit einem Seufzer ließ sich Eva ins warme Nass sinken.

«Gibt es für Eure Sklavin kein Schaumbad, Herr?», fragte sie, weil sie sich doch ein wenig entblößt vorkam.

Steffen setzte sich auf den Rand und überprüfte mit der Hand die Wassertemperatur. «Ich will meine hübsche Sklavin sehen. Aber ein paar Tropfen Öl erlaube ich dir.»

Er fand sie hübsch? Oder stand er nur auf ihre riesigen Brüste, die halb auf dem Wasser trieben?

Mit heftig klopfendem Herzen sah Eva ihm zu, wie er den Stöpsel aus einer Glasphiole zog und wenige Tropfen eines gelben Öls ins Wasser gab. Sofort duftete es nach Orangen. Danach schloss er den Hahn und betätigte einen Schalter neben der Tür. Statt des grellen Lichtes glitzerten hunderte LED-Lämpchen an der Zimmerdecke. Ein Sternenhimmel! Zusätzlich spendeten mehrere violette Glasbausteine, die in die Wand eingelassen waren, ein gemütliches Licht.

Eva kam sich wie in einem Wellness-Hotel vor. «Wow!»

Steffen lächelte wieder dieses Lächeln, das ihr bis tief in die Seele schoss. «Zufrieden, Sklavin?»

«Noch zufriedener wäre ich, wenn Ihr mich waschen würdet, Herr.» Sie öffnete ihre Schenkel, damit Steffen die Schlaufe der Liebeskugeln sehen konnte. «Außerdem müsst Ihr mir noch etwas entfernen, oder wie lange soll ich die Dinger noch tragen?»

Plötzlich beugte er sich nah zu ihr und fasste in ihren Nacken. Dicht an ihren Lippen sagte er: «Immer vorlaut und aufmüpfig. Wenn ich hier mit dir fertig bin und dir die Leviten gelesen habe, wirst du gehorchen wie ein dressiertes Hündchen.»

«Das wollt Ihr doch gar nicht, Herr. Ihr würdet Euch langweilen.»

Seine Mundwinkel zuckten. Eva betrachtete jedes Detail seines Gesichtes. Die schön geschwungenen Lippen, die elegante Nase und seine herrlichen grauen Augen. Sie musste ihn berühren, daher drehte sie sich zur Seite und legte die Hände an seine nackten Schultern. Unter ihren Fingern spürte sie die kräftigen Muskeln, und auf einmal presste sich sein Mund auf ihren. Wie sehr sie sich gewünscht hatte, er würde sie wieder küssen! Eva genoss seinen festen Griff und die Art, wie Steffen eine Hand über ihre Brüste wandern ließ. Sachte zwickte er in ihre Nippel, die sich ihm willig entgegenreckten. Der süße Schmerz fuhr direkt zwischen ihre Beine.

Steffen wusch ihre Brüste, streichelte über ihren Bauch, und endlich berührte er sie genau dort, wo alles vor Erwartung heftig pochte. Er ließ seine Finger zwischen ihre Schamlippen gleiten und rieb über ihren Kitzler.

Eva stöhnte in seinen Mund, gab sich seinen Zungenschlägen hin und drückte sich der streichelnden Hand entgegen.

«Du gierige Sklavin», sagte er zwischen zwei Küssen. «Du bekommst wohl nie genug.»

«Ich möchte alles von Euch, Herr.» Vor allem wollte sie endlich mit ihm schlafen!

«Alles? Das kannst du haben.» Er lächelte so verwegen, dass er wie ein Bandit aussah. Wie ein liebenswerter Bandit, der ihr Herz gestohlen hatte.

Ohne Vorwarnung zog er an der Schlaufe und holte die erste Liebeskugel hervor, kurz darauf die zweite, woraufhin sich Eva seltsam leer fühlte.

«Sie sind ganz glitschig.» Steffen legte sie auf den Wannenrand und schob anschließend zwei Finger in Eva. «Genau wie du.»

Stöhnend bog sie den Rücken durch. Sie liebte es, wenn er so direkt war, sie dort berührte, wo er ihre Lust anstachelte. Es fehlte nur noch sein Schwanz. Wann würde er endlich mit ihr schlafen?

«Magst du es, wenn ich dich mit meinen Fingern ficke?», raunte er, während er auf die Knöpfe am Wannenrand drückte.

«Ja, Herr, aber ...» Als es plötzlich um sie herum zu

sprudeln anfing, setzte sie sich vor Überraschung hastig auf.

«Knie dich hin», befahl er. Eva war neugierig, was nun kam.

«Stütze deine Arme hier ab», gab er die nächste Order.

Eva rutschte nach vorne, bis ihre Ellbogen auf dem Wannenrand auflagen. Sie warf einen Blick über ihre Schulter und sah, dass Steffen einige Tasten ausprobierte. Plötzlich traf ein harter Strahl ihren Busen. Eva wollte zurückweichen, doch Steffen drückte sie noch näher an die Düse, indem er seine Hand auf ihre Scham presste. Mit der anderen Hand hob er eine ihrer Brüste so an, dass der Wasserstahl genau den Nippel traf.

Stöhnend schloss Eva die Augen. Die harte Massage hinterließ ein intensives Brennen auf der empfindlichen Warze.

«Jetzt sagst du nichts mehr, was?» Erneut stieß er zwei Finger in sie und drückte einen weiteren an ihren Anus. «Nun werde ich meine Sklavin so gründlich waschen, wie sie es sich gewünscht hat.»

Als er sich plötzlich weit über den Rand beugte und sie seine Zunge zwischen ihren Pobacken fühlte, quietschte sie auf. Noch nie hatte sie dort ein Mann berührt, schon gar nicht mit der Zunge! Steffen konnte alles von ihr sehen und war dabei noch halb angezogen. Wie unfair! Doch sie genoss seine festen Berührungen, mochte es, wie er über ihre Schamlippen rieb und ihre Pobacken auseinanderzog. Nur als er versuchte, einen Finger in ihren Ringmuskel zu schieben, ging ihr das zu weit. Schnell drehte sie sich herum. «Wollt Ihr nicht zu mir in die Wanne kommen, Herr?»

«Keineswegs. Ich werde nicht in die Wanne, sondern du wirst in mein Bett kommen. Das Vorspiel ist vorbei.» Steffen stellte die Düsen aus und holte ein flauschiges Handtuch aus dem Regal neben dem Waschbecken. «Hinstellen, Sklavin. Lass dich abtrocknen.»

Eva kam sich wie ferngesteuert vor. Doch sie reagierte gern auf Steffens Befehle, zumal er sie zu nichts wirklich zwang. Sie stieg aus der Wanne und ließ sich brav von ihm abrubbeln. So ein phantastischer Service! Daran könnte sie sich gewöhnen. Zwischen den Beinen frottierte er sie besonders gründlich, bis ihre Schamlippen heiß wurden und herrlich prickelten. Zuletzt forderte er Eva auf, ihm den Po entgegenzustrecken. Sie stützte sich wieder auf die Badewanne, und Steffen trocknete jede Ritze, wobei er Küsse auf ihre intimsten Zonen hauchte. Seit sie diesem Mann begegnet war, stand ihr Schoß in Flammen. Hoffentlich würde er das Feuer bald löschen.

Nachdem Steffen das Tuch weggelegt hatte, knöpfte er seine Hose auf. Eva drehte sich um. Sie vermochte nicht wegzusehen, sog jedes Detail seines Körpers in sich auf: die schmalen Hüften, seine muskulösen Oberschenkel, die behaarten Beine …

Sein Penis wippte leicht, während er die Hose abstreifte. Hart stand er von seinen Lenden ab, ein dicker Schaft mit einem dunkelroten Kopf.

«Komm jetzt.» Er fasste wieder in ihren Nacken, um sie an sich zu ziehen.

Eva drängte sich an seinen Körper, rieb sich an ihm, gierte danach, endlich von seinem Schwanz ausgefüllt zu werden. Doch als sie Steffen zum ersten Mal Haut an Haut spürte, rückte ihre blanke Gier in den Hintergrund. Allein ihn zu umarmen, ihn zu küssen und zu streicheln genügte ihr im Augenblick. Seine Zärtlichkeiten gingen ihr durch und durch. Sie fühlte sich beschützt und geborgen in seinen starken Armen.

Sie drückte die Hände an seine Pobacken, betastete sein strammes Gesäß, den breiten Rücken. Hart presste sich seine Erektion gegen ihren Unterleib.

Da hob er sie überraschend hoch. Eva schlang Arme und Beine um ihn, während er sie weiterküsste. Kichernd landeten sie schließlich im Bett, Steffen auf ihr. Dort küssten sie sich noch minutenlang, bis er an ihren Lippen murmelte: «Ich darf meine Sklavin nicht zu sehr verwöhnen.»

«Doch, wir Sklavinnen lieben das!» Eva kicherte, als Steffen sie unter den Armen kitzelte.

«Nein, du wirst jetzt tun, was ich sage.» Mit sanfter Gewalt drehte er sie auf den Bauch. «Streck mir deinen Po entgegen. Damit fangen wir an.»

Eva folgte, doch sie schaute gebannt über ihre Schulter, während Steffen den Inhalt der Tüte auf dem Bett ausschüttete. Er riss sämtliche Packungen auf und fegte sie auf den Boden. Die bunten Spielsachen reihte er auf der Matratze auf: zwei Nippelklemmen aus schwarzem Kunststoff mit integriertem Vibrator, den pinken Vibrator mit Klitoris-Stimulator, die Augenbinde, Gleitgel, den vibrierenden Analplug und das Knebelgeschirr.

Mit Letzterem wollte sie nicht wirklich in Kontakt kommen.

Als er nach dem Analdildo griff, setzte sie sich auf.

«Macht er dir Angst?», fragte Steffen ernst, während er den kegelförmigen Gegenstand vor ihre Nase hielt. Er war fast durchsichtig, sodass Eva ein silbernes Vibro-Ei darin erkennen konnte.

«Ich hatte noch nie Analverkehr», erwiderte sie leise.

«Na, dann ist es ja gut, dass ich den hier gekauft habe. Er wird dich sanft darauf vorbereiten.» Steffen verteilte eine großzügige Portion Gleitgel darauf, langsam und bedacht, als wollte er testen, wie sie reagierte. «Komm, knie dich wieder hin.»

Zögernd gehorchte sie. Geheuer war ihr dieses Ding nicht, aber sie war neugierig und wollte es ausprobieren.

Zu ihrer Überraschung dämmte Steffen das Licht noch mehr, bis es ziemlich düster im Zimmer war, man aber gerade noch alles erkennen konnte. Dadurch fühlte sie sich weniger entblößt. Sicherer. Wagemutiger. Anscheinend wusste Steffen genau, was sie brauchte.

Als er den Plug zwischen ihren Pobacken hindurchgleiten ließ, um das Gleitgel zu verteilen, zuckte sie zusammen. Doch sie verspürte keine Angst, nur das kühle Gel auf ihrer erhitzten Haut versetzte ihr einen kurzen Schock. Steffen streichelte und knetete ihr Gesäß, und kurz darauf drückte er die abgerundete Spitze des Kegels an ihren Anus. Ihr Ringmuskel öffnete sich, das Toy drängte herein.

Zärtlich küsste Steffen ihre Pobacken. «Gefällt es dir?»

«Es ist ungewohnt», erwiderte sie mit zusammengebissenen Zähnen und verkrampfte sich, als Steffen immer weiter mit dem Ding in sie eindrang. Ihre Finger krallten sich ins Laken.

«Du musst das nicht zulassen, wenn es dir keinen Spaß macht», sagte er plötzlich und zog das Toy zurück.

O Gott, der Kerl war einfach zu gut, um wahr zu sein!

«Ich will es versuchen, Herr», erwiderte sie demütig und weidete sich an seiner Reaktion.

Steffens Penis zuckte, und ein großer Tropfen lief aus der Spitze. Schwer atmend kniff er die Lider zusammen. «Okay, dann bleib ganz locker.»

Erneut setzte er den Plug an und drückte zu. Der Kegel weitete ihren Muskel, bis er zart schmerzte – was aber gut auszuhalten war. Eva versuchte, einfach nichts zu tun. Allerdings fragte sie sich, wann endlich die Stelle kam, an der sich der Dildo wieder verjüngte.

«Er ist zu dick!», stieß sie hervor, doch da zog sich ihr Ringmuskel bereits fest um das Toy, sodass nur noch das breite Ende herausragte.

«Gut gemacht.» Steffen tätschelte ihren Po. «Das Gefühl ist am Anfang ungewohnt.»

Sehr ungewohnt! Ihr Anus pulsierte um den konischen Stöpsel. Aber wenigstens ließ das unangenehme Druckgefühl nach.

«Du bist klatschnass.» Steffen rieb mit der flachen Hand über ihre Schamlippen und hielt ihr die glänzenden Finger vor die Nase. «Du wirst noch die teuren Laken versauen. Es ist wohl besser, ich … Eva!»

Kurzerhand leckte sie seine Finger ab, schmeckte ihren Saft und freute sich diebisch, dass sie Steffen erneut aus dem Konzept gebracht hatte.

«Du bist unglaublich», sagte er schwer atmend und zog die Hand weg. «Unglaublich frech. Hab ich dir gesagt, dass du das tun sollst?»

«Nein, Herr.» Sie senkte ihren Kopf, damit er ihr Grinsen nicht sah, und erschrak, als er sich plötzlich herabbeugte und sie ansah.

Steffen grinste ebenfalls. «Na warte.» Er schnappte sich die zwei Nippelklemmen aus schwarzem Kunststoff, drehte an der Feder und versuchte, die erste Klammer an ihrer Brustwarze anzusetzen. Als dies nicht gleich gelang, legte er sich mit dem Kopf unter ihre Brust und saugte wie ein Baby an ihrem Nippel.

Stöhnend schloss Eva die Augen. Steffen verwöhnte sie meisterlich, und sie tat nichts für ihn. Durfte sie es wagen, ihm einen zu blasen? Sie liebte den Geschmack seines Schwanzes, dessen Beschaffenheit, die zarte Haut auf dem harten Kern.

Von ihrem Kopf war er zu weit entfernt, aber ihr Arm war lang genug. Sie streckte die Hand aus und schloss die Finger um den geschwollenen Schaft.

Steffen keuchte an ihrer Brust. «Habe ich dir erlaubt, mich anzufassen?»

«Nein, Herr», antwortete sie, wobei sie seine Erektion so fest massierte, dass er noch einmal aufkeuchte.

«Das kann ich dir nicht durchgehen lassen.»

Eva biss sich auf die Unterlippe, als es plötzlich zwickte. Steffen hatte die erste Klemme angebracht und sofort den integrierten Vibrator eingeschaltet.

Was für ein Hammergefühl! Der zarte Schmerz der Klammer und die Vibrationen sandten ekstatische Wellen bis in ihren Unterleib.

Steffen spielte mit dem Mund an ihrer anderen Brustwarze, bis sie hart genug war, und setzte die zweite Klemme an. «Zu fest?», fragte er.

Sie schüttelte den Kopf.

«Tapfere Sklavin.» Er schaltete auch diesen Vibrator an. «Du hast schöne, große Nippel.»

Das Summen an ihren Brüsten war Eva peinlich. Sie fühlte sich wie auf dem Präsentierteller, geschmückt wie eine Weihnachtsgans.

Steffen schien das zu gefallen, denn er betrachtete fasziniert ihre Brüste, wog und drückte sie.

«Gefallen Euch nur meine Brüste oder auch der Rest von mir?», entschlüpfte es ihr unbedacht.

Verdammt, wie peinlich.

Eva schloss die Augen, während Steffen unter ihr hervorglitt.

Seine Finger fuhren in ihr Haar. «Schau mich an!» Er klang plötzlich ernst.

Vorsichtig öffnete Eva die Lider. Sein Lächeln war verschwunden, und seine kühlen Blicke durchbohrten sie wie Nadeln.

«Ich begehre alles an meiner Sklavin», sagte er langsam und mit dunkler Stimme. «Ja, ich stehe total auf deine Titten. Aber mir gefällt auch dein frecher Mund.» Steffen kniete sich so vor sie, dass Eva seine Erektion genau vor Augen hatte. «Und jetzt zeige ich dir, wie sehr er mir gefällt.» Damit schob er ihr seinen Schaft einfach zwischen die Lippen.

Eva machte es an, wie er ihren Kopf zwischen den Händen hielt und ihren Mund fickte. Langsam. Tief. Als wäre es ihre Muschi.

«Ich liebe deinen Mund und deine flinke Zunge», raunte Steffen, während sie ihn einspeichelte und um seine Eichel leckte. «Ja, mach ihn richtig feucht.»

Viel zu bald zog er sich zurück und begab sich hinter sie. Würde er sie jetzt endlich nehmen? Doch stattdessen nestelte er am Analplug, und als es plötzlich an ihrem

Anus zu vibrieren anfing, stöhnte sie auf. Die Wellen übertrugen sich auf ihren ganzen Körper.

«Ich liebe deinen geilen Arsch», fuhr Steffen fort. «Ich werde ihn auf meinen Schwanz vorbereiten, jedes Mal ein bisschen mehr, bis du nach ihm bettelst.»

Ihr Puls raste. Bedeutete das, er wollte sich noch öfter mit ihr treffen?

«Und jetzt werde ich testen, wie mir deine Möse gefällt, die sich bereits nach meinem Schwanz sehnt. Habe ich recht?»

«Ja, Herr.» Eva brachte die Worte kaum heraus. Sie wollte nur noch, dass Steffen sie endlich zum Orgasmus brachte.

Er packte sie an den Hüften, rieb seine Erektion über ihr feuchtes Geschlecht und drang in sie ein. Langsam, als hätte er Mühe, in sie zu gelangen, obwohl sie regelrecht in ihrem Lustsaft badete. Sein Schwanz wies einen stattlichen Durchmesser auf, sie spürte seine Dicke, mit der er zusätzlich Druck auf ihren Anus ausübte.

«Verdammt, dieses Ding macht mich fertig», sagte Steffen und schaltete den Analdildo aus. Die Schwingungen übertrugen sich wohl auch auf ihn. Er zog an dem Toy und holte es heraus. Sofort glitt Steffens Schaft tiefer in ihre Muschi.

«Viel besser», meinte er.

Eva nickte. «Für mich auch, Herr.» Sie genoss es, wie er sie ausfüllte. Endlich fühlte sie ihn in sich. Sanft dehnte er ihre Scheidenwände und brachte alles in ihr zum Pochen, während die Klemmen weiterhin ihre Nippel mit Vibrationen verwöhnten.

«So, für dich auch?», fragte er in spöttischem Ton, doch

Eva hörte heraus, wie sehr er sich beim Sprechen anstrengen musste.

Frech drückte sie ihm die Hüften entgegen und ließ ihren Unterleib kreisen. «Ja, für mich auch, Herr.»

Prompt zog er sich aus ihr zurück.

Mist, warum musste sie ihn ständig provozieren? Das hatte sie nun davon.

Aber zu ihrer Freude sagte er: «Leg dich auf den Rücken. Ich möchte dich ansehen, alles an meiner hübschen Sklavin betrachten.»

Nur zu gerne drehte sie sich um. Eva wollte Steffen auch sehen, ihn anfassen, ihm so nah wie möglich sein.

Schweiß glitzerte auf seiner Stirn, seine Brustmuskeln zuckten.

Er spreizte ihre Beine, streichelte die Innenseiten ihrer Schenkel und senkte sich auf sie. Die Arme stützte er neben ihrem Kopf ab. Seine Finger fuhren in ihr Haar, sein Mund kam näher.

Evas Herz raste. Sie sehnte sich nicht nur schmerzlich danach, mit Steffen zu schlafen und wilden Sex zu haben. Sie wollte mehr.

Während er sie küsste, drang er in sie ein, teilte ihre Schamlippen, weitete ihren Eingang. Ungeduldig drückte sie sich ihm entgegen, spürte, wie er sie ausfüllte, seine Zunge ihren Mund eroberte. Eva kostete den Moment voll aus. Sie wollte eins sein mit Steffen, streichelte über seinen Nacken, den Rücken, schlang die Beine um ihn. Sie küssten und liebkosten sich, als wären sie ein ganz normales Paar. Nicht Herr und Sklavin, nicht zwei fast fremde Personen.

Steffens Lippen lösten sich von ihrem Mund. Sie wollte

mehr Küsse und schloss die Finger um seinen Nacken, um ihn wieder zu sich zu ziehen, doch er hockte sich hin, blieb aber in ihr und bewegte sich gemächlich.

«Meine gierige Sklavin macht mich fertig.» Schwer atmend lächelte er sie an.

«Ich bin unersättlich, Herr.»

«Mal sehen, wie dir das gefällt.» Er streckte die Hand aus, um nach dem pinken Vibrator zu greifen. Während Steffen sie sanft fickte, schaltete er das Toy ein und hielt es an ihren Kitzler.

Das war zu viel für Eva. Die Klemmen, die ihre Brustwarzen massierten, Steffen, der sie ausfüllte, und nun die direkte Stimulation ihrer Klitoris ... Ihr Inneres zog sich zusammen, Stromstöße rasten durch ihren Körper und explodierten in ihrem Unterleib, in ihren Brüsten, in ihrem Kopf. Ihr plötzlicher Orgasmus war so heftig, dass sie aufschrie.

«Komm für mich, Süße», raunte Steffen und bewegte sich schneller in ihr.

Vor Evas Augen drehte sich alles. Jeder klare Gedanke war verschwunden, sie bestand nur noch aus einem einzigen berauschenden Gefühl.

Als die Wellen der Ekstase langsam abflachten, legte Steffen den Vibrator weg. Mit beiden Händen packte er ihre Hüften, um langsam und tief in sie zu stoßen. Gänsehaut überzog seinen Körper, seine Lider flatterten. Er stieß einen kehligen Stöhnlaut aus, animalisch und männlich, während er sich in sie ergoss. Ihm dabei zuzusehen berührte ihr Herz.

Schwer atmend legte er sich anschließend neben sie und entfernte die Brustwarzenklemmen, bevor er Eva an seinen Körper zog. Gähnend streckte er die Hand nach dem Schalter aus, um das Licht zu löschen. Nur ein violetter Schimmer, der durch die angelehnte Badezimmertür fiel, war noch zu sehen.

Selig kuschelte Eva sich an seine Brust und ließ sich den Rücken streicheln, spürte dem Prickeln nach, das seine knabbernden Lippen auf ihrer Stirn hinterließen.

Unglaublich, was sich bereits alles zwischen ihnen ereignet hatte! Damit hätte sie nie gerechnet, als sie heute Morgen vor Steffens Tür gestanden hatte.

Sie wartete, ob er etwas sagte, doch er blieb still. Seine Atmung wurde ruhiger, sein Körper entspannte sich.

Eva wollte liegen bleiben, bis er eingeschlafen war, um dann ein wenig im Haus herumzuschnüffeln, auch wenn sich bei diesem Gedanken ein Knoten in ihrem Magen bildete. Wenn Steffen sie erwischte ... Sie wollte auf keinen Fall zerstören, was zwischen ihnen war. Doch sie durfte ohnehin nicht einschlafen, weil sie Maike noch eine SMS schreiben musste, damit sie sich keine Sorgen machte. Behutsam löste sie sich aus Steffens Armen.

«Ich muss meiner Freundin nur sagen, dass es mir gut geht», flüsterte sie, als er schläfrig etwas murmelte, während sie im Dunkeln nach ihrer Handtasche suchte.

«Hm», brummte er und klang, als würde er jede Minute einschlafen.

Nachdem Eva die SMS verschickt hatte, kuschelte sie sich wieder an Steffen, der erneut den Arm um sie legte. Ihr Schoß kribbelte immer noch, ebenso ihre Brustwarzen. Sie wollte so schnell wie möglich noch einmal so phantastischen Sex erleben.

Was also sollte sie jetzt tun? Nach einem kurzen Moment

war die Entscheidung gefallen: Nein, sie würde nicht in Steffens Haus herumwandern. Es gab keine Sklavinnen, das musste alles ein Gerücht sein. Irgendwo im Hinterkopf wunderte Eva sich allerdings, warum Steffen sie dann in dem Glauben ließ, er wäre ein Dominus. Aber darüber würde sie morgen wieder nachdenken.

Ein Summen riss sie aus ihren Träumen. Oder träumte sie noch? Verwöhnte Steffen sie wieder mit einem Vibrator? Eva blinzelte. Es war Steffens Handy, das blinkend und vibrierend auf dem Nachttisch lag.

Wer rief ihn denn jetzt noch an?

Steffen löste sich sanft von ihr und griff nach dem Telefon. Aber statt das Gespräch anzunehmen, ging er ins Badezimmer. Eva hörte die Klospülung und das Wasserrauschen des Waschbeckens, doch anschließend kam er nicht zurück.

Eva riss sich zusammen, versuchte, die Müdigkeit abzuschütteln, und stand auf.

Telefonierte er vielleicht heimlich? Sollte sie das Gespräch nicht mitbekommen?

Ihr Magen zog sich zusammen. Ob es doch andere Frauen gab?

Leise öffnete sie die Tür zum Badezimmer und tapste hinein. Es war leer, nur das violette Licht brannte. Ihr Kleid lang immer noch auf dem Boden vor der Wanne. Eva hob es auf und drückte es an ihre Brust. Steffen konnte den Raum nur durch die andere Tür verlassen haben, hinter der das Arbeitszimmer lag. Sie hörte ihn sprechen, verstand aber kein Wort. Aha, er telefonierte!

Ihr Herz verkrampfte sich. Zugleich schalt sie sich für

ihre Eifersucht. Vielleicht hatte er sie einfach nur nicht wecken wollen.

Wie beim letzten Mal öffnete sie die Tür, so leise sie konnte. Nur einen Spalt. Der Raum lag im Dunkeln. Steffen saß wieder am Schreibtisch vor dem Laptop mit dem Rücken zu ihr. Diesmal konnte Eva den Bildschirm sehen. Er zeigte eine Landkarte mit einem Plan von München. Eva erkannte die Isar und die Bundesstraße Richtung Freising. Genau diesen Ausschnitt hatte sie auch gegoogelt, um das Haus des Meisters zu finden. Im Waldgebiet bewegte sich ein kleiner blinkender Punkt.

«Er fährt anscheinend wieder zu seinem Ritualplatz», sagte Steffen in sein Handy, das neben dem Laptop lag und auf laut gestellt war. «Du musst wirklich nicht kommen, Daniel, bleib bei deiner Frau. Ich schau allein hin.»

Er tippte auf dem Laptop herum, und neue Fotos erschienen, diesmal Aufnahmen von einer Wohnung. Die Qualität war schlecht, viele Bilder waren unscharf, als wären sie aus weiter Ferne fotografiert worden. Sie zeigten einen schwarzhaarigen Mann in einem Anzug und drei nackte Frauen. Die junge Frau mit den langen schwarzen Haaren erkannte Eva jedoch sofort. Das war Tina! Was machte sie dort? Und wer war der Kerl? Von hinten sah er beinahe aus wie Steffen.

«Das Baby schläft, meine Frau auch, und ich hab ein schlechtes Gewissen», sagte Daniel. «Soll ich dich wirklich nicht ablösen?»

«Nein!»

«Du tust grad so, als wolltest du mich nicht dabeihaben.» Der Mann am anderen Ende machte einen empörten Eindruck.

Es entstand eine kurze Pause, weil Steffen nichts antwortete.

«Warum sprichst du eigentlich so leise?», fragte Daniel. «Was ist los, Steffen? Irgendwas stimmt nicht mit dir.»

Eva atmete auf. Er hieß also wirklich Steffen. Aber dann konnte er nicht dieser Immobilienmakler Markus Winterholler sein.

Seufzend fuhr sich Steffen durchs Haar. «Ich hab Mist gebaut.»

«Was ist passiert?» Sein Freund hörte sich alarmiert an.

«Ich weiß gar nicht, wo ich anfangen soll, aber ... ich hab da eine Frau in meinem Bett.»

«Gratuliere dir, Alter! Das ist doch großartig!»

So, *sie* war also Mist? Am liebsten hätte sie Steffen jetzt die Meinung gesagt! Doch Eva hielt sich eisern zurück. Mal sehen, was er noch so von sich gab. Wütend zog sie sich ihr Kleid über.

«Wurde ja auch Zeit», sagte Daniel. «Und du hast sie mit in die Villa genommen?»

«Ja, verdammt.»

«Ich werde keinem was sagen. Versprochen.» Dieser Daniel klang plötzlich total erfreut. «Ist es was Ernstes?»

Steffen zuckte mit den Schultern. «Ich denke, nicht.»

Ein neuer Stachel bohrte sich in Evas Herz. Sie war sich so sicher gewesen, dass Steffen mehr für sie empfand als bloße Lust.

«Warum nicht?», hakte Daniel nach.

«Ich ... weiß nicht», erwiderte Steffen leise und stützte seinen Kopf auf beide Hände. «Ich hab mich da in eine Sache verrannt ...»

«Sie ist seit drei Jahren tot, Steffen. Komm endlich darüber hinweg.»

Eva schluckte. Wer war tot?

Plötzlich schossen ihr wieder die Gerüchte über den Meister durch den Kopf. War Steffen doch derjenige, von dem Tina gesprochen hatte? War Steffen der Mann auf den Videos? Hatte er jemanden umgebracht?

«Ich hätte sie nie hierherbringen dürfen. Sie ist Journalistin und hat rumgeschnüffelt. So hab ich sie kennengelernt.» Steffen stand auf und ging durch den Raum.

Schnell schaltete Eva das Licht im Badezimmer aus, damit sie die Tür unbemerkt weiter öffnen konnte. Steffen stand jetzt vor dem Fenster und machte sich an einer Videokamera auf einem Stativ zu schaffen. Das Objektiv war halb hinter dem Vorhang verborgen.

Ein neues Foto flackerte auf dem Computerbildschirm auf, während Steffen mit der Kamera hantierte. Es zeigte ein Haus bei Nacht; einige Fenster waren beleuchtet, und hinter den Vorhängen bewegte sich jemand.

Als sich Steffen zurück an den Tisch begab und in den Drehstuhl fallen ließ, drückte Eva die Tür bis auf einen schmalen Spalt schnell wieder zu. Mit rasendem Puls lauschte sie dem Gespräch.

«Eva ist eine Gefahr für die ganze Operation. Ich könnte mir in den Arsch treten, aber ich war so geil auf sie ... So kenne ich mich gar nicht.»

Was für eine Operation? Und hatte Steffen lediglich triebgesteuert reagiert? Es tat so weh, das alles zu hören.

«Ich kenne dich schon lange, Mann», klang es aus dem Handy. «Das mit dieser Frau ist ein gutes Zeichen. Sie hat dich aus deiner Starre geholt. Du musst endlich wieder leben. Myriam hätte das auch so gewollt.»

Wer war jetzt bloß Myriam?

«Du verkriechst dich nur noch in Arbeit», redete Daniel weiter. «Du hast keine Schuld an ihrem Tod. Es war ein Dienstunfall. Du hättest es nicht verhindern können.»

Gott sei Dank, er war kein Mörder! Eva atmete erleichtert auf.

Langsam setzte sich das Puzzle zusammen. Das Haus, das nicht Steffen gehörte. Ein Dienstunfall, die Überwachungsgeräte ... und Steffen wusste genau über sie Bescheid. Sie erinnerte sich, wie er nach ihrem Ausweis gesucht hatte.

Steffen war nicht der Meister, er war Polizist! Offensichtlich bei einer Sondereinheit. Er *überwachte* lediglich diesen Meister, und der echte Dominus wohnte im Haus gegenüber! Das hatte sie bei ihrer Suche auf Google Earth zwischen all den Bäumen wahrscheinlich übersehen.

«Du machst das schon», meinte Daniel. «Und wenn du jemanden zum Reden brauchst, ruf mich einfach an.»

«Das werde ich. Danke», erwiderte Steffen und beendete das Gespräch.

Mit einem Seufzer lehnte er sich im Drehstuhl zurück und legte den Kopf in den Nacken. Steffen sah so traurig aus. Beinahe bekam sie Mitleid mit ihm. Doch als er den Laptop ausschaltete, öffnete sie die Tür und trat hinter ihn.

«Ich mag es auch nicht, wenn man mich anlügt», sagte sie leise.

Steffen wirbelte herum und sprang auf. «Eva! Seit wann bist du hier?»

«Lange genug, um zu kapieren, dass mein Herr und Meister gar kein Dominus ist, sondern Polizist!»

«Eva, ich …»

«Du hast mich total verarscht!» Wütend machte sie kehrt und lief ins Schlafzimmer zurück.

Steffen folgte ihr dicht auf den Fersen. «Eva, warte!»

Sie schnappte sich ihre Handtasche und zog die Sandalen an. «Wieso hast du dieses gemeine Spiel mit mir getrieben?», fragte sie mit tränenerstickter Stimme. Sie wollte nur noch weg. Ihr Magen war ein eisiger Klumpen, und sie zitterte am ganzen Körper. Vielleicht konnte Maike sie abholen, sonst würde sie sich ein Taxi bestellen. «Du hast mich belogen. Und mir die Chance auf eine Mega-Story verwehrt!»

Als Steffen sie derart zornig und verletzt sah, wusste er nicht, was er machen sollte: sie schütteln, damit sie wieder zur Vernunft kam, oder sie in die Arme nehmen und trösten? Stattdessen stand er da wie ein Idiot und überlegte fieberhaft, was er sagen konnte, um Eva nicht zu verlieren. Endlich hatte er wieder einer Frau sein Herz geöffnet, nur um die Sache dann gleich wieder zu vermasseln.

Er rannte durchs Bad ins Arbeitszimmer, um seine Kleidung einzusammeln. Hastig schlüpfte er in seine Jeans.

Als er ins Schlafzimmer zurückkehrte, stand Eva bereits an der Tür. Er würde sie garantiert nicht allein in die Nacht hinausgehen lassen.

«Wieso hast du mich belogen?», fragte sie, ihm den Rücken zugekehrt, eine Hand am Türgriff.

«Wäre es dir lieber gewesen, ich hätte dich diesem Psychopathen überlassen?» Steffen zog sich sein T-Shirt über und stopfte es in die Hose. «Ich wollte dich vor ihm schützen und habe geschwiegen, damit du keine Dummheit begehst. Der Mann ist gefährlich!»

Plötzlich drehte sich Eva um. Wenn Blicke töten könnten, wäre Steffen auf der Stelle tot umgefallen. «Du hättest mir die Wahrheit sagen können. Stattdessen hast du mich die ganze Zeit in dem Glauben gelassen, du wärst dieser Meister!»

«Ich wollte es dir sagen, als wir uns in München getroffen haben, aber dann …» Verdammt, wie konnte er ihr erklären, was in ihm vorgegangen war?

«Dann?» Sie hob die Brauen. «Dann ist deine Libido mit dir durchgegangen.»

«Du hast aber auch alles darangesetzt, mich zu verführen!» Er öffnete den Schrank, in dem ein Trolley mit der Kleidung stand, die er für längere Einsätze hier deponiert hatte.

«Ach, jetzt bin ich also schuld!?», spie Eva ihm entgegen.

«Wir sind beide nicht ganz unschuldig.» Frustriert stieß er die Luft aus, während er sich sein Brustholster schnappte und es anlegte. Anschließend schlüpfte er in eine Jacke. «Ich muss los, den Typen überwachen. Bitte bleib hier und lass uns später in Ruhe über alles sprechen. Ich möchte nicht, dass wir so auseinandergehen. Ich würde alles tun, damit …» Damit du bei mir bleibst, hätte er am liebsten gesagt. Doch das war jetzt vermutlich der falsche Zeitpunkt. «Damit du mir verzeihst.»

Schlagartig beruhigte sie sich. Ein bisschen zu plötzlich für seinen Geschmack.

«Vielleicht kannst du etwas tun», sagte sie. «Nimm mich mit.»

«Das geht nicht!» Was dachte sich Eva nur? Das hier war ein Polizeieinsatz, da hatte eine Zivilistin nichts verloren.

Sie verschränkte die Arme vor der Brust und lehnte sich gegen die Zimmertür. «Und wie das geht. Immerhin hast du mich auch hierher mitgenommen. Ob deinem Vorgesetzten das gefallen würde?» Sie schaute ihn einfach nur an. Durchdringend. Herausfordernd.

Plötzlich war ihm äußerst unwohl zumute. Natürlich war Eva mit allen Wassern gewaschen, aber würde sie ihn tatsächlich verpfeifen?

«Nimm mich mit. Dann sehen wir weiter.»

«Ist denn die Story alles, was dich interessiert?», fragte er müde. Er wollte sich nicht länger mit Eva streiten. Egal, was er sagte – er würde alles nur verschlimmern.

«Ich mache meinen Job, du machst deinen», erwiderte sie kühl.

Er stellte sich dicht vor sie und schaute ihr tief in die Augen. «Was, wenn ich dich nicht mitnehme? Rächst du dich dann mit einem Artikel?»

Sie sagte nichts, sondern sah ihn nur abwartend an.

Verdammt, er konnte sie nicht einschätzen! Um an die Story über Forstenrieder zu kommen, hätte sie sich in seinen SM-Zirkel begeben, sich dem Typen als Sklavin angeboten. Allein der Gedanke drehte ihm den Magen um.

Verflucht! Er holte seine Pistole aus dem Tresor, der ebenfalls im Schrank versteckt war, und steckte sie ins Brustholster. «Aber du bleibst im Auto!», befahl er ihr und drängte sich an ihr vorbei.

Das Schweigen zwischen ihnen war kaum auszuhalten. Eva saß wieder mit ihm im Mercedes, nur lag diesmal kein erotisches Prickeln in der Luft. Bloß Eiseskälte. Er hätte sie in der Villa festketten sollen, dachte Steffen. Genau das hätte ein richtiger Meister getan.

«Ich bitte dich lediglich, die Operation nicht zu gefährden. Wenn alles gut über die Bühne gegangen ist, kannst du von mir aus deinen Rachefeldzug starten.»

«Ich habe nie gesagt, dass ich mich rächen möchte», sagte sie, ohne ihn anzusehen, und starrte hinaus in die Nacht.

Sie wollte keine Rache? Seine Hoffnung stieg.

Inzwischen fuhren sie bereits seit fünf Minuten durch den Auwald. Die Pfade waren verschlungen, doch Steffen kannte den Weg zu Forstenrieders verstecktem Plätzchen, wo er sich gerne mit einzelnen Sklavinnen traf, um sie dort auf seine Art für ihre Dienste zu belohnen.

«Wer ist Myriam?», fragte Eva plötzlich.

Steffen schluckte. Ausgerechnet jetzt stellte sie diese Frage. Noch zwei Kilometer, dann war der Forstweg zu Ende, und er musste zu Fuß weiter.

«Sie war meine Freundin.» Seine ganz große Liebe.

«Was ist passiert?» Eva hatte sich ihm zugewandt, doch er schaute sie nicht an.

«Sie war bei der Autobahnpolizei und hat mit einem Kollegen LKWs kontrolliert. Bis die beiden eines Tages an einen Waffenhändler gerieten. Er hatte eine Kalaschnikow im Führerhaus.» Steffen räusperte sich. «Myriam war sofort tot, ihr Kollege starb drei Tage später im Krankenhaus.»

«Das tut mir sehr leid», erwiderte Eva leise. Ihre Hand

legte sich auf seinen Oberschenkel. «Es muss sehr schlimm für dich gewesen sein.»

«Hm», brummte er. Er wollte darüber weder reden noch nachdenken. Es war die Hölle gewesen, sein größter Albtraum.

«Wie gefährlich ist dieser Meister?», meldete sich Eva wieder zu Wort, und Steffen war dankbar für den Themawechsel.

«Er misshandelt die Frauen nicht körperlich, er sorgt sogar gut für sie, aber er missbraucht sie für seine kriminellen Zwecke.»

«Was genau müssen sie tun?» Als Steffen nicht gleich antwortete, sagte sie: «Ich werde nichts weitergeben, das die Ermittlung gefährdet. Versprochen.»

«Du bist Reporterin.» Er drehte ihr kurz den Kopf zu, und als er sie lächeln sah, sprang ihm beinahe das Herz aus der Brust. «Ich wollte dich wirklich nur vor Schaden bewahren. Irgendwie hat sich das alles dann ... verselbständigt.»

«Ich glaube dir», erwiderte sie zu seiner Freude und drückte sein Bein. «Ich habe die ganze Zeit gespürt, dass du mir niemals schaden würdest. Allerdings kam mir dein Meistergehabe gleich seltsam vor.»

Grinsend zuckte er mit den Schultern. «In den letzten Tagen habe ich Forstenrieder – so heißt der Typ – ständig beobachtet, da konnte ich mir einiges abschauen. Und beim Rest habe ich improvisiert.»

«Dafür warst du nicht schlecht.»

Es tat gut, sie nicht mehr sauer zu erleben. «Ich war neugierig, wie weit du gehen würdest, und es machte richtig Spaß, deine Grenzen zu testen – und meine eigenen.

Nur irgendwann kam ich nicht mehr raus aus der Sache.» Steffen parkte den Wagen am Ende der Straße und schaltete den Motor aus. Sofort war es stockdunkel. «Ich muss jetzt los.»

«Warte noch.» Er spürte, wie Eva ihn am Arm festhielt. «Was müssen die Frauen machen?»

«Falschgeld unter die Leute bringen. Forstenrieder ist nur ein kleiner Fisch, aber hinter ihm steht eine Organisation, die im großen Stil Blüten produziert. Er selbst taucht nie in der Öffentlichkeit auf. Das erledigen seine Sklavinnen. Er macht sie so hörig, dass sie alles für ihn tun. Sie kaufen mit den getürkten Hundertern irgendwelche Kleinigkeiten ein, um so das Falschgeld unter die Leute zu bringen.»

«Das erleichtert mich ein wenig.»

«Warum?»

«Ich habe vorhin auf deinem Laptop eine Frau erkannt, Tina, die ein paarmal bei unserem Stammtisch war. Von ihr habe ich von diesem Meister gehört. Jedenfalls war ich froh, sie lebend zu sehen.»

«Martina Stadler, wir haben sie bereits identifiziert. Dachtest du, Forstenrieder hätte ihr etwas angetan? Und dann wolltest du ... mit ihm ...» Steffen konnte es nicht aussprechen.

«Eine wirklich dumme Idee», sagte sie leise. «Ich sollte dir danken, dass du mich beschützt hast.»

«Das wäre das Mindes...» Plötzlich spürte er ihre Hände in seinem Nacken, ihre Lippen auf seinem Mund. Der überraschende Kuss war wie eine Erlösung. Hätte Steffen nicht dringend einen Job erledigen müssen, hätte er Eva nie mehr losgelassen. Aber er musste wirklich aufbrechen.

Nur unter Aufbietung all seiner Willenskraft gelang es

ihm, sich von ihr zu lösen. Er hatte ein Gespräch abgehört. Wenn er es richtig deutete, konnte er heute noch ein paar größere Fische fangen und sie würden endlich erfahren, wo diese Bande das Geld drucken ließ.

«Bleib im Auto und sperr ab. Ich bin bald zurück», sagte er, kramte seine Mini-Maglight aus dem Handschuhfach und stieg aus. Aus dem Kofferraum holte er einen GPS-Sender – einen kleinen Kasten mit zwei Antennen, der mittels eines Magneten an der Karosserie befestigt werden konnte. Anschließend machte er sich auf den Weg durch den dunklen Wald, den Strahl der Taschenlampe auf den Boden gerichtet. Steffen wusste genau, wohin er musste, und sah schon bald die Lichtung vor sich. Eine Decke war auf ihr ausgebreitet worden, die von vier Autoscheinwerfern angestrahlt wurde. Eine geknebelte Frau im Ganzkörper-Latexanzug wälzte sich darauf. Sie trug ein Kopfgeschirr, ähnlich demjenigen, das Steffen im Erotikshop gekauft hatte. Zwei Männer in schwarzer Kleidung und Skimasken hielten sie fest. Auch Forstenrieder war anwesend, genauso dunkel gekleidet. Allerdings trug der Meister keine Kopfbedeckung. Er stellte einen Koffer auf die Decke und öffnete ihn.

«Ihr habt die Kleine», sagte er mit eiskalter Stimme. «Sehr gut. Dann kann der Spaß ja beginnen.»

Perfekt, alle waren abgelenkt.

Steffen schlich sich zu den beiden Fahrzeugen und kniete sich hinter ein Auto mit Passauer Kennzeichen, während die Frau wimmerte und die Männer lachten.

Das Anbringen des Senders klappte reibungslos, und schon wenige Minuten später war Steffen wieder bei seinem Wagen. Doch Eva war weg.

«Verdammt!» Er wusste genau, wo sie steckte.

So leise er konnte, lief er über das Laub den kurzen Weg zurück und entdeckte seine abtrünnige Reporterin hinter einem umgesägten Baumstamm. Hektisch drückte sie an ihrem Handy herum. Das Licht des Displays erhellte ihr Gesicht.

Er schlich sich hinter sie und presste die Hand auf ihren Mund, während er ihr mit der anderen das Smartphone wegnahm.

«Hast du den Verstand verloren? Jeder kann dich sehen», zischte er, bevor er die Hand wegzog.

«Wir müssen der Frau helfen!» Sofort nahm sie ihr Handy wieder an sich.

«Sie will das so. Das ist ihre Belohnung.» Steffen hatte das Prozedere schon öfter mitbekommen. Wenn die Frauen ihren Job zu Forstenrieders Zufriedenheit erledigten, durften sie sich eine erotische Phantasie aussuchen, die er dann wahr werden ließ. Steffen war am Anfang auch nicht sicher gewesen, ob er eingreifen sollte. «Sieh genau hin. Sie wehrt sich nicht wirklich.»

«Wie auch? Sie wird von zwei Männern festgehalten!» Eva klang empört, doch sie stützte sich mit den Ellbogen auf den Baumstamm und lugte hinüber zur Lichtung, die weit genug entfernt war, dass man sie beide im Dunkeln nicht sehen würde.

Die maskierten Männer zerrten die Frau auf den Rücken und hielten ihre Beine gespreizt. Jetzt erkannte Steffen, dass der durchgängige Anzug zwischen den Beinen einen Schlitz hatte. Die Sklavin trug keinen Slip. Ihre Brüste schauten ebenfalls aus dem Catsuit hervor und quetschten sich durch das hautenge Material. Von ihrem

Gesicht waren nur Augen, Nase und der Mund zu erkennen, in dem noch immer der Ball steckte. Nun entfernte Forstenrieder das Geschirr, und die Frau sagte schwer atmend: «Danke, Meister.»

Eva drehte sich zu Steffen herum. «Ich glaub, das ist Tina!», flüsterte sie aufgeregt.

«Hm», brummte Steffen und schlüpfte aus seiner Jacke, die er Eva um die Schultern legte. Sie trug nur ihr Kleid, und die Nacht war kühl.

«Danke», sagte sie und zog den wärmenden Stoff fest um ihre Schultern, bevor sie sich wieder hinter den Baum duckte und am Handy herumdrückte.

Steffen beugte sich über sie. «Was wird das?»

«Ich will ein Foto machen, aber dazu muss ich erst diesen blöden Blitz und das Klickgeräusch ausstellen.»

Schlaues Mädchen, dachte er. Dennoch nahm er ihr das Smartphone wieder aus der Hand, schaltete es aus und verstaute es in ihrer Handtasche, die zu ihren Füßen lag. «Wir verschwinden jetzt von hier.» Er hatte seinen Job erledigt, den Rest würde sein Team übernehmen.

«Einen Moment noch.» Eva hob erneut den Kopf, um das Geschehen zu beobachten. «Ich muss ganz sicher sein, dass es Tina gut geht.»

Während die Maskierten Tinas Beine gespreizt hielten, hatte sich Forstenrieder schwarze Latexhandschuhe übergezogen. In einer Hand hielt er eine kurze Stange mit einer dicken Kugel an einem Ende: ein extrastarker Vibrator. Der Meister zwickte Nippelklemmen auf die Brustwarzen der Sklavin, die daraufhin aufschrie. Der Laut hallte durch die Nacht und scheuchte ein Käuzchen auf, das wild flatternd davonflog. Sofort presste einer der Maskierten seine Hand auf ihren Mund.

Forstenrieder drückte währenddessen den Vibrator direkt auf ihren Kitzler. Die Sklavin zappelte, doch die Männer hielten sie eisern fest.

Forstenrieder ballte die Hand zu einer Faust und drückte sie zwischen Tinas Beine.

«Du brauchst es von all meinen Schlampen am härtesten, was?», zischte er.

«Ja, Meister», wimmerte sie.

Mittlerweile hatten sich Steffens Augen an die Dunkelheit gewöhnt, sodass er wegen Evas gebückter Haltung ihre hellen Pobacken unter dem Kleid hervorblitzen sah. Das erinnerte ihn daran, was sich zwischen ihnen ereignet hatte. Plötzlich war der Job vergessen, und ein wildes Verlangen überkam ihn. Dieses Verlangen, das nur Eva in ihm auslösen konnte.

Er drückte sich von hinten an sie, um sie zu umarmen, und flüsterte in ihr Ohr: «Deiner Bekannten geht es gut. Komm jetzt.» Er wollte Eva auf der Stelle nehmen. Sie trug keinen Slip, er brauchte nur seine Hose zu öffnen, denn er war längst hart.

Eva drückte ihm ihren Po entgegen. Die kleine Hexe spürte genau, wie es um ihn bestellt war.

«Du gehorchst mir nicht? Ich glaube, ich habe dich noch nicht hart genug bestraft.» Sein Herz klopfte wie verrückt. Würde sie mitspielen oder ihn abservieren?

Sie drehte sich in seiner Umarmung um und säuselte: «Wenn ich noch ein bisschen gucken darf, bin ich später auch ganz artig und erfülle all Eure Wünsche, Herr.»

«Erpresserin», murmelte er, bevor er sie küsste. Steffen

drückte sie hinter den Stamm und genoss das neckende Spiel ihrer weichen Lippen. Doch er durfte nicht schwach werden. Sie mussten endlich fort.

Aus den Augenwinkeln beobachtete er das Geschehen auf der Lichtung. Forstenrieder penetrierte die Sklavin mit heftigen Stößen und hielt zugleich den Vibrator auf ihre Klit.

«Darf ich kommen, Meister? Bitte?», flehte sie.

Eva hob den Kopf, um ebenfalls etwas zu sehen. «Ich hatte keine Ahnung, dass Tina so krass drauf ist.»

«Sie macht das anscheinend schon länger», erwiderte Steffen, der bereits viel heftigere Sachen während der Observation von Forstenrieder gesehen hatte. «Jetzt komm, bitte.»

«So ganz ohne Stimulation geht das bei mir auch nicht», erwiderte sie grinsend.

«Wie?» Doch dann verstand er und grinste zurück. «Du hast auch nur das eine im Kopf.» Er reichte ihr die Hand, und Eva ließ sich von ihm auf die Beine ziehen. Gemeinsam gingen sie zum Auto, die Finger ineinander verschränkt. Steffen konnte es kaum erwarten, Eva wieder im Bett zu haben. Falls sie es überhaupt so weit schafften, denn kaum saß er hinter dem Steuer, kletterte sie auf seinen Schoß.

Er roch ihre Muschi, als sie mit gespreizten Schenkeln auf ihm saß und versuchte, seine Hose zu öffnen.

«Bist du immer so gierig?», fragte er und half ihr mit den Knöpfen.

«Nur bei dir.» Während sie seine Erektion befreite, leckte sie über seine Lippen.

Steffen küsste sie, und sein Herz raste vor Freude. Er

legte die Hände auf ihre nackten Oberschenkel, streichelte die zarte Haut an den Innenseiten, ärgerte Eva jedoch, indem er sie nicht dort berührte, wo sie am heißesten war. Stattdessen knetete er hingebungsvoll ihre Brüste durch den dünnen Stoff des Kleides. «Du hast keinen BH an.»

«Im Eifer des Gefechts vergessen.» Geduckt, damit sie sich nicht am Dach stieß, streifte sie seine Jacke ab und warf sie auf den Beifahrersitz. Dann packte sie seinen Schwanz an der Wurzel, um sich langsam auf ihn zu senken.

Stöhnend lehnte Steffen den Kopf zurück. Seine Eichel pochte wild, während sie in die feuchte Hitze eintauchte und gemächlich tiefer vordrang. Evas Scheidenwände schlossen sich um seinen Schaft, umhüllten ihn, beschützen ihn.

Ja, hier war er zu Hause!

Sie legte die Hände in seinen Nacken und zog seinen Kopf heran. «Außerdem schuldest du mir noch einen BH», flüsterte sie an seinen Lippen. «Was hast du mit dem gemacht, den du mir beim Vorstellungsgespräch ausgezogen hast?»

«In meine Trophäensammlung aufgenommen.» In Wahrheit hatte Steffen ihn in seinem Trolley versteckt, nachdem er minutenlang daran gerochen hatte. Er war dieser Frau von Anfang an verfallen gewesen.

«So, du bist also BH-Jäger», sagte Eva zuckersüß und streichelte über seine Brust, doch als sie an seine Waffe stieß, zuckte sie zurück.

Sofort zog Steffen die Glock aus dem Holster und legte sie ins Handschuhfach. Nichts sollte ihr Liebesspiel stören. «Ich sammle BHs, du sammelst Geschichten.» Er drückte seine Hände auf Evas nackten Po, knetete ihn und stieß dabei in ihr heißes Fleisch.

«Wo wir beim Thema sind ...» Frech grinste sie ihn an, während sie ihre Hüften auf ihm kreisen ließ und Steffens Lust erneut in die Höhe schoss. «Ich möchte einen Exklusivartikel, wenn der Fall geklärt ist. Als Entschädigung für deine Flunkerei.»

«Erpresst du mich schon wieder?», fragte er schwer atmend. Eva wusste genau, wo seine Schwachstellen lagen, und deshalb betete er sie an. Seine Sexgöttin.

Plötzlich ritt sie ihn schneller und schien dabei ihre inneren Muskeln anzuspannen, denn sie wurde noch enger, was Steffen fast abspritzen ließ. Er packte sie an der Taille, um ihr Einhalt zu gebieten. «Okay, ich werde sehen, was sich machen lässt», stieß er hervor.

«Braver Sklave.»

«Hey, ich bin hier der Herr!»

«Ich sitze oben, ich habe die Macht», wisperte sie, fuhr mit den Händen unter sein Hemd und rieb über seine Brustwarzen. Ihre geschickten Finger streichelten ihn, krabbelten tiefer und ... verschwanden plötzlich in seiner Hosentasche.

«Hilf mir mal.» Eva hob das Becken, den Kopf an Steffens Nacken gelegt.

Steffen glitt fast ganz aus ihr heraus. Er wusste, was sie wollte: den Minivibrator, der noch immer in seiner Tasche steckte. Schnell zog er ihre Hand weg, holte den Vibrator selbst heraus und hob Eva wieder auf sich.

«*Mein* Spielzeug», sagte er schmunzelnd und schaltete die Innenbeleuchtung des Mercedes an. «Heb dein Kleid, ich will dich ansehen.»

Eva folgte prompt. Sein Schwanz zuckte heftig in ihr, obwohl sie sich nicht bewegte. Zu sehen, wie er in ihr steckte, ihre Schamlippen gespreizt und geschwollen, reichte fast schon aus, um ihn zum Höhepunkt zu katapultieren.

«Du bist so schön.» Die Worte waren ihm, ohne nachzudenken, entschlüpft. Aber es brachte ihn ziemlich durcheinander, wie sie so lasziv auf ihm saß.

Eva lächelte. Sanft begann sie, ihn zu reiten, während Steffen den Vibrator einschaltete und damit an ihren Schamlippen entlangfuhr, genau wie er es im Kaufhaus gemacht hatte. Stöhnend schloss Eva die Lider und krallte die Finger in sein Haar. Er mochte es, wenn sie das tat, sich an ihm festhielt und er ihr diese Sicherheit geben konnte, sich gehenzulassen.

Er ließ die summende Kuppe des Toys über ihrem Kitzler kreisen, worauf sie ihn härter ritt.

«Eva, ich ...» Er konnte sich nicht länger zurückhalten. War ein gewisser Punkt überschritten, halfen alle Versuche, sich zu beherrschen, nicht mehr. «Langsamer», stöhnte er, wobei er sich bemühte, sie mit dem Vibrator so zu reizen, dass sie vielleicht mit ihm kam. Doch anscheinend wollte Eva das gar nicht, denn sie betrachtete ihn genau, schien jede seiner Reaktionen zu studieren, während sie seinen Schwanz tief in sich aufnahm, gemächlich auf ihm ritt. Genau wie er es liebte. Er schrie auf und verströmte sich in ihre feuchte Hitze, pumpte ein Mal, zwei Mal ... acht Mal in sie hinein. Der Höhepunkt war so lang und heftig, dass Steffen die Luft wegblieb. Elektrisierende Schockwellen liefen von seiner Eichel über den ganzen Schaft bis tief in den Unterleib, wo sie sich rasant in alle

Richtungen ausbreiteten. Wow, wie hatte er nur so lange auf solch phantastischen Sex verzichten können?

Erschöpft lehnte er sich schließlich zurück. War Eva gemeinsam mit ihm gekommen?

«Wie gesagt: Jetzt habe ich die Macht.» Lächelnd nahm sie ihm den Vibrator aus der Hand und begann sich damit selbst zu befriedigen, während sie auf seinem erschlaffenden Schwanz ritt. Was für eine unglaubliche Frau.

Ihr Lächeln schwand und machte einem entrückten Ausdruck Platz. Steffen legte beide Hände an ihre Brüste und streichelte sie. «Ja, mach's dir selbst, Süße. Heb dein Kleid höher, ich will alles sehen.»

Keuchend stützte Eva den Kopf auf seine Schulter, während sie den Vibrator an ihre Klit hielt. Steffen knetete ihre Pobacken und spürte, wie sich ihr Inneres um seinen schlaffen Schwanz zog, der immer noch halb in ihr steckte.

Sie schaltete den Vibrator aus und sank an seinen Nacken. Ihr rasend schneller Atem streifte seinen Hals. Steffen machte das Licht aus, umarmte Eva und zog sie fest an sich. Sie hatten es schon wieder getan, noch dazu in seinem Dienstwagen! Irgendwie schienen sie nicht voneinander lassen zu können.

«Was wird jetzt mit uns?», fragte er in die Stille, während sie sich einfach nur umschlungen hielten.

Eva drehte ihren Kopf und knabberte an seinem Hals. «Ich weiß nicht. Hab ich die Probezeit als deine Sklavin bestanden?»

«Heißt das, du vergibst mir?» Steffen hielt die Luft an.

«Ich vergebe dir.» Sie zog ihn zu sich und küsste ihn lange und intensiv.

Soeben hatte Eva ihn zum glücklichsten Mann auf der

ganzen Welt gemacht. «Du kannst also wirklich statt eines reichen SM-Märchenprinzen mit einem Polizisten vorliebnehmen, der nur in einer Drei-Zimmer-Wohnung lebt und eine alte Klapperkiste fährt?»

«Mir bist nur du wichtig. Mehr brauche ich nicht zum Glücklichsein.»

Und das brauchte Steffen auch nicht.

Außer Kontrolle

Christian war nervös. Aber das lag nicht an seinem Job. Bereits seit zehn Jahren arbeitete er für die Luftsicherheit am Franz-Josef-Strauß-Flughafen. Jährlich galt es, über zwölf Millionen Reisende zu kontrollieren. Im Laufe seines Berufslebens hatte Christian Reiseausweise als Passersatz ausgestellt, den dreiundvierzig Kilometer langen Zaun überwacht und die über tausend Hektar des Geländes kontrolliert. Um alle Aufgaben korrekt zu bewältigen, kooperierte seine Einheit mit anderen Sicherheitsbehörden; sie hatten sogar Urkundenspezialisten, Sprengstoffspürhunde und ein eigenes Entschärfungskommando. Der abwechslungsreiche Beruf machte ihm Spaß. Er hatte eine sichere Anstellung, eine gemütliche Zwei-Zimmer-Wohnung in München, Freunde, die von seiner Neigung wussten und sie akzeptierten – zum perfekten Glück fehlte ihm nur noch der richtige Partner.

Von seinen Kollegen wusste allerdings niemand, dass er schwul war. Christian wollte Ärger aus dem Weg gehen. Seit einigen Monaten war es seine Aufgabe, Ausweise zu kontrollieren und Leibesvisitationen durchzuführen. Das war dem Personal ausschließlich bei Passagieren des gleichen Geschlechts erlaubt. Seine Kollegen würden ihn bestimmt mit anderen Augen betrachten, falls sie von seiner sexuellen Orientierung erfuhren.

Nein – dumme Sprüche und berufliche Komplikationen wollte er sich ersparen.

«Okay», sagte er zu einem alten Mann und winkte die nächste Person heran, um sie abzuscannen.

Seit den Anschlägen auf das World Trade Center und dem versuchten Sprengstoffanschlag in London durften die Passagiere keine Flüssigkeiten mehr mitführen und mussten sogar ihre Schuhe ausziehen, die Hosentaschen entleeren und ihre Rucksäcke öffnen. Das Abtasten war nicht immer angenehm, auch nicht für die Beamten.

Es gab jedoch einen Augenblick, dem Christian immer wieder entgegenfieberte: wenn Tim Hofmann jeden zweiten Freitag im Monat die Kontrolle passierte. Dann fing Christians Herz heftig an zu klopfen, und seine Knie wurden weich. Kein Wunder, denn der junge Mann flirtete auf subtile Art mit ihm und bedachte ihn stets mit einem schüchternen Lächeln, bei dem seine grünen Augen strahlten. Oft fuhr er sich dabei durch sein braunes Haar und brachte es noch mehr durcheinander.

Christian kannte jede Sommersprosse im Gesicht des Dreiundzwanzigjährigen und jede Angabe in seinem Ausweis – wie etwa seine Adresse und den Geburtstag. Tims Sternzeichen war Krebs, und er wohnte sogar im selben Stadtteil wie Christian. Mehrmals war er an Tims Wohnung vorbeigegangen und hätte beinahe bei ihm geklingelt. Der Kleine war sein Sonnenschein, seine heimliche Liebe. Chris träumte von Tim, dachte an ihn, wenn er sich einen runterholte, und stellte sich oft vor, wie es wäre, mit ihm zusammen zu sein, mit ihm durch die Terminals zu schlendern, etwa zu Smokey Joe's Imbisswagen, der aussah wie ein Flugzeug, um mit Tim eine Currywurst zu essen. Danach würden sie sich ein frisches Bier im Airbräu genehmigen, Hand in Hand auf den Besucherhügel hinaufschlendern und auf die Landebahn oder die historischen Flugzeuge hinabsehen. Mehr erlaubte Chris sich nicht. Zwar sehnte er sich nach einem Partner, einer festen Beziehung, Liebe ... aber Tim war so jung! Daher nannte Christian ihn in Gedanken auch «Kleiner». Immerhin lagen fünfzehn Jahre zwischen ihnen.

Nein, da würde nie etwas laufen – der Altersunterschied war einfach zu groß. Außerdem war Chris einmal sehr schwer verletzt worden. Es hatte Ewigkeiten gebraucht, bis er sich davon erholt hatte.

Tim studierte Mediendesign, wie Christian bei den kurzen Gesprächen während der Kontrollen herausgefunden hatte, und er besuchte regelmäßig seinen Vater in London. Wie konnte ein Student sich das alles leisten?

Christian hätte ihn gerne so vieles gefragt.

Seine Unruhe wuchs. Wo blieb der Kleine denn heute? Ständig starrte Chris auf die Fluggäste, die sich vor dem Eingang stauten, und hielt nach einem braunen Schopf Ausschau. Da Tim recht groß war – fast so groß wie er –, erblickte Christian ihn meist von weitem, aber an diesem Freitag war der Andrang enorm. Ferienzeit.

Trotz Aufregung erledigte er pflichtbewusst seinen Job. Eben scannte er einen Fluggast, als sein Kollege Frederik, mit dem er seit fünf Jahren zusammenarbeitete, neben ihn trat.

«Ist grad reingekommen.» Fred überreichte ihm einen Computerausdruck. «Wenn uns der Typ unterkommt, sollen wir ihn sofort abführen.»

Chris blinzelte. Nein, das war unmöglich! In seiner Brust wurde es eng. Das Bild zeigte Tim!

Hastig überflog er den Text. «Drogen?»

Fred nickte. «Unsere Londoner Kollegen sind einem Schmugglerring auf der Spur. Angeblich soll es ein oder zwei Mittelsmänner in Deutschland geben, die Heroin durch den Zoll schmuggeln.»

Chris blieben die Worte im Hals stecken. Doch nicht Tim!

Seine Gedanken überschlugen sich. Eben hatte er sich noch gefragt, wie der junge Mann sich die vielen Flüge leisten konnte. Was, wenn es in London gar keinen reichen Vater gab?

«Wieso gerade dieser Mann?», fragte er und versuchte, seine Stimme möglichst normal klingen zu lassen.

«Die Beschreibung passt gut, außerdem nimmt er regelmäßig denselben Flug, und das schon seit Monaten. Er ist einer von zwei Hauptverdächtigen.» Fred zeigte ihm einen weiteren Steckbrief, den Chris kaum wahrnahm.

Das ergab doch keinen Sinn! Würde jemand, der Drogen schmuggelte, nicht darauf achten, unauffällig zu bleiben? Wobei – was war schon unauffällig?

Verfluchte Scheiße! Hatte er sich in einen Dealer verliebt?

Wie in Trance kontrollierte er die nächsten Gäste und nahm die Lautsprecherdurchsagen und das Stimmengewirr nur noch gedämpft wahr.

«Da ist einer der beiden», flüsterte Fred und nickte zum Gepäckscanner. Tim legte gerade seine Schuhe und den Rucksack in eine Plastikbox. Ansonsten trug er bloß Jeans und ein violettes T-Shirt.

Wie immer, wenn Chris den jungen Münchner sah, schoss ihm Hitze ins Gesicht, und seine Hände fingen an zu zittern. Tim war groß, schlank, gutaussehend. Ein Traum von einem Mann. Dazu definitiv an ihm interessiert, denn er grinste in seine Richtung. Die schüchternen, aber intensiven Blicke gingen Chris durch und durch.

Oder war das nur Ablenkung? Taktik? Damit er Tim nicht so streng kontrollierte?

O mein Gott, und er war auf diese Masche auch noch reingefallen!

Sein Magen zog sich schmerzhaft zusammen, ihm wurde übel.

Fred rempelte ihn an. «Komm schon, Bernd übernimmt.»

Chris gab seinem grauhaarigen Kollegen, dessen Herannahen er nicht registriert hatte, den Handscanner und setzte sich in Bewegung. Vor Tim blieben sie stehen.

«Kommen Sie bitte mit uns», sagte Fred zu ihm. Sofort reckten einige Passagiere neugierig ihre Hälse.

Tims Lächeln erlosch. «Warum?»

«Das erklären wir Ihnen gleich.»

Tim schlüpfte in seine Sneaker und wollte den Rucksack auf der anderen Seite des Röntgengeräts aus der Plastikbox holen, aber Chris nahm ihn an sich.

Hilfesuchend wandte sich der junge Mann an ihn. «Was ist denn los? Wird es lange dauern? Ich muss in fünfzig Minuten an Bord!» Seine Stimme klang immer verzweifelter, je mehr er redete und je weiter sie sich von der Menschenmenge entfernten.

«Wir haben bloß ein paar Fragen an Sie», beschwichtigte ihn Christian, wobei er Tim, der beständig bleicher wurde, genau musterte.

Sie marschierten durch einen Flur, den sonst nur das

Personal betreten durfte, und führten Tim in ein karg eingerichtetes, fensterloses Zimmer. Lediglich ein Tisch mit drei Stühlen stand dort. Ansonsten gab es nur noch eine Umkleidekabine, ein Waschbecken, Desinfektionsmittel, eine Packung Einweghandschuhe und einen Stapel Papiertücher.

Sein Kollege Frederik kam sofort zur Sache. «Hände an die Wand und Beine auseinander.»

«Was?!» Tim riss die Augen auf.

«Los, wir haben nicht den ganzen Tag Zeit!» Fred war bei Leibesvisitationen nicht pingelig und drückte Tim gegen die Wand.

Chris hingegen litt mit dem Kleinen, der aussah, als würde er vor Angst gleich zusammenbrechen.

«Führen Sie Drogen mit sich?», fragte Fred.

«Nein!» Tims hilfesuchender Blick traf Chris direkt ins Herz. Freds Hände an seinem Körper waren dem Jungen sichtlich unangenehm. Er zuckte bei jeder Berührung zusammen.

Bitte lass ihn nichts finden! Christian konnte kaum hinsehen, also zog er sich Handschuhe über und nahm sich den Rucksack vor. Er öffnete ihn und kippte den Inhalt auf den Tisch. Ein iPod kam zum Vorschein, eine Packung Kaugummi, drei Slips, zwei Paar Socken, ein T-Shirt, eine Jeans und Hygieneartikel. Chris schaute in alle Fächer, aber er konnte nichts Verbotenes entdecken.

«Ausziehen», befahl sein Kollege und deutete auf eine winzige Kabine, vor der ein Vorhang hing.

Aus Tims Gesicht wich sämtliche Farbe, und auch Christian wurde schwindlig. Gleich würde er sehen, wovon er nächtelang geträumt hatte: Tims nackten Körper.

Um sich abzulenken, zog er die Handschuhe aus und warf sie in den Papierkorb. Was für eine beschissene Situation! Falls Fred Drogen fand ... Nein, er wollte nicht daran denken.

Vehement schüttelte der junge Mann den Kopf, die Wangen tiefrot gefärbt. «Ich ziehe mich nicht aus!»

Plötzlich knackte Freds Funkgerät, das an seinem Gürtel hing. «Wir brauchen dringend jemanden in Raum eins!» Fred schaute ihn fragend an.

Christian witterte seine Chance. «Geh du nur, ich passe so lange auf ihn auf.»

«Bin gleich da!», rief Fred in das Gerät.

Chris brachte seinen Kollegen zur Tür und sperrte hinter ihm ab.

«Was ist denn hier los?» Tim stieß sich von der Wand ab und drehte sich um. «Wer sagt, dass ich Drogen bei mir habe?»

«Wir haben einen Tipp bekommen.»

«Was?!» Tim schloss die Augen und ließ sich zu Boden sinken. «Das kann doch nicht sein. Was für ein Albtraum!»

Wie ein Häuflein Elend saß er da, die Hände gegen die Stirn gepresst. «Ich habe noch nie im Leben irgendwelche Drogen angerührt. Ich mag ja nicht mal Alkohol!»

«Hey, Chris», tönte Freds Stimme durch das Funkgerät, «das kann hier 'ne Weile dauern, wir haben den zweiten Verdächtigen!»

«Alles klar», antwortete er seinem Kollegen, froh, mehr Zeit mit Tim verbringen zu können.

Christian ging zu ihm. Vorsichtig legte er eine Hand auf Tims Schulter. Vielleicht war alles ein Irrtum. «Wenn du unschuldig bist, hast du nichts zu befürchten.»

Verdammt, er hatte ihn geduzt, aber der Kleine schien das nicht bemerkt zu haben oder sich nicht daran zu stören.

Tim blickte zu ihm auf. «Kannst du mich nicht durchsuchen?» In seinen Augen schwammen Tränen. «Und mich dann gehen lassen?»

Chris hielt bei der ebenso vertraulichen Anrede die Luft an, und sein Herz schnürte sich zusammen. Was war das nur zwischen ihnen? Ihm kam es vor, als würden sie sich ewig kennen.

«Das darf ich nicht, wenn ich mit dir allein bin.» Er hielt Tim die Hand hin, um ihm aufzuhelfen.

«Bitte», flehte der, während er sich auf die Beine ziehen ließ.

Dicht an dicht standen sie sich gegenüber. Christian konnte Tims herbes Parfüm riechen. Es war derselbe Duft, der ihm immer in die Nase stieg, wenn der Kleine die Kontrolle passierte.

Eine Träne kullerte über Tims Wange. Ihn so verzweifelt zu erleben war ein furchtbares Gefühl.

«Hab keine Angst, das wird sich alles klären.» Mit dem Daumen wischte er die Feuchtigkeit von Tims Gesicht. Verdammt, der Junge wirkte so verletzlich, dass jetzt auch noch Chris' Beschützerinstinkt erwachte!

«Tim ...», flüsterte er.

«Ich mag es, wie du meinen Namen aussprichst», erwiderte der Kleine mit einem scheuen Lächeln.

Chris schluckte. Er wusste nicht, was er machen sollte. «Wie spreche ich ihn denn aus?»

«Wie eine Liebkosung.»

Aufkeuchend wich Chris zurück, allerdings nur ein

winziges Stück. Er wollte Tim küssen. Jetzt. Was er sich natürlich verbot. Stattdessen erwischte er sich dabei, wie er dem jungen Mann auf die Lippen starrte. Hastig richtete er den Blick auf Tims Augen, was die Sache nicht besser machte.

«Bitte fass mich an», sagte der Kleine leise. «Überall.» Er drehte sich um, spreizte die Beine und legte die Hände wieder an die Wand. Wie Christian bemerkte, als er sich dicht neben ihn stellte, hatte Tim die Augen zugekniffen.

Verflixt und zugenäht!

Chris kratzte sich am Nacken und schaute zur Tür. Keiner konnte hinein, bevor er aufsperrte. Fred würde nicht so schnell zurück sein. Aber er konnte doch nicht …

«Bitte, Christian.»

Ihm stockte der Atem. «Du kennst meinen Namen?»

Tim nickte. «Schon lange. Ich habe mitbekommen, wie dich dein Kollege einmal so genannt hat.»

Chris spürte sehr wohl, was der Kleine von ihm wollte. Er hatte es bereits bei ihrer ersten Begegnung gewusst. Blicke sagten mehr als Worte. Der junge Mann stand auf ihn. Auf einen achtunddreißigjährigen Bundesbeamten.

Gut, er trainierte zwei Mal die Woche, um für seinen Job fit zu bleiben, war groß, muskulös und hatte noch genug Haare auf dem Kopf. Insofern konnte er sich nicht beschweren. Trotzdem war das Alter nicht spurlos an ihm vorübergegangen. Die ersten silbernen Strähnen und ein winziger Bauchansatz zeigten sich bereits. Oder spielte der Mann mit ihm? Kriminelle waren zu allem bereit.

Plötzlich drückte Tim den Po so weit heraus, dass er gegen Christians Unterleib stieß.

Stöhnend krümmte Chris sich zusammen, wodurch er dem Jungen ganz nah kam. Dieser unerwartete Kontakt ließ ihn sofort hart werden.

Wollte Tim tatsächlich etwas von ihm, oder war alles Show? Dann würde er sich doch nicht freiwillig untersuchen lassen. Machte die Uniform ihn an? Viele Menschen erregte der Gedanke, Sex mit einem Uniformierten zu haben. Aber dann hätte Tim auch mit den anderen Beamten geflirtet.

Christians Hoffnung auf seine Unschuld wuchs.

«Berühre mich», wiederholte Tim, aber da lagen Christians Hände schon an dessen Hüften.

Schmal waren sie, und Chris spürte die angespannten Muskeln. Die Wärme der Haut schien sich durch das dünne T-Shirt zu brennen.

«Wenn das jemand erfährt, bin ich meinen Job los.» War das vielleicht eine Prüfung? Hatte einer der Kollegen erfahren, dass er schwul war? Sahen sie es ihm vielleicht an? Wenn Tim es wusste ... Verrieten ihn seine sehnsüchtigen Blicke?

Oder wollte Tim ihn lediglich zu einer Straftat provozieren?

Er war total verwirrt!

«Ich werde es niemandem erzählen, Christian», wisperte Tim.

Worauf lasse ich mich da nur ein?, fragte sich Chris.

Seine Hände wanderten wie von selbst unter das Shirt, er konnte sie nicht stoppen. Als er die glatte Haut berührte, stöhnten sie beide auf. Der Junge war ungemein verlockend.

Christian geriet in Versuchung, die Finger in den Hosenbund wandern zu lassen, stattdessen tastete er über den flachen Bauch. So jung, so knackig.

Verdammt!

Sämtliches Blut schoss in seine Lenden.

Er war verloren, fühlte sich wie berauscht. Seit Ewigkeiten träumte er schon davon, diesen Mann zu berühren. Jetzt war es so weit, und irgendwie kam ihm die Situation plötzlich irreal vor. Womöglich schlief er gerade?

Er presste sich an den schlanken Körper, genoss dessen Wärme und versenkte die Nase in den braunen Haaren. Wie weich sie waren, wie gut sie rochen ...

Christian knabberte an Tims Nacken, von dem ein unwiderstehlicher Duft ausging. Dabei ließ er seine Hände höher wandern, bis zur Brust. Sanft wölbten sich die Muskeln unter den verhärteten Nippeln. Tim atmete schwerer und keuchte auf, als Chris seine Hände über dessen Oberkörper gleiten ließ. Er spürte Tims Herz, das rasend schnell gegen seinen Brustkorb hämmerte.

Nein, der Junge spielte ihm nichts vor.

Wie sehr Christian ihn begehrte! Er wollte ihm die Kleidung vom Leib reißen, um ihn zu nehmen, gleich hier an der Wand. Sein letzter Sex mit einem Mann lag neun Jahre zurück. Damals hatte Chris eine zweijährige Beziehung geführt, die beide nicht glücklich gemacht hatte. Simon und er – sie hatten einfach nicht zusammengepasst.

Hastig tastete er tiefer, über Tims Hüften bis zu den Oberschenkeln, und wiederholte die Prozedur, die Fred bereits durchgeführt hatte. Als er wieder nach oben glitt, legte er seine Hand kurz auf Tims Schritt.

Beinahe wäre Chris das Herz stehengeblieben. Der Kleine hatte einen Steifen!

«Okay», keuchte er und trat einen halben Schritt zurück, «du bist sauber.»

Tim drehte sich um. «Du hast mich nicht gründlich genug durchsucht. Ich habe vielleicht eine Waffe dabei.» Er schielte nach unten und wurde dabei so rot im Gesicht, dass Chris grinsen musste.

«Eine Schusswaffe?»

Tim nickte.

Chris presste sich an ihn, spürte Tims Erektion an seiner. «Großes Kaliber.»

«Verdammt großes», erwiderte der Kleine und musste nun auch lachen.

Die Situation entspannte sich. Christian sollte jetzt Abstand nehmen und auf Fred warten. Er war ohnehin zu weit gegangen. Aber er konnte es nicht. Tims wohlgeformte Lippen zogen ihn magisch an. Sollte er von diesem makellosen Mund kosten?

Hastig machte er einen Schritt zurück und zog an seinem Kragen, als bekäme er zu wenig Luft. Er war im Dienst, verdammt! Und Tims Unschuld war nicht endgültig bewiesen.

Ehe sichs Chris versah, hatte Tim sein Shirt über den Kopf gezogen und nestelte an der Hose herum.

Chris brachte kein Wort hervor, sondern schaute wie gelähmt zu, wie der Kleine aus den Sneakern schlüpfte. Im nächsten Moment folgte die Hose, und schließlich stand Tim nur noch mit einem schwarzen Slip bekleidet vor ihm. Die Spitze seines Gliedes ragte aus der Unterhose.

Der Raum schien sich um Chris zu drehen. Am liebsten hätte er sich hingesetzt. Tims Körper übertraf all seine Träume. Der Junge hatte schlanke, leicht behaarte Gliedmaßen und eine helle Haut, auf der nur wenige Leberflecken zu sehen waren. Christian wollte jeden einzelnen küssen. Seine Eichel pulsierte im Takt seines Herzens. Wie gerne wollte er in diesen begehrenswerten Körper eindringen.

Er schüttelte den Kopf, um wieder zur Vernunft zu kommen.

Wenn Fred den Mann hier halbnackt vorfand, würde er Fragen stellen. Unangenehme Fragen. Entweder brach Chris das jetzt ab, oder er führte es schnell zu einem Ende.

Niemand durfte davon erfahren …

«Mach es richtig», flüsterte Tim und zog den Slip ein Stück nach unten.

Chris schluckte. «Bitte, sag so was nicht.» Er starrte auf den Schaft, der ihm entgegenragte. In seinen Augen war er perfekt. Da Tim im Schambereich rasiert war, wirkte er zudem so unglaublich unschuldig.

Der Speichel lief ihm im Mund zusammen, als er den Tropfen bemerkte, der auf Tims Eichel perlte.

«Ich möchte dir beweisen, dass ich keine Drogen schmuggle.» Tims Unterlippe zitterte. «Ich sehe doch, wie du an mir zweifelst.»

Christian räusperte sich. «Das ist nicht das einzige Problem.»

«Bist du vergeben?», fragte Tim zögernd.

Langsam schüttelte er den Kopf.

«Weißt du eigentlich, wie lange ich mir so eine Situation schon ausmale?» Tims Augen waren lustverhangen. Mit einer Hand versuchte er, sein Geschlecht zu bedecken. «Als dein Kollege vorhin …» Zitternd holte er Luft. «Ich hatte solche Angst. Aber nicht vor dir. Ich weiß, dass du sanft sein wirst.»

«Was soll ich denn tun?» Chris wurde abwechselnd heiß und kalt. Der Kleine vertraute ihm. Oder war das nur eine Verzweiflungstat? In solchen Situationen erlebte man beim Sicherheitsdienst die verrücktesten Reaktionen. Erst letzte Woche hatte ihnen ein Geschäftsmann viel Geld geboten, damit sie ihn gehen ließen. Es hatte sich herausgestellt, dass der Mann völlig unschuldig gewesen war.

Reine Verzweiflung verführte Menschen zu den kuriosesten Taten.

Tim drehte sich um, stellte sich erneut in Position und drückte ihm sein Gesäß entgegen. «Tu, was du sonst auch tun würdest.»

Für einen Moment musste Chris die Augen schließen. Er wollte die Situation nicht ausnutzen, aber wie sollte er da widerstehen?

Seine Hände zitterten, als er neue Gummihandschuhe aus seiner Hose holte.

«Wird es wehtun?», fragte Tim leise.

«Was?» Chris wusste nicht, wovon er sprach.

«Wenn … du in mich eindringst.»

Stöhnend fasste Chris sich an sein Geschlecht, das schmerzhaft in der Hose eingezwängt war. Bilder schossen ihm durch den Kopf, die seine Erregung fast auf die Spitze trieben: wie er seinen Schwanz hervorholte und in Tim eintauchte.

«I-ich darf keine Körperöffnungen durchsuchen, nicht einfach mal eben so.» Das durfte nur ein Arzt.

«Schade», wisperte Tim über seine Schulter.

Der Kleine hatte es faustdick hinter den Ohren.

«Zieh deine Pobacken auseinander», sagte Chris heiser. Die Körperöffnungen von außen zu besehen, das war erlaubt.

«Mach du das bitte.»

Dieser Kerl!

Sein Puls raste, als er hinter Tim in die Hocke ging. Zögernd legte er die Finger an die beiden Gesäßhälften. Fest waren sie. Und knackig. Er drückte zu, wodurch er Tim ein Stöhnen entlockte.

Chris musste sich beeilen. Ewig würden sie hier nicht ungestört bleiben. Beherzt zog er die Muskeln auseinander und hatte einen direkten Blick auf Tims Anus. Blitzsauber war er rasiert, vom Damm bis zu den Hoden. Der maskuline Duft umhüllte ihn.

Entblößt und verwundbar präsentierte sich der junge Mann. Das erregte Chris ungemein.

Er schaute hoch. Tim schämte sich, das war nicht zu übersehen. Sein Gesicht war angespannt und dunkelrot, die Lider hatte er zusammengekniffen.

Sofort sprang Chris auf. «Du willst das nicht!»

«Ich will es wirklich, Christian. Ich möchte dich.»

Er wollte den Jungen rütteln, ihm Verstand einbläuen – aber er konnte nicht. Stattdessen umarmte er ihn, küsste seinen Nacken, die Schulterblätter. Tim wollte ihn. Ihn!

Erneut ging er in die Hocke, wobei er den zitternden Rücken mit Küssen bedeckte.

Plötzlich streckte ihm Tim den Hintern so weit entgegen, dass Chris, statt auszuweichen, seine Nase in der Spalte versenkte.

Da setzte sein Verstand völlig aus. Mit bebenden Händen teilte er die Pobacken und leckte über den Anus, den Damm und die Hoden. Alles war glatt und sauber.

Tim stöhnte auf und bog sich ihm noch weiter entgegen, die Beine gespreizt. Diese hingebungsvolle Geste war mehr als eine Einladung.

Chris trug immer noch die Handschuhe, weswegen er mit den Fingern nicht mehr die zarte Haut fühlen konnte – dafür umso intensiver mit der Zunge. Er hätte den Kleinen auffressen können!

Er führte einen Arm um Tims Hüfte und griff an dessen Erektion. Hart und heiß pochte sie in seiner Hand. Tim erschauderte und stöhnte kehlig, drückte sich ihm fester entgegen.

Weil Christian sehen wollte, wie er den Kleinen befriedigte, stand er auf. Das fremde Geschlecht zwischen seinen behandschuhten Fingern zu spüren war seltsam, und doch machte die Situation ihn an.

Chris verrieb die Feuchtigkeit, die aus Tims Eichel lief. Er konnte nicht widerstehen und drückte den Finger seiner anderen Hand an Tims Anus. Alles war feucht von seinem Speichel. Der Latexfinger rutschte durch die Spalte, während Christian Tims Schaft mit der anderen Hand massierte.

Zitternd stützte der Kleine sich an der Wand ab, die Augen geschlossen, und stöhnte. Es war ein Bild für die Götter.

Chris drückte gegen die Pforte, bis seine Fingerspitze darin verschwand. Eng umschloss ihn der Muskel, was seine Phantasie erneut überkochen ließ. Chris wollte Tim nehmen, jetzt, sofort. Er wusste selbst nicht, wie er sich beherrschte, obwohl in seinem Unterleib dieses Feuer wütete. Stattdessen küsste er Tims Schultern und seine verschwitzte Haut, leckte den salzigen Film ab und erntete weitere leidenschaftliche Laute von dem Jungen.

Die Erektion in seiner Hand wurde dicker, Tim versteifte sich. «Chris ... ich ...»

Er schob den Finger tiefer in Tim, während er ihn zugleich härter massierte.

Laut stöhnend ergoss sich der Kleine über Christians Finger, wobei sich sein Ringmuskel abwechselnd lockerte und zuzog.

Was für ein Gefühl, was für ein Anblick.

Tim warf den Kopf zurück und wirkte losgelöst. Befreit.

Im Gegensatz zu Christian.

Trotz seiner unglaublichen Erregung machte er sich eilig von Tim los, entsorgte die Handschuhe im Mülleimer, riss Papier von einer Rolle und wischte die Spermareste von Boden und Wand, während der Junge sich hastig die Hose anzog.

Solange sie nur mit Blicken und Gesten geflirtet hatten, war Christians Welt in Ordnung gewesen. Aber jetzt ...

Sein Puls schlug wie ein Presslufthammer gegen seine Schläfen. Wieso hatte er sich nur so hinreißen lassen?

Nachdem er das Papier ganz unten in den Eimer gestopft hatte, taumelte er rückwärts, bis er gegen die Tür stieß.

Erst als Freds Stimme lauter wurde, griff er nach dem Funkgerät, doch seine Hände zitterten so sehr, dass ihm das Walkie-Talkie beinahe aus der Hand glitt.

«Chris? Alles klar bei dir?», fragte Fred erneut.

Hastig drückte er auf den Knopf. «Alles bestens.»

«Wir haben den Richtigen. Du kannst den Mann laufenlassen.»

«Den Richtigen?» Erst jetzt fiel ihm wieder ein, weshalb Tim überhaupt hier war.

«Fehlalarm bei dir. Die Londoner Kollegen hatten zwei Personen, auf die die Beschreibung passte. Der Täter ist der Kerl hier bei mir. Er hat Gift dabei. Jede Menge Bodypacks. Gerade hat er gestanden. Offensichtlich arbeitet er allein, das hat London eben bestätigt.»

«Okay», erwiderte er mit möglichst fester Stimme und schaltete das Funkgerät aus. Dann wandte er sich an Tim, der erst halb angezogen war. Chris war so erleichtert, er hätte weinen mögen. «Es war eine Verwechslung. Das tut mir sehr leid.»

«Mir nicht.» Tim schlenderte, sein T-Shirt in der Hand, auf ihn zu und strich ihm sanft durchs Haar.

Diese zärtliche Geste verwirrte ihn. Außerdem war er durchgeschwitzt. Am liebsten hätte er die Uniform gewechselt und wäre dann nach Hause gefahren, um sich in seinem Bett zu verkriechen.

Chris deutete mit dem Kopf zum Tisch. «Du kannst deine Sachen nehmen und gehen.» Er sah auf die Armbanduhr. «In zehn Minuten beginnt das Boarding.»

Tim wich nicht von seiner Seite, stattdessen presste er sich an ihn. «Ich will dich wiedersehen. Nicht hier, sondern privat.»

Du hast keine Ahnung, wie sehr ich das auch möchte, dachte Chris. Trotzdem sagte er: «Das ist keine gute Idee.»

Ein Schatten huschte über Tims Gesicht, seine Brauen zogen sich zusammen. «Warum?»

«Ich bin viel zu alt.»

«Zu alt?» Tim runzelte die Stirn. «Du sieht aus wie dreißig.»

«Achtunddreißig», erwiderte Chris matt.

Tim zuckte mit den Schultern. «Und? Für mich ist das kein Hindernis. Willst du mich nicht?»

Christians Herzschlag sprengte fast seinen Brustkorb, als er flüsterte: «Du kannst dir nicht vorstellen, wie sehr ich dich begehre.»

«Doch, das kann ich spüren.» Das süße Lächeln auf Tims Lippen wirbelte eine Schar Schmetterlinge in Chris' Magen auf.

Rasch griff er nach Tims nackten Schultern. Erneut die zarte Haut zu spüren machte es unerträglich, den Kleinen gehen zu lassen. Als Tim begann, seine Erektion durch die Hose zu massieren, brachte er Chris beinahe zum Höhepunkt.

«Hör auf», wisperte Christian und wollte seine Hand wegziehen, brachte es aber nicht fertig.

Plötzlich war der Reißverschluss offen und sein harter Penis befreit. Tims Finger waren unglaublich geschickt. Er ging in die Hocke und umfasste seinen Schwanz.

Chris stöhnte auf. Um ihn schien alles zu verschwimmen. Lust peitschte wie Starkstrom durch seinen Körper. «Was wird das?»

Unterwürfig schaute Tim zu ihm auf. «Ich will dich wiedersehen. Und wenn ich dich mit Worten nicht dazu bringen kann, dann vielleicht durch Taten.» Schon verschwand sein Penis in Tims Mund.

Aufkeuchend vergrub Chris die Finger in dem weichen Haar. Das Saugen und Züngeln beraubte ihn sämtlicher Kräfte, sodass er matt gegen die Tür sank.

In seinem Alter fand man nicht so schnell einen Partner, zumindest keinen, der seinen gesteigerten Ansprüchen gerecht wurde. Er hatte es in Chats versucht und auf einschlägigen Plattformen, doch nie war der Mann dabei gewesen, dem er sein Herz schenken wollte.

Aber Chris wollte Tim nur zu gerne sein Herz schenken. Er begehrte den Kleinen mit Haut und Haar.

Verdammt, das erinnerte ihn daran, dass er sich schon ewig nicht mehr rasiert hatte. Für wen auch? Niemand bekam ihn je nackt zu Gesicht. Jetzt schämte er sich für seinen Urwald.

Chris versuchte, Tim wegzuziehen. «Du musst das nicht tu...» Stöhnend warf er den Kopf zurück, weil die geschickte Zunge ihn gleich zum Abspritzen brachte.

«Ich ...» komme in deinem Mund, wollte er sagen, traute sich allerdings nicht, das auszusprechen.

Tim ließ nicht von ihm ab. Im Gegenteil. Er verstärkte seine Bemühungen, züngelte schneller um die Eichel herum und formte einen engen Ring mit den Lippen.

Chris presste die Handflächen gegen die Tür und unterdrückte mit aller Kraft einen Schrei, als sein Sperma herausschoss, direkt in Tims Rachen. Der Kleine schluckte, leckte und saugte, bis der letzte Tropfen geflossen war.

Zitternd und mit geschlossenen Augen lehnte Chris an der Tür, den Tränen nah. Was er eben erlebt hatte, war besser als in seinen Träumen. Müdigkeit befiel ihn, wie immer, wenn er einen Höhepunkt erlebt hatte. Nur fühlte er sich diesmal wirklich befriedigt.

Als sich plötzlich Tims Finger in sein Haar schoben und er sanft geküsst wurde, zog Chris den Kleinen in die Arme. Er wollte ihn nie mehr loslassen, ihn nicht gehen lassen, sondern für alle Zeiten mit ihm in diesem Zimmer bleiben.

Tims Küsse waren zart und zurückhaltend, forschend und neugierig. Seine Zunge stupste Christians zögerlich an. Der scheue Kuss war so intim, dass sich Christian noch mehr in ihn verliebte.

«Also, sehen wir uns wieder?», fragte der Kleine, als er sich viel zu bald von ihm löste.

«Ich ...» Chris wusste nicht, was er sagen sollte – außer: Ja! Doch irgendetwas hielt ihn zurück.

Tim schmiegte sich an ihn. «Wovor hast du Angst?»

«Vor so vielem.» Am meisten davor, dass Tim sein Herz brechen würde.

«Lass es uns wenigstens versuchen», flüsterte dieser an seinen Lippen. «Was heute passiert ist, war ein Wink des Schicksals. Es hat uns zusammengeführt, weil wir zusammengehören. Was spielt es schon für eine Rolle, wie alt wir sind.»

Er hatte so recht.

Tim rieb die Nase an seinem Hals. «Ich warte schon so lange auf dich.»

Und Chris noch viel länger auf ihn, aber das brachte er nicht heraus. Er hatte nie über seine Gefühle sprechen können und war froh, dass Tim dazu in der Lage war.

«Da gab es einmal ... jemanden.» Simon.

Tim legte ihm die Hand auf die Brust. «Er hat dir wehgetan?»

Christian nickte. «Es hat irgendwie nicht gepasst. Er war ... auch jünger, hatte andere Interessen.»

«Es gibt keine Garantie, dass es mit uns klappt. Aber wenn du es nicht versuchst, wirst du es nie herausfinden.»

Wie erwachsen er klang. «Okay», sagte Chris atemlos. Sein Herz wummerte wild. «Lass es uns versuchen.»

Tim fiel ihm breit grinsend um den Hals, küsste seine Wange und die Nasenspitze. «Ich möchte dich nicht mehr hergeben. So lang schon versuche ich dich aus deinem Schneckenhaus zu locken. Ich war mir nur nie sicher, ob du vielleicht schon vergeben bist.»

Christian erwiderte die feste Umarmung, sog Tims Duft in sich auf und streichelte seinen Rücken. Passierte das gerade wirklich?

«Ich komme Sonntagabend zurück.»

«Ich weiß.» Chris holte tief Luft, um das Schwindelgefühl zu vertreiben. «Was machst du so oft in London? Wie kannst du dir diese Flüge leisten?»

Erneut huschte eine sanfte Röte über Tims Gesicht. «Sponsored by Daddy, sozusagen.»

«Er ist also reich.»

«Ihm gehört eine Medienfirma in London. An den Wochenenden arbeiten wir an einem gemeinsamen Projekt.»

«Wieso studierst du nicht in London?»

«Ich möchte nicht weg aus München. Meine Mutter und all meine Freunde leben hier.» Eindringlich sah Tim ihn an. «Hier möchte ich später auch arbeiten, ich habe bereits einen Job in Aussicht.»

Christians Herz hüpfte vor Freude. Er hatte schon befürchtet, Tim würde die Firma seines Vaters übernehmen.

Himmel, worüber dachte er denn nach? Sie waren noch gar kein Paar. Oder doch? «Darüber will ich unbedingt mehr hören, aber du musst jetzt los.»

«Wirst du ...»

«Ich werde auf dich warten», unterbrach Christian ihn

und küsste ihn auf den Mundwinkel. «Ich stehe am Gate, wenn du zurückkommst.»

«Okay.» Tim strahlte über das ganze Gesicht. «Dann können wir es zwischen uns ganz klassisch angehen lassen, und ich werde all deine Fragen beantworten.»

«Klassisch?»

«Bei einem Abendessen. Oder wir gehen ins Kino?»

«Das wäre wunderbar.» Er war ewig nicht mehr im Kino gewesen. «Ich freu mich drauf.»

«Und ich erst», sagte Tim. «Siehst du, da haben wir schon mal ein gemeinsames Interesse.»

«Ich kenne noch ein zweites», raunte Christian und gab seinem Liebsten zum Abschied einen wilden Zungenkuss. Er konnte den Sonntag kaum erwarten.

Liebesspiele auf Schloss Nymphenburg

Rollenspiele

«Verrätst du mir, was es mit dieser Verkleidung auf sich hat?» Julia saß neben Patrick in seinem VW Golf und starrte durch die Scheibe der Beifahrerseite. Sie versuchte im Dunkeln zu erkennen, wo genau sie sich befanden. Da sie sonst nur mit öffentlichen Verkehrsmitteln unterwegs war, fehlte ihr der Überblick. Patrick hatte ihr erzählt, sie würden zu Schloss Nymphenburg fahren. «Haben wir heute noch eine Führung?»

Sie beide arbeiteten nebenberuflich für eine Agentur, die in München besondere Events, wie zum Beispiel historische Ausflüge, organisierte. Meistens spielte Julia eine Zofe und Patrick den Kammerdiener. Gemeinsam begleiteten sie Touristen durch Schloss Nymphenburg, gaben Auskunft über das Leben am Hofe, das Zeremoniell, schwärmten von Essgewohnheiten und zeigten den Besuchern die Schätze des Fürsten. Es gab zwar auch Abendführungen, aber jetzt war es bereits nach dreiundzwanzig Uhr. Außerdem hatte die Agentur sie nicht über den Termin informiert. Irgendetwas an der Sache war seltsam.

Julia schaute zu Patrick, der sich auf den Verkehr konzentrierte. Sie hatte ihn kennengelernt, als er vor drei Wochen in ihr Team gekommen war. Die Agentur suchte regelmäßig Mitarbeiter, weil die meisten nicht lange blieben. Oft waren es Studenten, die sich für einen gewissen Zeitraum etwas dazuverdienen wollten. Julia selbst war schon seit drei Jahren dabei, um ihr Einkommen aufzustocken. Außerdem liebte sie den Job.

Vom ersten Tag an war sie von ihrem Kollegen, den sie eingewiesen hatte, angetan gewesen. Er spielte den Kammerdiener sehr amüsant und hatte seinen Text schnell gelernt. Patrick ging in der Rolle richtig auf, schäkerte mit den Besuchern und riss an den passenden Stellen Witze. Immer hatte er eine Anekdote auf Lager. Er war intelligent und wortgewandt, keine Frage. Außer wenn sie beide allein waren. Dann wirkte er ... kühler. War das das richtige Wort? Auf jeden Fall war er nicht so locker wie sonst.

Jetzt hatte er nicht seine Kammerdieneruniform, sondern ein König-Ludwig-Kostüm an: enge weiße Hosen, dazu Lederstiefel, die ihm bis zu den Knien reichten, und einen dunkelgrünen Frack aus Samt. Patrick sah phantastisch aus. Julia hatte sich ihr Kleid aus dem Fundus der Agentur ausleihen dürfen. Die historischen Kostüme waren begehrt, besonders zur Faschingszeit oder für Motto-Partys. Patrick hingegen hatte seine Sachen von zu Hause mitgebracht. Ob er im Faschingsverein war?

Julias Blick blieb an seinen Oberschenkeln hängen, um die sich der weiße Stoff spannte. In Gedanken legte sie die Hand auf Patricks Bein. Ob es sich warm und fest anfühlte? Wie er wohl reagierte, wenn sie mit den Fingerspitzen an seinem Schritt entlangfuhr? Würde es ihm gefallen? Würde er hart werden?

Hastig wandte sie ihr Gesicht ab, bevor er bemerkte, wie sie auf seinen Unterleib starrte, aber schon kurze Zeit später musste sie Patrick wieder ansehen.

«Es ist ein ... Experiment», erklärte er zögernd und fuhr sich mit der Hand durch sein braunes Haar.

«Experiment? Wie meinst du das?» Aus dem Augenwinkel musterte sie ihn. Patrick hatte ein markantes Kinn, schmale Lippen, ausgeprägte Wangenknochen und eine gerade Nase. Heute wirkten seine Gesichtszüge angespannt, fast schon streng. Irgendwie machte ihn das noch viel attraktiver.

Seine Hände umklammerten das Lenkrad. War er nervös? Aufgeregt? Oder achtete er auf den Verkehr? Julia bewunderte ohnehin jeden, der in München mit dem Auto unterwegs war. Sie wäre hoffnungslos verloren. Zahlreiche Fahrspuren, Tunnels, Kreuzungen und überall Schilder. Dazu sich auf das Fahrzeug konzentrieren – das war ihr einfach zu viel. Deshalb hatte sie ihr Auto verkauft, als sie vor fünf Jahren aus der Provinz in die Großstadt gezogen war. Damals hatte sie diesen mittelmäßig bezahlten Job bei einem großen Lebensmitteldiscounter angenommen. Manchmal fühlte sie sich ziemlich wertlos, weil sie es trotz ihres Abiturs zu nichts Besserem gebracht hatte. Da war die Arbeit für die Agentur eine tolle Abwechslung. Trotzdem verfluchte sie sich täglich dafür, ihr Germanistikstudium abgebrochen zu haben, aber das eigenständige Lernen war ihr noch nie leichtgefallen. Außerdem brauchte sie das Geld.

Patrick räusperte sich. «Ich ... möchte etwas ausprobieren.»

«Hat es was mit deinem Beruf zu tun?», fragte sie und zupfte an ihrem langen blonden Zopf, der ihr bis zur Brust reichte. Natürlich wusste sie, womit Patrick sein Geld verdiente. Sie hatte ihn während der Führungen ausgefragt. Er war Verhaltensforscher. Leider war er sehr zurückhaltend, was seine Privatangelegenheiten betraf, daher hatte Julia sich im Internet genauer über ihn informiert und tatsächlich einige wissenschaftliche Abhandlungen von ihm gefunden. Er hatte auf seiner Homepage Berichte über das Paarungsverhalten der Schmetterlinge im Botanischen Garten veröffentlicht und war auf seinem Gebiet ein angesehener Experte. Außerdem gab Patrick ab und zu einige Seminare an der Universität, die sehr gut ankamen. Jedenfalls vermutete Julia das, denn viele seiner Studenten hatten Kommentare im Gästebuch seiner Website hinterlassen, die voll des Lobes und der Bewunderung waren.

«Hmm, ja, ein wenig hat das schon mit meinem Job zu tun», sagte er. «Aber es ist eher ein privates Projekt.»

Ein privates Projekt ...

«Und ich möchte es anonym herausgeben.»

«Das klingt nach etwas Verbotenem.» Julia grinste. «Wenn das deine Studenten wüssten.»

Patrick zog die Augenbrauen hoch. «Schau an. Da hat sich wohl jemand schlaugemacht.»

«Ich muss doch wissen, mit wem ich es zu tun habe.» Julias Hände waren feucht vor Aufregung. Unauffällig wischte sie sie an ihrem Kleid ab. «Erzähl mir mehr über dieses Experiment.»

«Ich möchte dich nicht beeinflussen. Je weniger du darüber nachdenkst, desto besser.»

«Ist das so was wie bei diesem Gefängnis-Experiment?» Erst vor kurzem war ein Film darüber im Fernsehen gelaufen. Das Stanford-Prison-Experiment war weltbekannt. Ein amerikanischer Psychologe hatte Anfang der siebziger Jahre einen Versuch durchgeführt und Studenten in Wärter und Sträflinge aufgeteilt, die in Zellen im Keller der Universität hausen mussten. Dabei war es schon nach kurzer Zeit zu Aufständen unter den «Gefangenen» gekommen, während die «Wärter» ihre sadistische Seite ausgelebt hatten.

«So ähnlich.» Patrick lächelte ihr zu. «Aber du wirst keine Gefangene sein.»

Das bin ich längst, dachte sie ein wenig betrübt. Eine Gefangene meiner geheimsten Sehnsüchte und Lüste.

«Stell dir einfach vor, es ist ein Spiel. Sobald wir das Schloss betreten, bist du das Dienstmädchen Magda und ich der Schlossherr. Schaffst du das?»

Sie nickte. «Okay, ich bin also Magda. Und du?»

«Leopold. Aber du wirst mich ohnehin nur mit ‹Herr› ansprechen.»

Sie grinste. «Aha.» Typisch Mann. In ihrem Magen kribbelte es. Das war aufregend. Auf diese Weise würde sie Patrick endlich näherkommen.

Obwohl er manchmal Andeutungen machte – ein süßes Lächeln, eine kurze Berührung am Arm –, hatten sie sich noch nicht einmal geküsst. Julia traute sich nicht, auf ihn zuzugehen. Ihr letzter Freund – Robert, dieser Mistkerl! – war für ihre Komplexe verantwortlich. Früher war sie nicht schüchtern gewesen, hatte alles Neue ausprobiert. Jetzt war sie unsicher und fürchtete sich vor einem Korb. Vor allem schämte sie sich für ihre Figur oder besser gesagt: für ihren riesigen Busen. Das verstärkte ihre Hemmungen, sich vor fremden Männern offen und selbstbewusst zu geben. Und sollte sie jemals wieder Sex haben, würde sie sich ganz bestimmt nur noch im Dunkeln ausziehen.

Super, dachte sie. Ich kriege es nicht hin, und Patrick traut sich auch nicht, den ersten Schritt zu machen. Auf diese Weise wird das ja nie etwas.

Schüchtern kam er ihr jedenfalls nicht vor. Woran lag es dann, dass er sich so sehr zurückhielt?

«Wird mein Name erwähnt?», wollte sie wissen.

Patrick hob die Brauen. «Was?»

«Na, wenn du Verhaltensforscher bist und das dein Experiment ist, wirst du darüber bestimmt berichten.»

«Berichten, ja klar», stieß er eine Spur zu schnell hervor. «Ich werde deinen Namen natürlich nicht erwähnen. Alles bleibt anonym.»

Hm, er verhielt sich seltsam. Julia war gespannt, was auf sie zukam.

«Denk daran: In deiner Rolle als Dienstmädchen bist du von mir abhängig», sagte Patrick, während er in die Dantestraße einbog. Julia hatte im Vorbeifahren das Schild erkennen können, sie befanden sich tatsächlich in der Nähe der Parkanlage.

«Du meinst vom Schlossherren?»

Er nickte. «Ich bin dein Vorgesetzter. Du brauchst dringend diese Anstellung, denn du bist mittellos, weil du aus armen Verhältnissen stammst. Ohne mich bist du verloren.»

Julia schaute auf das gräuliche, ausgewaschene Etwas, das sie am Leib trug. Es war kein wirkliches Kleid, mehr so eine Art aneinandergenähter Fetzen aus dünnem Stoff.

Patrick räusperte sich. «Ich werde gewisse Dinge von dir fordern, um zu sehen, wie weit eine Frau in deiner Position geht, um ihre Anstellung zu behalten. Daher musst du dich wirklich voll und ganz in Magda hineinversetzen.»

Gewisse Dinge? Ihr Herz schlug wild, und ein verräterisches Pochen machte sich in ihrem Schoß bemerkbar. Sie wusste genau, welche Dinge er von ihr fordern sollte. Aber in ihrer Phantasie war sie auch keine gehemmte Frau, sondern so wild und experimentierfreudig wie früher.

Sie schluckte. «Erwarte bitte keine schauspielerischen Höchstleistungen von mir.»

Ohne sie anzusehen, legte Patrick kurz seine Hand auf ihren Oberschenkel. «Lass es einfach auf dich zukommen. Alles wird sich aus der Situation heraus ergeben. Bleib ganz natürlich.»

Julia hielt die Luft an und versteifte sich. Die Berührung seiner großen Hand und seine tiefe, beruhigende Stimme waren ein Schock. Ein positiver Schock. Patrick hatte sie tatsächlich angefasst! Nicht an der Schulter oder am Arm wie sonst, sondern am Bein! Wieso hatte er das getan? Um sie zu beruhigen? Oder war es ein Annäherungsversuch?

Und warum musste sie ständig alles hinterfragen, verdammt noch mal?

«Wieso hast du eigentlich mich für dein Experiment ausgewählt?» Wieder eine Frage. Aber die Antwort interessierte sie brennend. Immerhin gab es genug andere Frauen in der Agentur, die wesentlich attraktiver waren.

Okay, Patrick und sie kannten sich mittlerweile ganz gut, weil sie bei den Führungen häufig zusammenarbeiteten, aber gerade das konnte für das Projekt von Nachteil sein. Denn wenn man jemanden kannte, reagierte man in gewissen Situationen anders als bei Fremden.

«Ich finde dich sympathisch», war seine knappe Antwort.

Julia krallte die Finger ins Sitzpolster und versuchte,

nicht wie eine Idiotin zu grinsen. Patrick mochte sie! Endlich hatte sie es aus seinem Mund gehört.

Kurz darauf bogen sie in die nördliche Auffahrtstraße ein, eine der Anfahrtsalleen mit dem langen Kanal in der Mitte. Einst hatte der Wasserweg Schloss Nymphenburg und Schloss Schleißheim miteinander verbunden, das Kanalsystem zwischen Schleißheim, Nymphenburg und Dachau war in Mitteleuropa einzigartig. Jetzt führten leider nicht mehr alle Kanalabschnitte Wasser, und manche Alleen waren zugewachsen. Dennoch prägte das Kanalsystem weiterhin die Landschaft nördlich von München. Die Wasserwege hatten damals dem Transport gedient und waren zudem für höfische Spazierfahrten genutzt worden.

Julia seufzte leise. Wie schön es hier war. Märchenhaft. Der etwa zweihundertneunundzwanzig Hektar große Landschaftsgarten beherbergte viele architektonische Schmuckstücke, kleine Parkburgen, Museen, versteckte Skulpturen, malerische Wasserläufe und Seen. Sie stellte sich vor, mit einem venezianischen Gondoliere durch die Kanäle zu gleiten, Patrick an ihrer Seite.

Das Gelände lag weitgehend im Dunkeln, nur der Springbrunnen und die Eingänge der Gebäude wurden beleuchtet. Schloss Nymphenburg, die ehemalige Sommerresidenz der bayerischen Herrscherfamilie, der Wittelsbacher, gehörte zu den wichtigsten Sehenswürdigkeiten Münchens. Julia war stolz, hier arbeiten zu dürfen.

Während sie die mit Laubbäumen gesäumte Allee entlangfuhren, sah sie vor sich den großen, viereckigen Mittelbau – das vierstöckige Hauptgebäude mit dem roten Dach. Zu beiden Seiten erstreckten sich weitere Anbauten, die miteinander verbunden waren, sodass man den Eindruck bekam, die Silhouette einer ganzen Stadt vor sich zu haben. Das Gebäude bot einen gewaltigen Anblick. Der Prachtbau aus dem Jahre 1664 gehörte zu den größten Königsschlössern in Europa. Bei ihren Führungen zeigten Julia und Patrick den Besuchern einige Räume, von denen manche noch die originale Barockdekoration besaßen. Andere Zimmer waren durch spätere Umgestaltungen im Stil des Rokoko und des Klassizismus gehalten.

Auf der Anlage gab es sogar ein kleines Dorf, zahlreiche Schlösschen, Tempel – ach, so viel zu entdecken, dass man das alles kaum an einem Tag schaffen konnte. Wenn Julia in ihrer Freizeit durch den Park schlenderte, kam sie sich vor wie in einer anderen Epoche, als wäre sie in einem Jane-Austen-Buch gelandet. Hier befand sie sich in einer anderen Welt, wanderte durch Wälder und über Wiesen und bestaunte die Vielfalt der Pflanzen- und Tierarten.

Jetzt kam ihr alles noch authentischer vor, weil die Besucherparkplätze leer waren. Es fehlte lediglich die Kutsche, um das Bild perfekt zu machen.

«Lass bitte dein Handy und alles, was nicht ins siebzehnte Jahrhundert gehört, im Auto.» Patrick stellte den VW etwas abseits an einem unbeleuchteten Flecken ab.

Julia schaute auf die Handtasche zu ihren Füßen. Plötzlich war ihr die Sache nicht mehr geheuer. «Falls jemand das Auto aufbricht und meine Sachen klaut, ersetzt du sie mir», meinte sie schief lächelnd.

«Du hast mein Ehrenwort», erwiderte er. «Aber das wird nicht passieren. Wir sind hier ganz allein.»

Worauf ließ sie sich ein? Sie wusste so wenig über Patrick. Er könnte ein Psychopath sein, der sie ...

Hör auf, so ist er nicht, ermahnte sie sich und atmete tief durch. «Okay, dann lass uns mit deinem Experiment beginnen.»

Gentlemanlike öffnete Patrick die Tür und führte Julia zum nördlichen Anbau. Beim Laufen knirschte leise der Kies unter ihren Ledersohlen. Selbst die Schuhe waren aus dem Fundus der Agentur.

Julia atmete tief die laue Sommerluft ein. Was für eine herrliche Nacht. Es war schwer vorstellbar, dass man sich hier mitten in einer Großstadt befand, vor allem, wenn die Grillen um die Wette zirpten und weit und breit kein Mensch und kein Auto zu sehen waren.

Julia verbiss sich einen Kommentar, als Patrick sein eigenes Handy gemeinsam mit den Autoschlüsseln im Frack verstaute. Er war der Leiter dieses Versuchs und sie nur die Probandin. Da galten wohl unterschiedliche Regeln. Außerdem war sie froh, überhaupt eine Verbindung zur Außenwelt zu haben. Es konnte immer etwas Unvorhersehbares passieren.

Patrick holte einen anderen Schlüsselbund hervor und sperrte die weiße Holztür des Nebengebäudes auf. Dabei blickte er kurz über seine Schulter, als würde er etwas Verbotenes tun.

«Wieso hast du einen Schlüssel?» Hatte er den gestohlen? Die Gebäude wurden morgens von den Mitarbeitern der Schlossverwaltung auf- und abends wieder abgesperrt.

Er zwinkerte ihr zu. «Ich bin der Hausherr, schon vergessen?»

Der Hausherr ... Irgendwie ging und stand Patrick noch

aufrechter als sonst, seine Schultern wirkten breiter, sein Verhalten war extrem selbstbewusst. Julia mochte starke Männer, sofern diese sie nicht runterputzten, sondern sie beschützten, sie ermutigten, ihr Geborgenheit schenkten.

Die Sache mit dem Schlüssel kam ihr trotzdem seltsam vor. Sie hatte ein mulmiges Gefühl, ihren Arbeitsplatz außerhalb der Führungszeiten zu betreten. Aber sie waren ja keine Einbrecher. Oder doch?

«Wo hast du den denn her?»

«Ich kenne jemanden, der hat ihn mir geliehen. Es wäre gut, wenn du darüber kein Wort verlierst, damit derjenige keine Probleme bekommt.»

Das klang ja sehr schwammig. Julia wollte ihren geliebten Nebenjob nicht aufs Spiel setzen und erst recht nicht mit dem Gesetz in Konflikt geraten, doch diese Experiment-Geschichte hatte sie neugierig gemacht. Wobei sie zugeben musste, dass sie Patrick nur folgte, weil sie bis über beide Ohren in ihn verliebt war. Und Liebe machte blind und dumm. Gab das mildernde Umstände?

Im Inneren des Schlosses war es gespenstisch still. Sie hatten die Kapelle betreten; die Notbeleuchtung sorgte für schummriges Licht. Dunkelbraune Holzbänke standen vor einem barocken Hochaltar, auf dem Christus und Maria Magdalena dargestellt waren. An der gewölbten Decke zeigten farbenfrohe Fresken das Leben der heiligen Maria und brachten in den klassischen Raum die heitere Note des Rokoko. Tagsüber hallten die Stimmen der Touristen von den hohen weißen Wänden. Jetzt wirkte alles unheimlich und verlassen. Als wären die Herrschaften und das Personal zu Bett gegangen.

«Willkommen in meinem Zuhause, Magda», sagte Patrick. «Hier wirst du von nun an arbeiten. Folge mir.»

Julia war gespannt, wohin die Tour ging. Tatsächlich fühlte sie sich wie auf einer Zeitreise und versuchte, sich vorzustellen, wie die Menschen früher im Schloss gelebt und gearbeitet hatten. Sie wollte Patrick bei seinem sonderbaren Vorhaben unterstützen. Jetzt war sie Magda, ein Dienstmädchen, eine arme Kirchenmaus. Sie würde gefügig sein und ihrem Herrn gehorchen, alles pflichtbewusst erledigen, was er ihr auftrug.

Gefügig – bei diesem Wort fielen ihr gleich noch ein paar weitere Begriffe ein: zum Beispiel devot, willig, ergeben, unterwürfig ... Hitze durchströmte ihren Schoß, ein brennendes, sehnsüchtiges Verlangen. Was würde sie tun müssen? Auf Knien den Boden schrubben?

Julia hatte einmal ein erotisches Buch gelesen, in dem eine Frau nackt und nur mit einer Zahnbürste ausgestattet einen Holzboden hatte putzen müssen. Ihr Herr hatte ihr einen Analplug, an dem ein Pferdeschwanz befestigt war, in den Anus gedrückt. Der Frau hatte das gefallen. Sie war von dem Mann mit Worten und Handlungen erniedrigt worden, hatte aus einem Hundenapf trinken müssen, wurde an die Leine gelegt und musste ihrem Gebieter als Fußbank dienen.

Sich einem Mann zu unterwerfen war auch Julias geheimster Wunsch, aber was in dem Buch geschehen war, ging ihr zu weit. Eine Spur weniger demütigend – das wäre perfekt.

Patrick führte sie durch Räume, die weder sie noch die Besucher je zu Gesicht bekamen, da der nördliche Pavillon teilweise geschlossen war. Farbeimer, Leitern und Malerplanen versperrten den Weg. Offensichtlich wurde hier restauriert, was es Julia erschwerte, sich gedanklich in das siebzehnte Jahrhundert zurückzuversetzen.

Erst als sie die Galerie im ersten Stock erreichten, kannte sie sich wieder aus. In diesem Anbau hatten früher die Besucher gewartet, bevor der Kurfürst sie zu einer Audienz empfing. Der Boden war mit hellem Parkett ausgelegt, die Wände weiß getüncht, wie in den meisten Räumen. Große, goldumrahmte Bilder zeigten die verschiedenen Bauprojekte Max Emanuels.

Als Patrick plötzlich stehen blieb, wäre sie beinahe in ihn hineingelaufen. In der Galerie war es fast ganz dunkel, Julia erkannte lediglich Patricks große Silhouette. Im Düsteren sah er tatsächlich aus wie der Schlossherr. Wie ein König.

«Pass auf, wo du hinläufst, Mädchen», sagte er in strengem Ton, wobei er sie an den Schultern festhielt.

«Tut mir leid», erwiderte sie atemlos.

«Es tut mir leid, *Herr*», korrigierte Patrick. Diesmal schmunzelte oder zwinkerte er nicht. Vermutete sie. Dazu klang seine Stimme zu ernst.

«Wenn du dich nicht zu benehmen weißt, schicke ich dich sofort nach Hause.»

Natürlich, sie musste ihn seinem Stand gemäß ansprechen. «Es tut mir leid, mein Herr», wisperte sie.

«Braves Mädchen.»

Er ließ sie los, und sie folgte ihm durch die nächste Tür. Sie betraten den großen Festsaal, auch «Steinerner Saal» genannt, eine der Hauptattraktionen des Schlosses. Dunkelbraune und weiße Fliesen zierten wie ein Schachbrettmuster den Boden. Riesige Fenster ließen das Licht der Straßenlaternen und Strahler herein, sodass Julia die Rokokostuckaturen erkannte. Sie legte den Kopf in den Nacken, um das riesige Deckengemälde zu betrachten, das den olympischen Götterhimmel darstellte. Nymphen sprangen um die zur Göttin gewordene Flora, die der Sommerresidenz ihren Namen geliehen hatte. Auch hier war alles in Weiß und Gold gehalten. Üppig, prunkvoll, von unschätzbarem Wert.

Patrick führte sie zu einem Schlafzimmer im Südflügel des Mittelbaus. Die Türen standen offen, Wandpaneele, Spiegel und Landschaftsbilder empfingen sie. Die dunkelgrüne Seidentapete mit dem Blumenmuster und die Holzmöbel ließen den Raum düster erscheinen. Lediglich die langen weißen Vorhänge lockerten die Atmosphäre auf, und ein Lämpchen über dem Ausgang spendete genügend Licht, um ausreichend zu sehen.

Vor dem opulenten Bett, das einen grünen Baldachin besaß, blieb Pat… Nein, blieb *ihr Herr* stehen und drehte sich zu ihr um.

«Zeig mir deinen Slip», sagte er mit fester Stimme.

«Was?»

Seine Augen wirkten beinahe schwarz. «Du hast bestimmt einen an.»

«Klar … äh … natürlich, mein Herr.»

«Welche Farbe hat er?»

Julia überlegte. Sie hatte sich für ihren schmalen Lieblingsslip entschieden, weil ihr Po darin am besten zur Geltung kam. Was lächerlich war. Außer ihr bekam ihn ja sowieso niemand zu Gesicht.

«Pink», antwortete sie, woraufhin ihr Gesicht garantiert dieselbe Farbe annahm.

«Ausziehen. Pink geht gar nicht», erwiderte er streng. Dennoch bildete sie sich ein, ein Zucken in seinen Mundwinkeln zu erkennen.

Zaghaft hob sie ihr Kleid, aber nur so weit, bis sie an ihr Höschen kam.

Anstatt sich umzudrehen, wie es sich gehörte, verschränkte ihr «Herr» die Arme und schaute ihr unverhohlen zu.

Sie wollte sich von ihm abwenden, doch er schüttelte den Kopf. «Nichts da, du bleibst so stehen. Und jetzt weg mit dem Slip, anständige Frauen trugen früher keine Unterwäsche.»

Sie wollte auch gar nicht anständig sein.

Ein angenehmer Schauder lief über ihren Rücken. Es sah bestimmt unbeholfen aus, wie sie versuchte, ihre Unterwäsche herunterzuziehen, ohne dass Patrick zu viel von ihr zu Gesicht bekam.

Ohne den Blick von ihr zu nehmen, streckte er ihr eine Hand entgegen. «Den nehme ich.»

Julia stieg langsam aus dem Slip. Sie zögerte, ihn herzugeben. Was wollte er damit?

Vor Scham glühten ihre Wangen, als sie die Feuchtigkeit auf dem Stoff spürte. Himmel, daran war nur Patrick schuld. Sie reagierte auf ihn und seine dominante Art, als wäre sie eine läufige Hündin.

«Nun? Was ist?» Er machte eine auffordernde Bewegung mit dem Finger. Lockend, wie der Hexer aus dem Märchenpark, vor dem sie sich als Kind gefürchtet hatte.

Vor Patrick fürchtete sie sich nicht. Im Gegenteil. Seine Art machte sie an.

Zitternd überreichte sie ihm das bisschen Stoff. Zu

ihrem Schreck hielt er es an die Nase und atmete hörbar ein. Julia wünschte sich, der Boden würde sich unter ihr auftun.

«Du riechst gut», sagte er rau und machte einen Schritt auf sie zu. «Ob du auch gut schmeckst?»

Ihr blieb die Luft weg. Jetzt war endgültig klar, worauf sein Experiment hinauslaufen würde. Deshalb wollte er also anonym bleiben! Julia dachte an Patricks Artikel über das Paarungsverhalten der Schmetterlinge, die jedes Jahr während der Wintermonate im Wasserpflanzenhaus im Botanischen Garten zu sehen waren. Was würde das hier werden? Ein Bericht über das Paarungsverhalten zur höfischen Zeit?

Patrick stand so dicht vor ihr, dass sie seinen männlichen Duft wahrnahm. Nicht aufdringlich, eher angenehm. Der Hauch eines Aftershaves.

«Sag mir, Magda, schmeckst du gut?», raunte er ihr ins Ohr.

Julia schloss die Augen. «Ich weiß nicht.» Ihre Knie waren butterweich.

Seine Lippen streiften ihre Ohrmuschel. «Hast du nie von dir gekostet?», flüsterte er kaum hörbar.

Das würde sie ihm sicher nicht sagen.

«Sprich!»

Sie zuckte zurück. «Schon», rutschte es ihr heraus. Sofort biss sie sich auf die Unterlippe.

Ihr Höschen verschwand in seinem Frack, den Patrick auszog und über eine Stuhllehne hängte. Ob ihm ebenso heiß war wie ihr?

Seine enge Hose offenbarte jedes Detail seiner Männlichkeit: den knackigen Hintern, die muskulösen Beine und dass er dazwischen gut ausgestattet war. Oder … erregt?

Erneut kam er näher. Unwillkürlich wich Julia zurück, bis sie mit dem Rücken gegen die Wand stieß.

Ihr Herr stützte sich mit einer Hand neben ihrem Kopf ab. «Hast du einen BH an?»

«Ja», erwiderte sie wahrheitsgemäß. Sie verließ nie ohne Büstenhalter das Haus. Damit fühlte sie sich selbstbewusster. «Aber das geht zu weit. Den ziehe ich nicht aus … Herr.»

«Dann geh.» Resolut deutete er zum Ausgang.

War das sein Ernst? Die Hitze wollte nicht mehr aus ihrem Gesicht weichen, stattdessen hatte sie sich in ihrem gesamten Körper ausgebreitet. Am schlimmsten brannte das Feuer zwischen ihren Schenkeln. Ihr Kitzler pochte, mehr Feuchtigkeit lief aus ihr und benetzte ihre Schamlippen.

«I-ich bin zum Arbeiten hier, nicht … für andere Sachen.»

«Hab ich das gesagt?» Er runzelte die Stirn, als würde er nachdenken. «Wenn du deine Anstellung behalten willst, wirst du tun, was ich verlange.»

«Ich glaube nicht, dass sich Euer Verhalten geziemt, Herr.»

«Du widersprichst mir?» Seine Augen funkelten, während er erneut zum Ausgang deutete. «Noch ein letztes Mal: Da ist die Tür. Du brauchst nur zu gehen.»

Dieser Blick ging ihr durch und durch. Wow, Patrick war ein verdammt guter Schauspieler. Er testete ihre Grenzen, der Herr Verhaltensforscher. Na gut.

«Dreht Euch bitte um», sagte sie kleinlaut.

«Das werde ich nicht tun. Ich will dich ansehen.» Er starrte auf ihr Dekolleté. «Zeig mir deine Brüste.»

Wie direkt er war! «Sie gefallen mir nicht, Herr», wisperte sie und wandte ihr Gesicht ab, da seines so nah war. Julia genierte sich wegen ihrer großen Brüste. Durch das Gewicht hingen sie leicht, und die Warzenhöfe waren riesig. Ihr Exfreund hatte sie «Salamischeiben» genannt. Die beschämende Erinnerung saß tief.

Zärtlich fuhr Patrick mit den Fingerspitzen über ihre Wange. «Ich möchte mir mein eigenes Urteil bilden.»

«Wozu wollt Ihr wissen, wie die Brüste Eurer Bediensteten aussehen? Deswegen kocht und putzt sie nicht anders», erwiderte sie schnippisch, bereute es aber sofort. Wie würde er reagieren?

Doch er blieb gefasst. «Ich brauche dich nicht zum Putzen.» Abrupt wich er vor ihr zurück und ging zum Bett. Er zog eine Matratze hervor, die unter der tiefhängenden Tagesdecke nicht zu erkennen gewesen war.

«Dort wird dein Schlafplatz sein, an meiner Seite. Und wenn mich Lust befällt, werde ich zu dir auf den Boden kommen, um dich zu ficken. Damit ich mein Bett nicht besudle.»

Bitte was? Vor Überraschung klappte ihr das Kinn herunter, doch sie verkniff sich einen Kommentar. Ihr Herz raste. Sie waren noch nicht einmal ein Paar, und er wollte schon mit ihr schlafen? Würde er überhaupt mit ihr zusammen sein wollen? Oder war das alles hier wirklich nur ein Experiment, ein Spiel? Und wie kam diese Matratze hierher? Immerhin schien sie mit einem sauberen Laken bezogen zu sein.

Moment, hatte Patrick sich diese abstruse Story vielleicht nur ausgedacht, weil er eine schnelle Nummer mit ihr schieben wollte, und es gab dieses ominöse Experiment gar nicht?

Und wennschon, das ist deine Chance! Konzentriere dich auf deine Rolle, dachte Julia.

Wie weit würde sie gehen, wenn sie eine arme Bedienstete im siebzehnten Jahrhundert wäre? Würde sie wirklich mit dem Schlossherren schlafen?

Ja, das würde sie. Weil ihr als Magda keine andere Möglichkeit blieb. Und weil sie diesem Mann in Wahrheit längst verfallen war. Patrick sah gut aus, war nett, hilfsbereit, zuvorkommend und doch manchmal zurückhaltend, zumindest ihr gegenüber. *Nur* ihr gegenüber. Nicht jetzt.

Welche Frau wünschte sich insgeheim nicht einen Macho? Ein liebenswertes Alphatier, das sagte, wo es langging? Wer wollte denn einen Softie? Sie bestimmt nicht. Dieser Schlossherr war ganz nach ihrem Geschmack.

«Und nun will ich deine Brüste sehen.» Er legte die Hände an ihr Dekolleté.

Julia ließ es zu. Keuchend schloss sie die Augen, als er durch das Gewebe ihre Nippel streifte. Sie waren hart und sehnten sich danach, berührt zu werden.

Langsam öffnete Patrick die Verschnürungen des groben grauen Kleides und zog es über ihre Brüste. Der Stoff blieb an ihrer Taille hängen, sodass er ihre Scham bedeckte. Julia hielt die Lider geschlossen, doch als nach endlos langen Sekunden nichts weiter geschah, blinzelte sie.

Patrick, ihr Herr, starrte auf ihren Spitzen-BH.

Julias Magen zog sich zusammen. Gleich würde Patrick

sie auslachen, bestimmt fand er ihre riesigen Brüste hässlich. Er ließ sie nicht aus den Augen und legte beide Hände auf sie. Dann begann er, sie durch den Stoff sanft zu massieren.

Himmel, war das schön! Julia entfuhr ein kehliger Laut. Dabei verschränkte sie die Schenkel unter ihrem Kleid, um den Druck auf ihre pochende Mitte zu erhöhen.

Geschickt öffnete ihr Herr den Verschluss, der sich bei dem Minimizer vorne befand, und sofort fielen ihre Brüste «der Erdanziehung zum Opfer», wie es ihr Ex gemeinerweise mehrmals beschrieben hatte. Verdammt, sie wollte jetzt nicht an Robert denken! Nicht jeder Mann war wie er. Es gab einen Unterschied, auf welche Weise Erniedrigung stattfand. Roberts bösartige Sticheleien hatte sie nie erregend gefunden.

Millimeter für Millimeter erforschte Patrick ihre Brüste, hob sie an, als würde er sie wiegen, strich mit den Daumen über die erregten Spitzen und inspizierte sie genau.

«Sie sind größer, als es den Eindruck macht, wenn du angezogen bist», sagte er mit tiefer Stimme.

Julia musste schlucken. Patrick fand sie also doch hässlich.

«Mir gefallen sie hervorragend», meinte er zu ihrer Überraschung, «und ich möchte, dass du auch lernst, sie zu lieben.»

War das sein Ernst? «I-ihr mögt sie wirklich?» Julia war nicht dick, aber ziemlich klein, daher passten ihre ausgeprägten Rundungen nicht zum Rest ihrer Figur.

Anstatt ihr zu antworten, senkte Patrick den Mund auf ihren Warzenhof und saugte die Brustspitze ein.

Liebe Güte! Seufzend rutschte Julia ein Stück an der

Wand hinunter und wäre wohl auf dem Hintern gelandet, hätte Patrick nicht ihre Taille umfasst. Hart leckte er über ihre Nippel, während sie haltsuchend die Finger in sein weiches Haar schob. Sein feuriger Blick schien sie zu verbrennen, als er zu ihr aufschaute. Geschah das hier wirklich?

Leider beendete er die Liebkosungen viel zu schnell. «Stell dich ordentlich hin. Präsentiere dich mir!», befahl er. «Ich will sehen, dass du dir gefällst.»

Sie trat einen Schritt in den Raum, wobei sie das Kleid an ihre Scham presste.

Patrick ging um sie herum. Sachte packte er sie am Zopf und zog ihren Kopf nach hinten. «Brust raus!»

Erschrocken gehorchte sie.

«Lass die Arme hängen.»

Wenn sie das tat, würde das Kleid fallen. Während Julia noch überlegte, was sie tun sollte, packte er ihre Handgelenke und zog ihre Arme auseinander. Das Kleid glitt an ihr hinab und bauschte sich um ihre Füße.

«Du musst schneller reagieren», sagte er streng. «Ich brauche ein Dienstmädchen, das spurt!»

«Ja, Herr», erwiderte sie schwach. Sie stand nackt vor ihm – und er war angezogen. Wie ungerecht. Sie kam sich völlig entblößt vor, an Leib und Seele. Hatte er eine Ahnung, wie verwundbar sie war? Sie würde es nicht ertragen, wenn er sie lediglich für ein perfides Spiel missbrauchte, sie ebenso gemein behandelte wie ihr Exfreund. Julia wollte so viel mehr. Patricks Anerkennung, sein Vertrauen, seine Liebe.

«Und schaue deinem Herrn niemals in die Augen!»

Hastig senkte sie den Blick.

«Jetzt geh zu dem Stuhl.» Er deutete auf das Möbelstück vor dem Sekretär an der gegenüberliegenden Wand.

Gehorsam stieg Julia aus dem Kleid und marschierte schnellen Schrittes durch den Raum. Als ihr bewusst wurde, wie ihre Brüste wippten, wurde sie langsamer. Ihr Herr hatte sie im Visier. Seine Augen glitzerten. Was für ein schöner Mann er war. Er konnte doch jede haben. Warum sie? Bitte spiel nicht mit meinem Herzen, dachte sie.

«Stütz dich an der Stuhllehne ab und streck mir den Po entgegen.»

Mechanisch tat Julia, was er verlangte. Nur nicht nachdenken, sondern genießen.

«Beine weiter auseinander!»

Es schmatzte leise, als sie seinen Worten folgte. Sie war nass, was ihr ziemlich peinlich war. Dennoch erregte es sie, dass Patrick erkennen konnte, wie es um sie bestellt war.

Als er hinter sie trat, mit der Hand zwischen ihre Beine fuhr und sie an ihren Venushügel legte, stöhnte Julia vor Wonne. Patrick streichelte ihr geschwollenes Fleisch, zog ihre Schamlippen auseinander und massierte ihre Klitoris, während sie sich an seinem Unterarm rieb.

«Frisch rasiert, so möchte ich das immer sehen.»

Julia atmete auf. Sie rasierte sich nicht täglich, sondern nur einmal die Woche, weil sie sich ohne Haare sauberer fühlte. Zum Glück hatte sie es heute getan.

Patrick stand seitlich hinter ihr, sodass der Stoff seiner Kleidung ihre Haut kitzelte. Seine Finger glitten durch ihre Spalte und fanden schließlich den Weg in ihr Inneres. Genüsslich erforschte ihr Herr sie und dehnte sie dabei sanft. Mit der anderen Hand wog er ihre Brüste. Er knetete sie und zwirbelte ihre empfindlichen Brustwarzen.

«Du bist willig und bereit für mich. Das gefällt mir», raunte er ihr ins Ohr und hauchte einen Kuss auf ihre Schläfe. «Dann kann ich deine Qualitäten gleich testen.»

Julia warf einen Blick über die Schulter. Ihr Herr öffnete die obersten Knöpfe seines Hemdes und zog es über den Kopf.

Ihr stockte der Atem, als sein wohlgeformter Oberkörper und die breiten Schultern zum Vorschein kamen. Patrick war schlank und hatte nicht übertrieben viele Muskeln. Offenbar verbrachte er seine Freizeit nicht im Fitnessstudio, schien aber trotzdem auf seine Linie zu achten. Sie selbst war ebenfalls alles andere als eine Sportskanone. Insofern würden sie gut zusammenpassen.

Er lehnte sich neben dem Sekretär an die Wand und wollte die Stiefel ausziehen, doch plötzlich hob er den Kopf und grinste sie verwegen an. «Moment, eigentlich kannst du das übernehmen.» Er winkte sie zu sich. «Stell dich verkehrt herum hin, dann geht es einfacher.»

Klar, damit er ihren Hintern vor Augen hatte.

Julia positionierte sich so, dass eines seiner Beine zwischen ihren Schenkeln hervorschaute, und bückte sich – wohl wissend, dass er von hinten ihre Schamlippen sah, die bestimmt rot und geschwollen waren.

Mühsam zerrte sie ihm die Stiefel von den Füßen und kam sich dabei tatsächlich wie eine Dienstmagd vor. Es demütigte sie, dass er sie in dieser Stellung erblickte. Gleichzeitig schürte das ihre Lust.

Patrick tätschelte ihren Po, nachdem sie ihren Auftrag zu seiner Zufriedenheit erledigt hatte, und zog sich die Hose aus.

Neugierig drehte sich Julia um. Da er keine Unterwäsche trug, federte sofort sein harter Schaft hervor. Sie konnte sich an seiner Gestalt kaum sattsehen.

«Jetzt leg dich hin und spreiz die Beine, damit ich dich besteigen kann.» Er deutete auf die Matratze.

Besteigen ... Hätte sich ein Schlossherr wirklich so direkt ausgedrückt? Julia wusste es nicht, aber in ihrem Kopf drehte sich ohnehin alles. Ihr Herz pochte wild und pumpte das Blut so schnell durch die Adern, dass es in ihren Ohren rauschte.

Du bist Magda, ein armes Dienstmädchen, sagte sie sich. Du brauchst das Geld, und außerdem ist der Schlossherr der Mann deiner Träume. Gib dir einen Ruck!

Etwas zögerlich legte sie sich auf den Rücken. Sie kam sich unendlich benutzt vor und machte auch noch mit. Wie tief war sie gesunken?

Das Dienstmädchen, wiederholte sie in Gedanken. Nicht ich. Es war nur eine Rolle. Darin konnte sie zum ersten Mal so sein, wie sie es sich in ihren erotischen Träumen ausgemalt hatte. War sie schwach, weil sie eine devote Ader besaß? Oder machte sie das eher stark?

Ihr Herr kam zu ihr, stellte sich über sie und rieb seinen erigierten Penis. Feuchtigkeit glänzte auf der Eichel.

«Hm ...» Er ließ den Blick über ihren Körper wandern. «Wie soll ich dich nehmen? Ich liebe die Auswahl, die eine Frau bietet. Drei ganz fantastische Löcher und diese unglaublich geschickten Hände. Da fällt es schwer, sich zu entscheiden.»

Julia krallte die Finger ins Laken. Wie er mit ihr sprach!

Verdammt, das machte sie wollüstig.

Überrascht schrie sie auf, als er sich zwischen ihre

Beine hockte, unter die Knie fasste und die Oberschenkel an ihren Bauch drückte. «Bleib so!»

Sie legte die Hände an die Kniekehlen und präsentierte sich ihm. Wie erniedrigend. Wie geil!

«Spreiz dich noch ein wenig, ich möchte alles sehen.»

Als hätte er sie hypnotisiert, tat Julia, was er verlangte. Ihr Herr, ihr Gebieter.

Sie musste verrückt sein.

Zärtlich fuhr er mit dem Finger über ihre Schamlippen, neckte die Klitoris und verteilte den Saft sogar auf der Rosette.

Wollte er Analverkehr? In dieser Hinsicht war sie Jungfrau. Aber das behielt Julia besser für sich, sonst würde er sie vielleicht gerade deshalb von hinten nehmen.

«Du wirst in meinem Gemach bleiben, den ganzen Tag. Kleidung zu tragen ist dir verboten, denn wenn ich zu dir komme, muss es schnell gehen. Wenn ich durch diese Tür schreite …», sagte er, während er zwei Finger in sie einführte, «… wirst du dich auf den Rücken legen und dich mir gehorsam präsentieren, genau wie jetzt, damit ich dich jederzeit ficken kann. Verstanden!»

«Ja, Herr», krächzte sie. Vor Scham und Verlangen glühte sie überall, als Patrick sie erneut austastete.

«Und ich möchte dich immer so feucht haben. In meiner Abwesenheit wirst du dich selbst befriedigen, aber wehe, du kommst dabei. Du wirst nur mit mir einen Höhepunkt haben!»

«Ja, Herr.»

Patrick streichelte ihre Arme, ihre Schenkel und ihren Po. Plötzlich klang seine Stimme sanft. «Du zitterst ja. Frierst du?»

Himmel, nein, sie verbrannte! Julia schüttelte den Kopf.

«Hast du Angst?»

«Ein wenig, Herr. Das ist alles ... aufregend.» Sie wollte ihre Kniekehlen loslassen, um die Beine auszustrecken, aber er verbot es ihr mit einem strengen Blick.

Wie ein Herrscher schritt Patrick um sie herum und blieb neben ihrem Kopf stehen. «Ich mag demütige Frauen mit wenig Erfahrung.» Unvermittelt schob er ihr die Finger, die mit ihrem Saft bedeckt waren, in den Mund.

Julia begann daran zu saugen, als wäre es das Natürlichste der Welt. Dabei beobachtete sie Patrick genau. Er keuchte auf und kniff die Lider zusammen, sein Penis zuckte heftig. Hastig zog er die Hand zurück.

«Ihr erkennt meine Neigung?», fragte sie neugierig.

«Sie steht dir ins Gesicht geschrieben.»

Erschrocken riss sie die Augen auf, aber Patrick lächelte wölfisch. «Keine Angst, sonst hat es keiner bemerkt.»

Ihr Herz raste. «Warum Ihr?», wisperte sie.

«Ich erkenne eine devote Frau, wenn ich sie sehe. Und gerade eben zeigst du mir, *wie* devot du bist.»

Wie viele devote Frauen kannte er denn?

«Hattest du bereits viele Partner?», wollte er wissen.

Seine Frage kam überraschend. Machte er sich etwa die gleichen Gedanken wie sie? «Ein paar kurze Beziehungen, eher oberflächlich ...» Und eine längere, wollte sie sagen, ließ es aber bleiben.

Sein Blick verdüsterte sich. «Der Gedanke, dass andere Männer dich hatten, gefällt mir nicht.»

Darüber freute sich Julia. War er eifersüchtig? Sie hatte mit Robert im Bett einiges erlebt, allerdings niemals ausgefallene Dinge. Unerfahren war sie nicht, wenn Patrick das jedoch bevorzugte, würde sie das naive Mädchen spielen. «Ich bin sehr unerfahren, Herr. Bitte seid nachsichtig.»

Sein Schaft zuckte erneut, woraufhin ein glasklarer Tropfen neben ihr auf die Matratze fiel. «Dann werde ich dich beim ersten Mal behutsam nehmen.» Er kniete sich zwischen ihre Beine und schob sie weiter auseinander. «Bleib einfach locker.»

Als seine Zunge zwischen ihre Schamlippen tauchte, krallte Julia die Finger in sein Haar. Patrick war ein Zungenakrobat. Er flatterte über ihren erregbarsten Punkt und wusste genau, wie sie es wollte. Oder war das letzte Mal schon so lange her, dass sie alles erregend fand?

Nein, Patrick war ein Verführer und Verwöhner. Auf seine bestimmende Art. Er leckte sie, als wäre ihr Saft sein Lebenselixier. Dabei schmatzte er. Dieses obszöne Geräusch schürte ihre Erregung zusätzlich an.

Sie versuchte, locker zu bleiben, genau wie er gesagt hatte. Er leckte über ihre Schamlippen, ihre Klitoris, ihren Scheideneingang und ihre andere Pforte. Als er sich über sie beugte, umfasste Julia erneut ihre Knie, spreizte wie befohlen die Schenkel und genoss das Gefühl, als er in sie eindrang.

Patrick keuchte in ihr Gesicht. «Braves Mädchen, so mag ich das.»

Er war ihr so nahe, dass sie jedes der wenigen Fältchen um seine Augen erkannte. Als er ihr einen scharfen Blick zuwarf, erinnerte sie sich wieder an seine Worte und schaute rasch zur Seite.

Damit sie nicht in Versuchung kam, sein strenges, aber wundervolles Gesicht zu betrachten, schloss Julia die Lider. Jetzt waren alle anderen Sinneseindrücke viel stärker. Patrick keuchte, und seine Lust machte sie unglaublich an. Sanft biss er in ihr Ohr und ihren Hals. Seine Zähne hinterließen ein Brennen auf ihrer Haut.

«Du bist gut zu ficken, Kleine. Fühlst du meinen Schwanz?» Er stieß fest zu.

«Ja, Herr!» Und wie sie ihn fühlte! Ihre Scheidenwände zogen sich zusammen, ihr Kitzler pochte ungestüm. Ob sie sich erlauben durfte, ihren Herrn zu berühren? Sie ließ die Knie los, blieb jedoch weit offen für ihn liegen und streichelte über seinen Rücken.

«Habe ich dir das erlaubt?», fragte er schwer atmend.

«Nein, Herr», erwiderte sie kleinlaut. «Ich möchte Euch nur noch mehr spüren.»

Es kam kein Widerspruch. Diese stumme Erlaubnis ermutigte sie, über seinen Rücken zu fahren, die weiche Haut zu genießen und seinen Duft nach Mann und Schweiß einzuatmen. Sie legte ihre Hände auf seine Pobacken, um ihn noch enger an sich zu drücken.

«Du hast ein gieriges, kleines Fötzchen.» Patrick stieß fester zu. «So eng und unersättlich.»

Wenn er weiterhin auf diese Art mit ihr redete, würde sie bald ihren Höhepunkt erreichen.

«Ich werde in dich spritzen, Magda, um dich als mein Eigentum zu markieren.» Seine Stimme klang eher wie ein Knurren. «Schau mich an! Ich will dich sehen, wenn du kommst!» Er umfasste ihr Kinn, bevor er die Lippen auf ihren Mund presste und sie küsste.

Der Kuss gab ihr den Rest, denn er verriet Patricks Gier nach ihr. Mit brutal-zärtlicher Gewalt nahm er sie ganz in Besitz. Er berührte etwas tief in ihrem Inneren, einen völlig neuen Lustpunkt.

Was war das? Ihr Unterleib wurde weicher, dehnte sich aus. Himmel, was für ein Gefühl! Sie war nicht mehr fähig, sich an Patrick zu reiben. Sie konnte sich nicht mehr bewegen, nicht mehr denken, nur noch spüren, wie die Wellen der Lust ihren ganzen Körper durchliefen und sie bis in die Seele hinein erschütterten. Nie zuvor hatte sie einen inneren Orgasmus erlebt. Und das hier musste einer sein. Diese Lust war intensiver als alles, was sie zuvor erfahren hatte.

Patrick keuchte und verströmte sich in ihr, während seine Stöße langsamer wurden.

Julia fühlte sich in seiner Umarmung wohl und geborgen, spürte das Trommeln seines Herzens an ihrer Brust. Einzelne Haarsträhnen fielen ihm ins Gesicht und kitzelten sie – so nah war er ihr immer noch. Als er ihr lange in die Augen schaute, erkannte sie tiefe Zuneigung in seinem Blick. Ihr Herz machte vor Freude einen Doppelschlag.

Sie wollte ihm so viel sagen, ihn noch mehr fragen. Das Spiel war vorbei. Doch was war mit ihnen?

«Ich bringe dich jetzt nach Hause», sagte Patrick schließlich sanft und half ihr hoch.

Er brach das Experiment so plötzlich ab? Wieso? Sie hätte ewig mit ihm auf dieser schäbigen Unterlage liegen können. «Woher ist die?» Julia deutete auf die Matratze. Sie musste über etwas Unverfängliches reden, weil sie diesen Moment hinauszögern wollte. Jenen schrecklichen Moment, in dem womöglich klar wurde, dass Patrick sie nur hierhergebracht hatte, um mit ihr ein Abenteuer zu erleben.

«Die ist von einem Fotoshooting. Eine Münchner Künstlerin arbeitet an einem Fotoband und ist diese Woche ein paar Tage hier.»

Woher wusste er das? Kannte er die Fotografin näher? Sie wollte Patrick über diese Frau ausfragen, aber in ihrem Kopf wirbelte alles durcheinander. Erst musste sie wissen, wie es zwischen ihnen weiterging.

Als sie wieder im Auto saßen, hatte Julia sich einigermaßen gesammelt. Nachdem sie gerade all ihren Mut zusammengenommen hatte, um Patrick zu fragen, was er mit dieser Aktion bezwecken wollte, kam er ihr zuvor.

«Hat es dir gefallen?»

«Ja», erwiderte sie. Warum sollte sie lügen?

Er hielt den Blick starr auf die Straße gerichtet. «Würdest du das noch einmal machen wollen?»

Ihr blieb der Mund offen stehen. Für einen Moment herrschte im Auto totale Stille. Was sollte sie dazu sagen? Ja, ich will, wenn du endlich damit rausrückst, wie es mit uns weitergeht?

«Julia?» Er sah kurz zu ihr.

«Ich bin kein Flittchen», flüsterte sie. Hastig schaute sie auf ihrer Seite zum Fenster hinaus, den Tränen nahe.

«Natürlich bist du das nicht», erwiderte er ebenso leise. «Ich ... kann nur nicht ... also ...»

Überrascht musterte sie ihn. Wo war der selbstbewusste Mann hin? Ihr Herr?

«Du bist eine außergewöhnliche Frau.»

Das schmeichelte ihr, war aber nicht die Antwort, die sie hören wollte. «Diese Experiment-Sache glaube ich dir nicht.»

«Ich möchte dich nicht ausnutzen, falls du darauf hinauswillst.» Er holte tief Luft. «Aber gut, ich will ehrlich zu dir sein.»

Ihr Herz raste.

«Zuerst diente mir das mit dem Experiment tatsächlich als Ausrede.»

Sie schluckte.

«Nicht, um dich auszunutzen», setzte er hastig nach, «sondern um zu testen, ob ... wir zusammenpassen.»

«Wie meinst du das?», fragte sie. Vor Aufregung konnte sie kaum sprechen.

«Ich war mir nicht sicher, ob du meine sexuellen Vorlieben teilst. Ich hatte eine Vermutung und wollte mich mit dieser Geschichte an dich herantasten. Aber dann habe ich schnell bemerkt, dass du das Spiel genießt und ... Ich konnte mein Glück kaum fassen.»

Wurde er rot? Julia grinste. Das klang schon eher nach einer befriedigenden Antwort. Sehr befriedigend sogar. «Aber das Experiment war erfunden.»

«Nein. Es spukte bereits ewig in meinem Kopf herum. Ich schreibe nämlich an einem Buch. Schon länger. Doch jetzt möchte ich es vollenden.»

«Worum geht's in dem Buch?»

«Es handelt von sexuellen Rollenspielen, wozu Menschen in der Lage sind, wenn sie andere Identitäten annehmen. Das Experiment soll mir dabei helfen, mich und meine Neigung besser zu verstehen.»

«Wirst du es veröffentlichen?»

Er nickte. «Aber anonym.»

«Ich finde die Idee toll. Irgendwann möchte ich auch mal ein Buch schreiben.» Tatsächlich hatte sie bereits öfter mit dem Gedanken gespielt. Sie schrieb ohnehin viel, hatte mehrere Tagebücher gefüllt. Anders hätte sie ihre verkorkste Beziehung zu Robert nicht verarbeiten können.

«Vielleicht möchtest du ja einen Artikel verfassen, einen Bericht, wie es aus deiner Sicht war?»

«Das würde ich sehr gerne.» Passierte das alles wirklich, oder träumte sie? «Aber ebenfalls nur anonym.»

«Klar. Wenn die Uni davon erfährt, wäre ich meinen Dozentenjob wahrscheinlich los», sagte Patrick. «Daher musst du bitte absolutes Stillschweigen bewahren.»

«Meine Lippen sind versiegelt.» Natürlich würde sie mit niemandem darüber sprechen. Sonst würde ja herauskommen, wie devot sie war und dass sie es liebte.

Die restliche Fahrt redeten sie über das Projekt, bis Patrick irgendwann vor ihrem Haus hielt. Er stieg aus und brachte sie bis zur Tür.

Dort holte Julia den Schlüssel aus der Tasche, dann drehte sie sich zu Patrick um.

Er zog sie in seine Arme und hielt sie ganz fest. «Gute Nacht, schlaf gut», flüsterte er ihr ins Ohr.

Das würde sie gewiss nicht, dazu war sie viel zu aufgeregt. «Kommst du noch mit rauf?» Hatte sie das gerade wirklich gefragt? Wow, die alte Julia kehrte langsam zurück.

«Das würde ich gern, aber ich habe morgen früh eine wichtige Vorlesung. Und die könnte ich bestimmt nicht halten, wenn ich jetzt mit dir gehe.»

Nach einem zärtlichen Kuss, den Julia nie enden lassen wollte, schwebte sie die Treppen in den zweiten Stock hinauf, in dem ihre kleine Wohnung lag.

Die Orgie

Julia war glücklich, obwohl sie Patrick seit drei Tagen nicht wiedergesehen hatte. Dafür hatten sie telefoniert, gemailt und gechattet. Zwar hatte er mit keinem Wort erwähnt, ob sie nun ein Paar waren oder nicht, aber Julia ging davon aus. Warum sonst sollte er sich so viel mit ihr abgeben?

Ihn zu fragen, hatte sie sich allerdings immer noch nicht getraut.

Heute war es so weit: Endlich traf sie Patrick bei ihrer gemeinsamen Führung wieder. Julia konnte sich kaum auf ihren Text konzentrieren. Vor allem, als sie in «ihrem» Schlafzimmer standen, wurde ihr heiß und kalt. Ob die Matratze noch unter dem Bett lag, auf der sie sich so leidenschaftlich geliebt hatten?

Patrick hatte sie mehr als geliebt, er hatte ihren Körper in Besitz genommen.

Und mit ihm ihr Herz.

Als er ihr zuzwinkerte, geriet sie ins Stottern, was ihn sichtlich amüsierte. Julia befürchtete, er würde sie vor den Gästen bloßstellen, doch stattdessen half er ihr aus der Bredouille, indem er ihren Text schnell übernahm. Jedoch so geschickt, als gehörte das zur Aufführung. Mit einem Mal kehrte ihr Selbstbewusstsein zurück, und sie verhaspelte sich bis zum Ende der Führung nicht mehr. In der Ahnengalerie verabschiedeten sie die Besucher mit einem eleganten Hofknicks.

Als alle den Flur verlassen hatten, zog Patrick sie in die Arme. Auf diesen Moment hatte Julia sich seit Tagen gefreut.

Er eroberte ihre Lippen mit einem harten Kuss. Ein Schauder lief ihr über den Rücken. Ihr Gebieter war zurück!

«Hast du Lust, heute Nacht noch einmal ein Abenteuer zu erleben?», raunte er.

Und wie sie das hatte! Obwohl Restzweifel bestanden, ob er es ernst mit ihr meinte. Das ging alles so schnell. Sie waren noch nicht einmal zusammen aus gewesen, im Kino, beim Essen ... «Ein neues Spiel?» Ihr Herz klopfte heftig. «Wieder hier?»

«Nein.» Er deutete in die Richtung der Gewächshäuser. «Dort hinter dem Schlosscafé, bei der Ruine.»

Er meinte offenbar die Magdalenenklause. Das Gebäude sah nur äußerlich aus wie eine Ruine und lag in einem abgeschiedenen Waldteil. Julia spürte, wie ihr heiß wurde.

Sie hätte nichts gegen Sex in ihrem Bett einzuwenden oder bei ihm zu Hause, trotzdem reizte sie seine Idee. «Werde ich an den Tantiemen beteiligt, wenn dein Buch ein Bestseller wird?»

Er lachte. «Wir sollten einen Vertrag abschließen.»

«O ja, am besten einen Sklavenvertrag.» Der war rechtlich ohne Bestand, das war ihr klar, doch es war das Ritual, das ihr wichtig war, eine zeremonielle Bindung der Sklavin an den Meister.

Patrick kniff sie in den Po. «Hör auf, so zu reden. Das macht mich hart.»

«Wie Ihr wünscht, Herr.»

Sanft biss er sie ins Ohr. «Luder.» Dann löste er sich von ihr.

«Holst du mich wieder ab?»

Er nickte grinsend. «Ich komme um zehn.»

«Und davor?»

«Muss ich leider ein Seminar vorbereiten.»

Er war Verhaltensforscher aus Leidenschaft. Das war gewiss der Grund, warum er ihr vor dem «Experiment» nicht viel über sich erzählt hatte, aus Angst, seinen guten Ruf oder sogar den Job zu verlieren. Julia war stolz auf ihn.

Und nun schien nichts mehr zwischen ihnen zu stehen. Das Leben war herrlich!

Diese Nacht war noch schöner als die erste. Glühwürmchen tanzten entlang des Weges, als Julia mit Patrick durch den düsteren Park schritt. Da sie sich immer weiter vom beleuchteten Schloss entfernten, erkannte Julia den Kiesweg nur schemenhaft. Der Mond schien nicht, doch der Himmel war klar. Leider sorgte die umliegende Stadt für eine so hohe Lichtverschmutzung, dass Julia nur wenige Sterne sah. Vor zweihundert Jahren hätte sie in einen Himmel geschaut, in dem Millionen Sterne gleich Diamanten auf schwarzem Samt funkelten. Manchmal wünschte sie sich, sie hätte in dieser Zeit gelebt.

Eine warme Brise spielte mit ihrem Haar, das ihr heute offen auf die Schultern fiel. Sie kam sich wie eine Prinzessin vor, obwohl sie erneut jenes schäbige Kleid trug und Patrick den noblen Anzug. Sie war Aschenputtel und er ihr Prinz. Überhaupt wirkte die Umgebung äußerst märchenhaft auf sie.

Bald würden sie die Magdalenenklause erreichen, eine künstlich angelegte Ruine aus Ziegeln, die nur teilweise verputzt waren. Dadurch wirkten die Wände herrlich verwittert. Zudem waren Risse eingearbeitet worden. Das Gebäude machte den Eindruck eines verwunschenen Schlösschens. Julia fand es faszinierend.

Neben der grottenartig gestalteten Kapelle gab es in der Klause auch klösterlich strenge Wohnräume. Angeblich waren sie für Büßende geschaffen worden – doch ganz so unschuldig waren die Bewohner wohl nicht gewesen. In der Barockzeit wurden hier jährlich rauschende Feste gefeiert. Und heute würde Julia mit ihrem Liebsten ihr eigenes Fest feiern.

Als ein Käuzchen schuhute und sie in den verwilderten Garten der Ruine gelangten, griff Julia nach Patricks Hand. Nicht weil sie sich gruselte, sondern weil sie nachts blind wie ein Maulwurf war.

Ihr Herr hielt sie fest und führte sie sicher den Weg entlang. Julia genoss die Wärme seiner großen, starken Hand. Ihr Herz begann schneller zu schlagen. Sie konnte es kaum erwarten, dass sie endlich ihr Ziel erreichten!

Plötzlich entdeckte sie vor sich ein beleuchtetes Fenster. «Da ist Licht!»

«Verdammt», murmelte er und blieb stehen. «Wir kehren lieber um.»

«Ob da eine Veranstaltung ist?» Manchmal wurden die Räume im Schloss vermietet, zum Beispiel für Konzerte. Aber was sollte in der Ruine stattfinden? Für größere Menschenmengen war sie viel zu klein.

«Keine Ahnung. Verschwinden wir.»

Patricks Fluchttrieb weckte ihre Neugier. Sie ließ seine Hand los und lief auf das Gebäude zu.

«Julia!», zischte er und eilte ihr hinterher.

Neugierig spähte sie durch eines der Fenster. Aber was

sie da erblickte, nahm ihr die Luft. Zwei Männer und eine Frau in historischen Kostümen standen in der Grotte und unterhielten sich, während zu ihren Füßen drei nackte Gestalten knieten.

Lustsklaven!

Eines hatten alle sechs gemein: Sie waren maskiert.

Julia inspizierte die Sklaven genauer. Der einzige männliche Nackte trug ein Halsband, an dem eine Leine befestigt war, dazu ein Kopfgeschirr aus nietenbesetzten Ledergurten und eine Art Schlafmaske. Sollte so vermieden werden, dass er die beiden Sklavinnen anstierte? Diese hatten Hauben aus Stoff und Latex über dem Kopf. Nur Mund, Nasenlöcher und Augen waren ausgespart, während die Herrschaften edle Federmasken trugen, die lediglich die Hälfte ihres Gesichts bedeckten.

Patrick zog sie vom Fenster weg. «Es tut mir leid. Ich habe nicht gewusst, dass heute eine Session stattfindet.»

Session? Wohl eher eine Orgie. Ihre Haut kribbelte. Wie es sich wohl anfühlte, eine Sklavin zu sein? An Patricks Seite? Sie würde die artigste und demütigste aller Lustdienerinnen sein und ihren Herrn stolz machen.

«Leopold, schön, dich wiederzusehen», drang auf einmal eine fremde Männerstimme an ihr Ohr.

Sofort stellte sich Patrick vor sie und nahm ihr die ohnehin schlechte Sicht, aber sie spähte an seiner Schulter vorbei. Ein maskierter Herr kam auf sie zu. Der Fremde war ebenfalls wie ein Adliger gekleidet, mit beigen Hosen und einem weinroten Gehrock. Sein Haar war so blond, dass es in der Dunkelheit leuchtete. Hinter ihm trottete, den Kopf gesenkt, ein nackter junger Mann, der kaum älter als zwanzig sein konnte. Erkannte sie das richtig? Er trug einen ringartigen Knebel, der seinen Mund offen hielt?

Als er ins Licht trat, das aus dem Fenster drang, bemerkte Julia eine Art Keuschheitsgürtel an ihm. Penis und Hoden waren in einem genieteten Lederkorb mit Vorhängeschloss eingesperrt. Sein Gesicht war nicht maskiert, nur die Augen hatte er dick mit schwarzer Schminke umrahmt.

Patrick schob sie erneut hinter sich und wandte sich an den Neuankömmling. «Was soll das? Du hast gesagt, die Ruine ist heute frei.»

«Ich dachte, du freust dich vielleicht, uns zu sehen?»

Julia konnte einen kurzen Blick auf die Sporttasche werfen, aus der der Unbekannte etwas herausnahm.

«Meine Freude ist grenzenlos, Wilhelm», antwortete ihr Herr sarkastisch.

«Wie es der Zufall will, habe ich zwei Masken übrig. Eine für dich und eine für deine hübsche Sklavin.»

Patrick schirmte sie weiterhin vor den Blicken der beiden Neuankömmlinge ab. Er wollte sie schützen, ihre Identität nicht preisgeben. Das rechnete sie ihm hoch an.

«Willst du uns die junge Dame nicht vorstellen?», fragte Wilhelm, der im wahren Leben bestimmt anders hieß.

«Nein», knurrte Patrick.

«Du hast schon ewig nicht mehr mitgespielt. Jetzt, wo du wieder eine Partnerin hast, dachte ich …»

«Mich interessiert nicht, was du dachtest!» Patrick klang wirklich ungehalten.

Trotzdem spürte Julia, wie sich ihr Herz schmerzhaft

zusammenzog. Er hatte also früher bei diesen Treffen mitgemacht? Mit einer anderen ... Sklavin?

Wilhelm schien enttäuscht zu sein. «Wie du willst. Vielleicht überlegst du es dir noch.» Dann vernahm Julia knirschende Schritte. Herr und Sklave waren fort.

Als Patrick sich umdrehte, sah Julia die Masken in seiner Hand, die er in seine Brusttasche steckte. «Verschwinden wir.»

«Warte.» Sie hielt ihn am Ärmel fest, ließ ihn jedoch sofort los und senkte demütig den Kopf. «Es tut mir leid. Ihr seid der Herr, Ihr bestimmt.» Sie drehte leicht den Kopf und warf einen sehnsüchtigen Blick ins Innere der Ruine.

Seine Brauen hoben sich, und er schaute ebenfalls durchs Fenster. «Möchtest du das wirklich?»

«Ich finde es spannend.» In ihren Träumen hatte sie sich so eine Zusammenkunft schon öfter ausgemalt. Sie spürte, wie die alte, experimentierfreudige Julia zurückkehrte. Patrick hatte es in der kurzen Zeit geschafft, ihr Mut zu machen und ihr ihr Selbstbewusstsein wiederzugeben.

Seufzend schüttelte er den Kopf. «Die Realität entspricht nicht deiner Phantasie, glaube mir. Du bist noch nicht so weit.»

Enttäuscht blickte sie zu Boden. «Schämt Ihr Euch für mich?», fragte sie leise.

«Wieso denkst du das?» Patricks Stimme wurde weicher, und er legte eine Hand auf ihre Schulter. «Wo ich doch die schönste Sklavin von allen besitze.»

Oh! Damit hatte sie nicht gerechnet. Julia holte tief Luft. «Ich möchte Euch eine gute Dienerin sein.»

«Das weiß ich», flüsterte er und nahm sie in die Arme.

Glücklich schmiegte sie sich an Patrick, sog seinen Duft ein und genoss, wie er ihren Rücken streichelte. Diese Session würde sicher ein ganz besonderes Erlebnis werden. Für sie beide.

Er räusperte sich. «Es gibt einen Kodex: Kein Sklave darf angezogen die Ruine betreten.»

Verdammt. Alle würden sie nackt sehen. Ihre Brüste ...

Patrick wusste anscheinend genau, was in ihr vorging, denn er strich ihr über das Haar und sagte: «Sie werden dich begutachten und berühren. Aber nur, wenn ich es ihnen erlaube.»

Zitternd atmete sie ein. «Und werdet Ihr es erlauben?»

«Das kommt auf deine Reaktionen an. Ein guter Herr achtet darauf, seiner Sklavin nur so viel zuzumuten, wie sie verträgt.»

Seine Worte erwärmten ihr Herz. Julia wollte ihn nicht verlieren, wollte ihm beweisen, dass sie stark war und ihre Scham überwinden konnte. Sie verspürte den unbändigen Drang, ihn zu verführen. Vielleicht würde er dann endlich die drei Worte aussprechen, nach denen sie sich so sehr sehnte. Außerdem war sie ziemlich neugierig, was sie dort drin erwartete. Und eines war sicher: Ihr konnte gar nichts passieren, denn Patrick würde auf sie aufpassen. Das hatte er eben bewiesen.

Julia löste sich von ihm, richtete sich auf und holte noch einmal tief Luft. «Okay, also los.»

Lachend küsste er ihre Stirn. «So mag ich meine Sklavin: mutig und entschlossen.»

Während er ihr beim Ausziehen half, sprach er darüber, was alles auf sie zukommen würde, doch Julia hörte bloß mit halbem Ohr hin. Ihre Gedanken kreisten um seine frühere Partnerin. Ob Patrick sie sehr geliebt hatte? Warum war diese Beziehung auseinandergegangen? Obwohl sie sich in den letzten Tagen über so vieles ausgetauscht hatten, hatte Patrick keine anderen Frauen erwähnt. Julia hatte ihn auch nicht fragen wollen, weil sie auf Wolke sieben schwebte, aber jetzt brannte ihr dies alles auf der Seele. Sie wollte Patrick keinen Grund geben, sich für sie zu schämen. Sie wollte die beste Sklavin sein, die er je erlebt hatte.

Liebe Güte, was waren denn das für Gedanken? Sah sie sich nur als sein Eigentum? Dabei wollte sie so viel mehr von ihm, auch jenseits ihrer Rollen. Sie wollte ihre Freizeit mit ihm verbringen – als gleichberechtigte Partnerin.

Hör endlich auf, dir über alles den Kopf zu zerbrechen! Diese Grübeleien brachten nichts. Sie sollte sich lieber auf Patricks Worte konzentrieren.

«Und immer Demut zeigen, den Kopf gesenkt halten, den anderen niemals in die Augen schauen. Hast du das verstanden?»

Sie nickte.

«Du willst das wirklich durchziehen?»

«Ich will», sagte sie resolut und stieg aus dem Stoff. Splitternackt stand sie in der Dunkelheit. Julia spürte die spitzen Kiesel unter ihren Füßen und die laue Nachtluft auf der Haut.

Patrick nahm ihr die Schuhe sowie das Kleid ab und versteckte alles hinter einem Busch. «Falls du abbrechen willst, sagst du ‹Grashüpfer›.»

Beinahe hätte Julia gekichert. Was für ein ulkiges Safewort. Aber trotzdem war sie froh über diesen Notausstieg, obwohl sie sich auf keinen Fall diese Blöße geben wollte.

Patricks herausforderndes Lächeln erfüllte sie mit Mut und Freude.

«Dann komm», sagte er und überreichte ihr eine Maske, die sie sofort überzog.

«O weh, jetzt sehe ich noch weniger.»

Zu ihrer Überraschung hob er sie auf die Arme, nachdem er sich seine Federmaske angelegt hatte.

Julia grinste selig und schmiegte sich an ihren Gentleman. «Darf ein Herr seine Sklavin auf Händen tragen?»

«Ein Herr darf alles mit seiner Sklavin machen», raunte er.

Auf der Schwelle angekommen, setzte er sie ab. Patrick trat in die Magdalenenklause, Julia folgte ihm mit wild klopfendem Herzen.

Direkt hinter der Eingangstür begann der Grottenteil des Schlösschens. Tuffstein, Muscheln, bunte Steine und viele andere Materialien waren zu Phantasiewelten verarbeitet worden. Blickfang war die Grottennische mit der Figur der Maria Magdalena, neben der ein Totenschädel lag. Davor befand sich ein Wasserbecken und genau darüber ein Loch in der Decke. Tagsüber spiegelte sich das Licht des Himmels im Wasser und erhellte den Raum. Jetzt sorgten zahlreiche Kerzen für eine geheimnisvolle Atmosphäre.

Julia erschauderte, als ihre nackten Füße den kühlen Steinboden berührten. Nun wurde es ernst.

Die Herrschaften drehten ihnen neugierig die Köpfe zu. Die Sklaven schauten nicht zu ihnen. Julia nahm ebenfalls eine demütige Haltung ein und blieb einen halben Schritt hinter Patrick.

«Leopold, welche Freude!» Die Anwesenden empfingen ihn herzlich, verteilten Küsschen oder umarmten ihn. «Dass wir dich noch einmal in unserer Mitte begrüßen dürfen ...»

Wilhelm grinste breit. «Jetzt also doch.»

Patrick kannte sie alle. «Margarete, Wilhelm, Antonius, Johann – schön, euch wiederzusehen.»

Früher war er mit einer anderen hergekommen ... Plötzlich fühlte sich Julia mehr als nackt.

«Wen hast du da mitgebracht?», fragte die einzige Herrin im Bunde, eine korpulente Frau namens Margarete, deren Brüste beinahe ihr historisches Gewand sprengten. Dagegen war Julias Busen direkt klein.

«Das ist Magda.»

Magda – Magdalenenklause ... War es Zufall, dass Patrick ihr diesen Namen gegeben hatte, oder hatte er seine ehemalige Sklavin auch nach der Ruine benannt, weil er oft mit ihr hier gewesen war?

Wilhelm trat dicht neben sie. «Magda. Klingt hübsch.»

Julia atmete auf. Patrick hatte einen neuen Namen für sie ausgesucht. Mit einem Mal spürte sie, dass alle Blicke auf sie gerichtet waren. Die vermeintlichen Adligen starrten sie unverhohlen an.

Julia wurde heiß, von den Zehenspitzen bis zur Kopfhaut. Vehement unterdrückte sie den Wunsch, sich mit den Händen zu bedecken. Sie senkte den Kopf tiefer, damit ihre langen Haare über die Brüste fielen. Die Maske gab ihr zusätzliche Sicherheit. Niemand kannte sie oder würde sie erkennen – hoffentlich.

«Wie lange besitzt du sie schon, Leopold?», wollte Johann wissen. Er war ein kleinerer Mann älteren Semesters mit ergrautem Haar. Auch seine Sklavin sah aus, als wäre sie über vierzig. Das erkannte Julia an den Händen. Dafür besaß sie eine ausgezeichnete Figur.

«Ich habe sie erst seit kurzem. Benehmt euch bitte, denn es ist heute erst das zweite Mal für sie.»

Die Anwesenden glucksten. «Du Bastard, schmeißt sie gleich ins kalte Wasser, was?»

Margarete stolzierte um sie herum. «So ist es recht, Leopold, zeig der Kleinen, wer der Herr ist.»

Julia schielte zum Sklaven der korpulenten Dame. Der Kerl schien nichts zu lachen zu haben, so wie er aussah, mit dem Ledergeschirr um den kahlrasierten Kopf und den verbundenen Augen.

O weh, worauf hatte sie sich eingelassen?

Ein großer Mann in einem schwarzen Frack pfiff durch die Zähne. Es war Antonius. «Ein ungeschliffener Diamant. Das erfordert das Prozedere!»

Das Prozedere? Was war das?

«Vielleicht beginnen wir erst mit der Aufnahmeprüfung», sagte Patrick in bestimmtem Ton.

«Du bist ihr Herr», meinte Antonius. Seine Sklavin stand unbewegt neben ihm. Wegen der Haube konnte Julia ihr Alter nicht schätzen. Sie hatte zierliche, fast flache Brüste und war sehr dünn. Vom Körperbau glich sie eher einem jungen Mann.

Margarete klatschte in die Hände. «Prüfen wir sie!»

Julia blinzelte durch ihre Haare. Was würde jetzt geschehen? Ihr Puls raste. Sie könnte das Safewort sagen oder die Flucht ergreifen. Aber damit würde sie ihren Herrn bloßstellen und nie erfahren, was sie erwartete.

Alle Adligen traten dicht zu ihr, während die Sklaven zurückblieben. Die Herrschaften blickten fragend zu

Patrick, der ihnen zunickte. Dann richtete er die Augen auf Julia. Sanft strich er ihre Haare zur Seite, damit er ihr Gesicht sehen konnte. Ihr schützender Vorhang war weg.

«Präsentiere dich meinen Freunden. Stell dich ordentlich hin!» Da war er wieder, der Befehlston, den Julia fürchtete und gleichzeitig liebte.

Sie richtete sich auf, stellte ihre Beine leicht auseinander und drückte die Brust raus. Den Blick hielt sie gesenkt, ihr Gesicht glühte. Du kannst das, ermutigte sie sich gedanklich. Mach deinen Herrn stolz!

«Verschränke die Hände hinter dem Kopf!», forderte er. «Ellbogen nach hinten drücken!»

Die Anwesenden waren offensichtlich fasziniert und erfreut, eine unerfahrene Sklavin anzutreffen, während Julia das unsagbar peinlich war. Sie wusste so wenig von dieser Welt. Trotzdem gehorchte sie tapfer und gab sich Mühe, auch wenn sie lieber in die dunkle Nacht gerannt wäre.

Margarete fasste an ihren Busen. «Die hat ordentlich Holz vor der Hüttn», sagte sie. «Ich würde mir die Kleine gerne ausleihen, um sie zu formen.»

Patrick schnaubte. «Vergiss es, ich verleihe sie nicht.»

«Danke, Herr», wisperte Julia.

Sie bemühte sich mit aller Macht, die Fassung nicht zu verlieren. Doch als nacheinander alle Herren ihren Körper begutachteten, sie überall anfassten und kniffen, musste sie heftig die Zähne zusammenbeißen. Margarete wog ihre Brüste, genau wie es Patrick beim ersten Mal getan hatte, während der große Antonius ihre Schamlippen auseinanderzog und sogar an ihnen schnupperte!

«Mmm, ein gutes Aroma, Leopold», murmelte er.

Julias Zehen krümmten sich. Doch leider tat sich kein Loch in dem harten Boden unter ihr auf. Zu allem Unglück spürte sie auch noch, wie sie feucht wurde. Bald würden es alle sehen! Wie würde Patrick reagieren?

Sie wagte einen kurzen Blick zu ihm. Mit unbewegter Miene betrachtete er das Schauspiel und ließ es zu, dass alle sie inspizierten. Jemand zog sogar ihre Pobacken auseinander!

Julia blieb stocksteif stehen, während Margarete an ihren Haaren spielte. «Sie sieht aus wie ein Engel. Du solltest ihr die Haare abschneiden, damit sie weiß, wer sie ist!»

Julia erschrak. Der Sklave der Frau war rasiert. Überall, auch auf dem Kopf. Würde Patrick ihr das ebenfalls antun?

«Ich liebe ihr Haar, Margarete», sagte er zu ihrer grenzenlosen Erleichterung.

Die Herrin ging vor ihr in die Hocke. «Sie hat hübsche Schamlippen. Dann solltest du wenigstens die piercen lassen, um sie an die Leine zu legen.»

Julia befürchtete, Margarete würde ihre wulstigen Finger in sie schieben, und hielt die Luft an. Sie wollte nicht von dieser Frau berührt werden!

«Meine Sklavin, meine Regeln, Teuerste», erwiderte Patrick und zog die Hand der «Dame» weg.

Er beobachtete Julia wirklich genau und verstand jede ihrer Regungen. Dafür liebte sie ihn umso mehr.

Als alle sich einig waren, dass Magda eine passable Lustdienerin abgab, sagte ihr Herr: «Lasst uns endlich essen und plaudern!»

Julia atmete tief durch.

Patrick ließ die anderen vorangehen und blieb mit ihr in der Grotte zurück. «Gratuliere, du hast bestanden.»

Seine Worte machten sie unglaublich stolz.

«Und? Willst du weitermachen?»

Nach kurzem Zögern nickte Julia. Sie würde nicht aufgeben. Das hier wollte sie durchziehen! Auch wenn sie es sich selbst nicht erklären konnte, hatte sie lange nicht mehr solche Befriedigung verspürt wie jetzt. Sie hatte etwas geschafft, weil sie es wollte. Sie war stark, und Patrick war stolz auf sie.

Er stellte sich dicht zu ihr und fuhr mit den Fingerspitzen über ihre Brüste, den Bauch und ihren nackten Schamhügel. Seine Berührung hinterließ eine Glutspur auf ihrer Haut. «Ich habe gesehen, wie es dich erregt hat, von allen begutachtet zu werden.» Unvermittelt schob er seinen Finger in sie. «Du bist klitschnass.»

Julia stöhnte leise auf. Wenn ihr Herr sie berührte, brannte sie. Nur ihm allein würde sie alles schenken. Ihren Körper und ihre Seele. Julia erlaubte sich einen Blick in seine Augen. Hitze flackerte in ihnen, und sein sexy gefährliches Lächeln raubte ihr den Atem. In diesem Moment begehrte er sie wie verrückt, das erkannte Julia.

Nein, sie würde keinen Rückzieher machen. Sie wollte so viel Hitze in ihm entfachen, dass sie sich zu einem Großbrand ausweitete, der sie beide verschlang.

Er zog den Finger aus ihr. Im matten Licht glänzte er feucht. Ihre Lust zu sehen und zu riechen war ihr peinlich. Dennoch leckte sie den Finger artig sauber, als Patrick ihn in ihren Mund schob.

Zärtlich streichelte er ihr Gesicht. «Deine Unterwürfigkeit ist umwerfend. Ich habe so etwas noch nie gesehen.»

Julia wünschte sich, mit ihm allein zu sein, für ihn auf dem harten, kalten Boden zu knien wie eine Büßerin. Patrick würde sie reizen, sie mit Worten demütigen, um sie dann zu nehmen, auf den Steinfliesen der Grotte. Und sie würde rufen: «Ich liebe Euch, mein Herr, ich liebe Euch so sehr!», während er sie bis zur Besinnungslosigkeit vögelte.

«Deine Gedanken sind dir vom Gesicht abzulesen, Sklavin», raunte er.

Hastig senkte sie den Blick. Sah er ihr an, wie heftig sie ihn begehrte?

Schließlich folgten sie den anderen in die Wohnräume. Diese waren mit Eichenholz vertäfelt und mit Kupferstichen dekoriert. Ein großes Ölbild zeigte die halbnackte Magdalena vor dunklem Hintergrund.

Die Wohnräume des Kurfürsten durfte man nicht mit Schuhen betreten, soweit Julia das von ihren Besichtigungstouren wusste. Ihre Vermutung bestätigte sich, als sich die Herrschaften die Schuhe auszogen, um den wertvollen Parkettboden, der sich unter ihren nackten Fußsohlen angenehm warm anfühlte, nicht zu ruinieren. Dabei musste Julia ihrem Herrn wieder behilflich sein. Diesmal stellte sie sich zum Glück geschickter an.

Im Speisezimmer stand ein großer Tisch mit zahlreichen Stühlen. Als sich die Adeligen setzten, begaben sich die Sklaven unaufgefordert unter den Tisch.

Julia schaute kurz zu Patrick. Er nickte ihr zu, also verschwand sie ebenfalls unter der Tafel. Doch was sollte sie tun?

Unauffällig spähte sie zu den anderen Dienern. Diese hatten sich neben oder zwischen den Schenkeln ihrer Herren niedergelassen. Daher rutschte auch Julia näher an Patrick.

Margarete, die links von ihm saß, hob ihren Rock. Feiste Schenkel kamen zum Vorschein. Die rundliche Frau zog an der Leine, da ihr Sklave wegen der Augenbinde nichts sah, und sein Kopf verschwand zwischen ihren Beinen. Den schmatzenden Geräuschen nach zu urteilen, leckte er sie hingebungsvoll. Margarete warf den Stoff über ihn und presste ihre Schenkel zusammen. Ihr Sklave schien kaum Luft zu bekommen, denn er zappelte und schnaufte laut, doch sein Glied stand plötzlich aufrecht.

«Bist du schon wieder geil?», hörte Julia Margaretes Stimme.

«Ja, Herrin», erklang es reuevoll unter dem Stoff.

Anscheinend wusste er, was ihn erwartete, denn er krabbelte unter dem Tisch hervor und legte sich über den Schoß seiner Herrin. Als es mehrmals laut klatschte, wusste Julia, dass er geschlagen wurde! Artig bedankte sich der blinde Sklave bei seiner Herrin und verschwand anschließend erneut unter ihrem Rock, wobei diesmal sein Penis nur halb erigiert war.

Die zwei Lustdienerinnen befriedigten ihre Herrn ebenfalls mit dem Mund, während diese sich am Tisch über Gott und die Welt unterhielten. Gläser klirrten, Besteck klapperte. Diese Leute hatten tatsächlich Essen mitgebracht, damit alles möglichst echt wirkte. Julia war beeindruckt.

Als auch Patrick seine Hose öffnete, rutschte sie auf dem harten Boden zwischen seine Beine. Morgen hatte sie bestimmt blaue Flecken an den Knien. Aber sie war stolz darauf, hier zu sein.

Patricks Penis war nicht ganz steif. Das würde Julia gleich ändern. Freudig stülpte sie ihre Lippen darüber und nahm ihn ganz auf. Sie fühlte ihn in ihrem Mund schnell wachsen und gab sich besondere Mühe, saugte ergeben und leckte über sein Geschlecht. Tropfen sickerten aus der Eichel. Julia liebte den leicht salzigen Geschmack. Patricks Geschmack. Es dauerte nicht lange, bis er ihren Kopf wegdrückte. Anscheinend wollte er nicht kommen.

Daher schmiegte sie ihr Gesicht an seinen Oberschenkel und schaute zu Wilhelms Sklaven, der sich rechts von ihr befand. Er kniete ebenfalls zwischen den Beinen seines Herrn. Wilhelm hatte die Finger in das Haar des jungen Mannes gekrallt und dirigierte dessen Kopf mit schnellen Bewegungen auf und ab. Wieder und wieder stieß er seinen Penis in den ringartigen Knebel, der den Mund seines Dieners offen hielt.

Der Sklave presste die Hand gegen den Keuschheitsgürtel. Offensichtlich erregte es ihn, von seinem Herrn benutzt zu werden. Wie sie alle.

Irgendwann wurden Wilhelms Bewegungen langsamer, er schob sich tiefer in den Mund des jungen Mannes. Seine Hüften zuckten, Julia hörte ein Stöhnen – anschließend drückte er seinen Sklaven von sich. Dem lief das Sperma aus dem Mund und über sein Kinn. Das meiste davon versuchte er mit der Zunge zu erwischen, indem er hastig über den Knebelring leckte. Wilhelm hielt ihm ein Taschentuch hin und wischte seinem Sklaven den Mund ab. Dann wühlte er in der Tasche neben dem Stuhl, holte einen silbernen Napf hervor, füllte ihn mit Wasser aus einer Flasche und stellte ihn unter den Tisch. Gierig trank der junge Mann, ohne die Schüssel in die Hand zu nehmen.

Julia traute ihren Augen kaum. Das war ja fast so wie in dieser Erotikgeschichte, die sie gelesen hatte.

Einfach unglaublich!

Auch der andere männliche Sklave – der mit der Augenbinde – hatte seiner Herrin Lust verschafft. Schwer atmend kam er unter dem Rock hervor. Sein Gesicht und die Ledergurte um seinen Kopf glänzten vor Feuchtigkeit. Julia konnte den Duft der Frau riechen.

Margarete strich ihm liebevoll über den Kopf, als der Mann sich an ihren Oberschenkel kuschelte. Auch wenn Julia den Ausdruck in den Augen des Sklaven nicht sehen konnte, wusste sie anhand seiner Körperhaltung, dass er sich wohlfühlte. Seine Erektion ignorierte er. Ob ihn seine Herrin später noch belohnen würde?

Die Frauen hatten ihren Dienst ebenfalls verrichtet und unterhielten sich flüsternd. Alle waren zufrieden oder befriedigt, bis auf Julia und Patrick. Der hatte seine Hose geschlossen und stand auf.

«Wir werden aufbrechen», hörte sie ihn sagen. «Es war schön, wieder bei euch gewesen zu sein.» Er winkte Julia unter dem Tisch hervor.

«Aber Leopold, was ist mit dem Prozedere?», fragte Johann.

Was war denn bloß dieses ominöse Prozedere?

Wilhelm erhob sich ebenfalls und gluckste. «Leopold muss seine Sklavin nicht vor euren Augen einreiten.»

Was? Julia schluckte und stellte sich hinter Patrick.

Ihr Kitzler pochte. Würde sich heute Abend etwa einer ihrer erotischen Träume erfüllen?

«Aber das haben wir doch immer so gemacht», protestierte Margarete. «Zieh jetzt bloß nicht den Schwanz ein.»

Patrick drehte sich zu Julia um. Fast unmerklich nickte sie, und seine Brauen hoben sich. «Wirklich?», formte er mit den Lippen.

Sie nickte erneut. Wenn, dann richtig.

Hatte er sich deswegen zurückgehalten? Um für das Prozedere bereit zu sein? Weil er gewusst oder gehofft hatte, dass sie keinen Rückzieher machen würde?

Er lächelte nicht, sondern wirkte eher skeptisch. Traute er ihr das nicht zu? Liebe Güte, sie traute es sich selbst kaum zu! Aber sie würde durchhalten, egal was kam. Patrick war an ihrer Seite. Ihr Herr. Er passte auf sie auf. Darauf vertraute sie.

«Na gut.» Er drehte sich zu den Herrschaften um. «Aber ich habe eine Bedingung: Meiner Sklavin werden die Augen verbunden.»

«Du bist ihr Herr», säuselte Margarete vergnügt und befahl: «Auf den Tisch mit ihr! Das hatten wir schon ewig nicht mehr.»

«Moment.» Wilhelm räumte die Weinflaschen, Teller und Gläser ab und entfernte die Tischdecke.

Als ihr Herr nickte, zogen viele Hände Julia auf die Tischplatte.

«Hast du noch eine Maske dabei, Wilhelm?», fragte Patrick seinen Bekannten.

Dieser schüttelte den Kopf.

«Nimm meine, Leo», sagte Margarete und zog ihrem Sklaven die Binde ab. «Franzl war brav, er hat sich einen Bonus verdient.»

Der Sklave öffnete langsam die Augen. Sie waren von

dem intensivsten Hellgrau, das Julia je gesehen hatte. Sein Gesicht war hübsch, beinahe androgyn. Ob Margarete deshalb seine Augen verband, damit niemand außer ihr sich daran ergötzen konnte?

Aber warum wollte Patrick *ihr* die Augen verbinden?

«Wieso, Herr?», fragte sie ihn flüsternd, als er sich zu ihr herabbeugte und die Binde über ihre Maske zog.

Zärtlich strich er über ihre Wange. «Das wird dir helfen, dich zu entspannen und dich ganz fallenzulassen.»

Er merkte ihr an, wie nervös sie war. Doch sie würde durchhalten. Weil sie ihm vertraute.

Völlige Dunkelheit umgab sie nun. Seltsamerweise fühlte Julia sich dadurch eine Spur sicherer. Andere Sinneseindrücke nahm sie dafür umso stärker wahr. Sie glaubte sogar, die Blicke der Herrschaften auf ihrer Mitte zu spüren, als sie ihre Stellung auf der Tischplatte einnahm und die Beine weit spreizte.

Schonungslos, erniedrigend.

Sie offenbarte ihre intimsten Zonen völlig fremden Menschen.

Patrick strich hauchzart über ihre Scham, sodass sie versucht war, die Beine zu schließen. Doch war das überhaupt Patrick?

Hilfe, sie wusste es nicht!

«Schaut euch an, wie feucht sie ist. Es gefällt ihr», hörte sie Margarete sagen. «Aber sie bewegt sich zu viel.»

«Dann haltet ihre Beine fest», sagte Patrick. «Johann, Antonius, könnten das eure Sklavinnen übernehmen?»

«Mit Vergnügen», antworteten die zwei Herren unisono.

Julia atmete auf. Von diesen Frauen würde sie sich

anfassen lassen, nur nicht von den drei Männern oder der dicken Herrin, die nach ihrem Körper gierte.

Schon wurden ihre Schenkel gepackt und festgehalten.

«Leg deine Hände hinter den Kopf, Magda.» Patrick zog ihre Arme nach oben.

Schwer atmend gehorchte sie. Was kam jetzt? Ihr Herz klopfte so hart, dass alle es sehen mussten. Die Frage, was als Nächstes passierte, die Spannung, wo und wie sie berührt werden würde ... das übertraf alles.

Jemand – Patrick? – umfasste ihre Hüften und zog ihren Körper nach vorne bis an die Tischkante. Kurz darauf schob sich etwas in ihre Vagina und dehnte sie. Hände legten sich auf ihre Brüste, massierten sie, jemand keuchte dicht neben ihrem Ohr.

«Ja, fick sie richtig durch, Leo!», rief Margarete.

Patrick! Er war es. Julia roch sein Aftershave und genoss seine großen Hände auf ihrem Körper.

Jemand griff nach ihren Handgelenken und presste ihre Arme auf den Tisch. Julia war ihnen allen ausgeliefert, doch sie genoss es, weil nur Patrick mit ihr schlief. Er allein durfte in sie, in ihren Körper und ihr Herz. Die Zuschauer waren ein erregender Bonus.

Patricks Stöße nahmen zu, bis der Tisch wackelte. Er drang tiefer in sie ein, wobei er auch ihre Brüste fester knetete. Sein warmer Körper auf ihrem nahm vermutlich den anderen die Sicht. Von ihrem Herrn sahen sie wohl nur den knackigen Hintern, denn Julia spürte, dass Patrick seine Kleidung noch trug.

Sie hörte Rascheln, Schritte und ein Wispern. Die anderen gingen um den Tisch herum. Jemand weiter weg keuchte.

«Dürfen wir deine Unschuld auch mal ficken?», fragte ein Mann.

Wer war das? Johann? Antonius?

«Deine Sklavin hat ein gieriges kleines Loch», sagte Margarete. «Einer allein reicht ihr nicht, Leo.»

«Das denkt ihr von meiner Sklavin?», fragte Patrick schwer atmend. «Stimmt das, Magda? Brauchst du uns alle in dir?»

«N-nicht alle», antwortete sie leise, wobei ihr Unterleib sich zusammenzog. Nicht heute.

«Aber etwas in all ihre Löcher», meinte die Herrin.

Himmel, nein, Patrick würde doch nicht … Konnte nicht jemand diese nervige Margarete endlich zum Schweigen bringen?

«Wilhelm, hast du einen Vibrator in der Tasche?», fragte Patrick und zog sich aus ihr zurück.

Julia spürte eine tiefe Leere in sich und kam sich auf einmal gänzlich entblößt vor. Feuchtigkeit lief aus ihr, über ihren Anus und wahrscheinlich auf den Tisch. Jeder konnte auf ihre intimste Zone starren. Sie war nass und benutzt, offen für alle. Der Gedanke, von allen im Raum genommen zu werden, verstärkte das Pochen in ihrem Unterleib. Aber nur der Gedanke. In Wahrheit wollte sie allein Patrick.

«Ich habe alles Mögliche dabei, auch was fürs Popöchen», erwiderte Patricks Bekannter amüsiert.

«Willst du?», wisperte jemand in ihr Ohr. War das Patrick? Ja, sie roch ihn.

Julia drehte den Kopf in seine Richtung und flüsterte: «Bitte nicht, Herr.»

«Wie unterwürfig du flehen kannst, das gefällt mir.»

Seine Stimme wurde lauter, entfernte sich von ihr. «Ein schöner großer Vibrator reicht, Wilhelm.»

Julia atmete auf. Patrick gab ihr Sicherheit, tat nur das, was sie wollte.

Auf einmal wurde sie zurückgezogen, bis ihr Kopf über die Tischkante hing. Was hatte ihr Herr mit ihr vor? Sie fühlte eine stützende Hand an ihrem Hinterkopf und dann etwas Warmes, Feuchtes an ihrem Mund. Es schmeckte nach ihr. Das musste Patrick sein! Er schob seine Erektion zwischen ihre Lippen, immer tiefer, während ihr Kopf nach unten hing. Dabei stützte er ihren Nacken weiterhin mit einer Hand, mit der anderen massierte er ihre Brüste.

«Hm, eigentlich könntet ihr das übernehmen», sagte er.

Wen meinte Patrick? Seine Hand verschwand von ihrem Busen, dafür spürte Julia sanftere Finger auf ihren Brüsten. Natürlich, die Sklavinnen! Sie mussten ihre Position geändert haben.

«Und Franzl wird den Vibrator bedienen.»

Margaretes Sklave?

Julia zuckte beim Summen des Sextoys zusammen und wollte ihre Beine schließen, aber die wurden eisern festgehalten. Von wem, wusste sie nicht mehr.

Während sich Patrick zwischen ihre Lippen schob, überlegte sie fieberhaft. Sollte sie jetzt das Safewort aussprechen? Aber wollte sie das wirklich?

Es ist der süße Typ mit den grauen Augen, machte sie sich Mut, als sie bereits die Vibrationen an ihren Schamlippen spürte. Das Toy war kühl. Franzl strich damit über ihre äußeren Schamlippen, dann über die inneren, kreiste gemächlich auf dem Venushügel und erreichte schließlich ihre Klitoris.

Patricks Geschlecht dämpfte ihr Stöhnen. Sie wand sich und zappelte, als die vibrierende Spitze auf ihre empfindsamste Stelle traf. Franzl reizte ihren Lustpunkt gnadenlos, bis Julia kurz vor dem Orgasmus stand. Dann ließ er das Toy tief in sie gleiten. Im selben Moment schnellten Patricks Hüften vor, und er füllte sie ganz aus. Julia konnte kaum noch atmen, ihr Herz hämmerte wie verrückt. Doch dann zog sich Patrick hastig zurück, und auch Franzl ließ den Vibrator wieder auf ihrem Kitzler tanzen.

«Wenn du das sehen könntest, Magda», sagte Patrick schwer atmend. «Johann und Antonius nehmen ihre Sklavinnen von hinten, während sie deine Brüste massieren. Wilhelm vergnügt sich mit seinem Diener, und Franzl besorgt's dir mit dem Vibrator. Macht er es gut?»

Sie versuchte, sich die Szene vorzustellen. Der Sklave mit den wunderschönen Augen musste sie also befriedigen, während er selbst leer ausging? War er erregt? Gierte Margarete darauf, ihn zu bestrafen?

«Willst du mehr?», fragte Patrick.

«Ja, Herr», antwortete sie flehentlich, «aber lieber würde ich durch Eurer Zutun kommen.» Sie rieb den Po auf der Tischplatte hin und her, weil sie einen Reiz brauchte. Sie stand so kurz vor dem Höhepunkt! Ihr Kitzler glühte und hämmerte vor Verlangen.

«Gut, ich übernehme», sagte ihr Herr. «Du hast meine Erwartungen übertroffen und mich sehr stolz gemacht. Das soll belohnt werden.»

Noch bevor sie etwas entgegnen konnte, schob er sich wieder in ihren Mund. Auch der Vibrator nahm sein Spiel wieder auf. Doch diesmal war es nicht Franzl, der ihr diese lustvolle Qual bescherte. Es war Patrick. Ihr Herr.

Die Sklavinnen kneteten ihre Brüste, zwackten ihre Nippel und rieben sie, bis sie glühten. Julia konnte sich nicht mehr zurückhalten, so sehr sie es auch versuchte. Durfte sie überhaupt ungefragt kommen? Doch es blieb keine Zeit, Patrick darum zu bitten. Ihr Körper schien ein Eigenleben zu führen. Er bäumte sich auf, und die Muskeln in ihrem Inneren zogen sich unaufhaltsam zusammen. Julia stöhnte an Patricks Geschlecht, schon allein deswegen hätte sie nicht sprechen können. Während ihr Orgasmus sie erschütterte und dann langsam abflaute, wurde Patrick in ihrem Mund härter. Mit einem letzten Stoß drang er tief in sie ein und ergoss sich in ihr. Julia schluckte alles und leckte den Schaft sauber, als ihr Herr ihn über ihre Lippen gleiten ließ.

Die Hände der Sklavinnen zogen sich zurück. Patrick half ihr, sich aufzusetzen, und nahm ihr die Augenbinde ab. Die andere Maske behielt sie weiterhin auf. Julia zwinkerte, als das helle Licht sie blendete.

Erst als sie merkte, wie alle sie anstarrten, wurde ihr bewusst, was gerade passiert war. Im Schutz der Dunkelheit hatte sie das Gefühl gehabt, sich in einem Traum zu befinden. Sie war ganz in ihrer Rolle aufgegangen.

Julia warf Franzl einen kurzen Blick zu. Hatte seine Herrin ihm noch sein Vergnügen gegönnt? Margarete legte ihm wieder die Augenbinde an. Julia konnte nicht sehen, ob er erregt war, weil er ihr den Rücken zudrehte. Anschließend kam die Domina zu ihr an den Tisch.

Julia wich leicht zurück und bemerkte, dass Patrick hinter ihr stand und sie hielt, ihre Schultern streichelte. Sie zitterte! Außerdem war ihr schwindlig. Plötzlich schämte sie sich. Alle hatten sie gesehen, wie sie sich hingegeben hatte. Sie hatte tatsächlich einen Orgasmus erlebt, vor all diesen fremden Menschen!

Jetzt war sie verwirrt und wusste nicht, ob sie weinen oder sich freuen sollte. Ihr Traum hatte sich erfüllt, aber sie war unendlich durcheinander. Sie musste unbedingt mit Patrick über all das sprechen. Und eigentlich wollte sie nur noch hier raus. Mit ihm allein sein.

Margarete beugte sich nah zu ihr und flüsterte: «Hat's dir mein Franzl gut besorgt?» Sie zwinkerte Patrick zu und ging zurück zu ihrem Sklaven, der reglos im Raum stand.

Patrick griff nach ihrer Hand und half Julia, vom Tisch zu steigen. «Jetzt bring ich dich nach Hause.»

Sie konnte es kaum erwarten. Im Hintergrund hörte sie die anderen tuscheln. Immer wieder drehten sie ihre Köpfe grinsend zu ihnen, dann zu einem Punkt in der Ecke des Raumes. Was war dort?

Als der blonde Wilhelm sagte: «Das wird das bisher geilste Video in unserer Sammlung», wurde ihr schlagartig klar, worüber sie redeten.

Alle Kraft schien aus ihrem Körper zu weichen. Mühsam drehte Julia den Kopf und schaute genauer in die Ecke. Beinahe unsichtbar und auf den ersten Blick nicht zu erkennen, war eine winzige Überwachungskamera angebracht worden, die sich perfekt in die holzgetäfelte Wand einfügte.

Ihre Gedanken überschlugen sich. Das Experiment, Patricks Buch ... spielten sie alle darin eine Rolle?

Ich möchte dich nicht beeinflussen. Je weniger du darüber nachdenkst, desto besser, hatte er am Anfang gesagt.

Sie schaute zu Patrick, der wütend in Wilhelms Richtung sah. Sicher ärgerte er sich, dass sein Bekannter sich verplappert hatte. Aber jetzt war es raus. Die ganze grauenhafte Wahrheit.

Blindlings, die Augen voller Tränen, rannte Julia los und stolperte aus dem Schlösschen in die Dunkelheit. Sie spürte kaum, wie sich die spitzen Kiesel in ihre Fußsohlen bohrten, während sie verzweifelt den Busch suchte, hinter dem Patrick ihre Kleidung versteckt hatte.

«Verdammt», murmelte sie erstickt, als sie gegen einen Stein lief, und riss sich wütend die Maske vom Kopf.

«Julia, warte!» Patrick kam ihr nachgelaufen, seine Stiefel in der Hand.

«Wo sind meine Sachen?», stieß sie hervor.

Kommentarlos gab Patrick sie ihr, und Julia zog sich hastig an. Sie musste hier weg, wollte nur noch heim.

«Glaub mir, ich hatte keine Ahnung!» Patrick schlüpfte in seine Stiefel und wich nicht von Julias Seite. Er marschierte neben ihr her, während sie sich an den Lichtern zu orientieren versuchte, die vom Schloss herüberstrahlten. Verdammt, warum musste sie so nachtblind sein?

«Bleib doch mal stehen!» Patrick griff nach ihrem Arm. Er klang ehrlich verzweifelt. Dieser verdammte Schauspieler!

«Weißt du, wie ich mich gerade fühle?» Grenzenlose Enttäuschung fraß sich bis in ihre Seele. «Du hast mich eiskalt benutzt! Dieses Video gehört zu deinem blöden Experiment! Oder besser: Es gibt gar kein Experiment, sondern ihr dreht hier eure Privatpornos, und ich war die Hauptattraktion!» Er hatte genau gewusst, was sich in der Klause abspielte. Deshalb war es ihm auch so wichtig gewesen, dass sie freiwillig mitmachte. Damit sie später nicht sagen konnte, er hätte sie gezwungen!

Patrick umklammerte immer noch ihren Arm. «Julia, das stimmt nicht. Ich hatte von der Kamera keine Ahnung!»

«Lügner! Du warst doch schon früher hier. Deshalb hast du mir auch die Augen verbunden. Damit ich die Kamera nicht entdecke!» Oh, sie war so sauer, sie hätte explodieren können.

«Ich hab das getan, damit ...»

«Hör auf mit den Ausreden!» Sie riss sich von ihm los und stapfte weiter. «Ich fahre mit der U-Bahn nach Hause.»

«Ich lass dich um diese Zeit nicht allein!»

«Na, vielen Dank. Du bist ja ein echter Gentleman. Aber etwas Schlimmeres als gerade eben kann mir sowieso nicht mehr passieren.» Ja, sie hatte bei allem freiwillig mitgemacht und den Abend genossen. Trotzdem fühlte sie sich ausgenutzt. Hintergangen. Für Patrick war sie lediglich ein Sexobjekt. Sie bedeutete ihm nichts.

«Zum Glück hat nur der Sklave ... O mein Gott, was hättest du beim nächsten Mal vorgehabt? Dass alle mich ...» Ihre Stimme brach.

«Julia, das war immer nur ich, und ich hätte nie zugelassen, dass ein anderer mit dir schläft!»

«Ich glaub dir kein Wort!» Er war kein bisschen besser als ihr Ex. Schlimmer noch: Er hatte sie in ein perfides Spiel verwickelt, um sie für seine widerlichen Zwecke zu missbrauchen.

«Genau wie Robert», stammelte sie, wobei sie mühsam ihre Tränen unterdrückte. Sie würde sich keine weitere Blöße mehr vor ihm geben. Was für ein Albtraum!

«Wer ist Robert?»

Wie hatte sie nur so dumm sein und sich auf diesen Mann einlassen können? Sie kannte ihn doch erst wenige Wochen! Mit Robert war sie mehrere Monate zusammen gewesen, bevor sie seinen wahren Charakter entdeckt hatte. Und jetzt machte sie denselben Fehler zum zweiten Mal.

«Julia, bitte, lass uns in Ruhe drüber reden. Wir gehen zurück, und Wilhelm wird dir bestätigen, dass ich keine Ahnung von der Kamera hatte.»

«Ihr steckt doch alle unter einer Decke.» War Patricks frühere Freundin auch davongelaufen, weil er seine Spielchen mit ihr gespielt hatte? War sie ebenfalls gutgläubig in das Schloss gekommen und dort heimlich gefilmt worden? Verdammt! Julia wusste gar nicht mehr, was sie noch glauben sollte.

«Sei einfach still und spar dir deine Lügen», sagte sie und war überrascht, als Patrick tatsächlich schwieg.

Ohne weitere Worte zu wechseln, fuhren sie nach Hause. Julia schaute ihn nicht an, verabschiedete sich nicht und drehte sich kein einziges Mal nach ihm um, als sie ausstieg.

Am nächsten Tag um die Mittagszeit quälte sich Julia aus dem Bett. Es war Montag, und sie musste eigentlich arbeiten, hatte sich am Morgen jedoch krankgemeldet. Was sie sehr selten tat. Aber sie hatte die restliche Nacht kein Auge zugemacht und sah verheult aus. Alles wegen Patrick.

Die ganze Zeit hatte sie sein Bild vor Augen: das harte,

männliche Gesicht, den attraktiven Körper, sein atemberaubendes Lächeln. Wie wohl sie sich bei ihm gefühlt hatte, wie sicher. Er hatte ihr sogar vorgegaukelt, er würde ihre Brüste lieben. Und wie verzweifelt er ausgesehen hatte. Das konnte doch niemand spielen? Patrick anscheinend schon. Sie wusste, wie gut er in eine Rolle schlüpfen konnte. Er war der geborene Schauspieler.

Alles Lug und Trug. Niemals hatte er gesagt, er würde sie lieben. Warum auch.

Erneut hatte es ein Mann geschafft, ihre Welt zum Einsturz zu bringen. Von nun an würde sie wie eine Nonne leben, dann konnte ihr kein Kerl je wieder wehtun.

Nachdem sie sich einen Kaffee aufgebrüht hatte, schlurfte sie zum Computer, um die Mails zu checken. Patricks Nachrichten würde sie gleich löschen. Nichts sollte sie an ihn erinnern. Besser, sie vergaß ihn. Und bei der Agentur würde sie nachfragen, ob sie mit einem anderen Partner die Führung machen konnte. Früher hatte sie schließlich mit Peter zusammengearbeitet, aber der hatte mittwochs plötzlich nicht mehr gekonnt.

Irgendwie hoffte Julia trotzdem, Patrick hätte ihr eine Nachricht geschickt. Eine Entschuldigung. Die Bitte um ein Treffen, eine Aussprache. Aber weder auf dem Handy noch per Mail hatte er sich gemeldet.

Er hatte sie schon abgehakt. Dann waren seine Gefühle ja nicht besonders stark gewesen. Die Enttäuschung schmerzte so sehr, dass die Tränen plötzlich wie Sturzbäche über ihre Wangen liefen. Erst als es plötzlich «pling» machte, wischte sie sich die Feuchtigkeit aus dem Gesicht. Eine neue E-Mail! Von Patrick?

Nein. Der Absender war eine Wachgesellschaft.

Ihre Finger auf der Maus zitterten, als sie die Mitteilung überflog. Sie war froh zu sitzen, so sehr bebten ihre Knie. Ein Mitarbeiter der Bayerischen Schlösserverwaltung zitierte sie für heute Abend um sieben in sein Büro, das auf dem Schlossgelände lag. Ihr wurde vorgeworfen, in die Magdalenenklause eingebrochen zu sein.

Julia wurde abwechselnd heiß und kalt. Wie war sie aufgeflogen? Und woher kannte der Wachmann ihre Mailadresse?

Moment – ob Patrick sie verpfiffen hatte?

Oh, dieser Feigling!

Oder … Nein, das traute er sich nicht. War das vielleicht eine Einladung zum nächsten Spiel? War er wirklich derart abgebrüht?

Julia war so wütend, dass sie am liebsten den Monitor gepackt und zu Boden geschleudert hätte. Sie wollte schreien, irgendetwas zerstören – aber das half ja auch nichts. Nein, sie musste dorthin gehen, um die Sache zu klären. Falls Patrick irgendwie dahintersteckte, würde sie diesem miesen Chauvi gehörig den Kopf waschen. Und wenn es das Letzte war, was sie tat.

Pünktlich um neunzehn Uhr klingelte sie beim Büro der Wachgesellschaft. Julia betrachtete das Schild genauer und biss sich auf die Unterlippe. Es sah ziemlich echt aus.

Nachdem sich der Nachmittag wie Kaugummi gezogen und sie sich hundert Mal überlegt hatte, Patrick anzurufen und ihm die Meinung zu sagen, war Julia in die U-Bahn gestiegen und zum Marienplatz gefahren. Dort hatte sie in einem Café etwas gegessen – oder es zumindest versucht, doch mehr als zwei Bissen des Bagels hatte sie nicht herunterbekommen. Anschließend war sie ziellos durch einige Kaufhäuser gestreift, weil es dort kühler war als draußen, und später zum Nymphenburger Schloss weitergefahren. Sie war nicht so feige wie er. Sie würde ihm ins Gesicht sagen, was sie von ihm hielt.

Der Türöffner summte, und sie trat ein. Ein Mann mit wasserstoffblondem Haar – Julia schätzte ihn auf Mitte dreißig – kam ihr entgegen. «Sie müssen Julia Krämer sein.»

Mechanisch nickte sie. Diese Stimme kannte sie doch! «Sie sind Wilhelm!»

Was wusste der Mann alles von ihr? Er trug keine Uniform, sondern war normal gekleidet, in Jeans und Hemd. Das nahm ihr ein wenig die Furcht. Kein Wachmann. Auch sah er nicht unfreundlich aus, sondern lächelte sie an. «Eigentlich heiße ich Wolfgang. Wolfgang Hartmann.»

Als er ihr die Hand hinstreckte, zögerte Julia kurz, schüttelte sie dann aber trotzdem.

Herr Hartmann bat sie, ihm zu folgen. Mit zitternden Knien ging sie hinter ihm her. Ob die anderen Teilnehmer der nächtlichen Orgie wohl auch herzitiert worden waren? Aber außer ihr schien niemand hier zu sein.

Im Vorbeilaufen erhaschte Julia einen Blick auf eine winzige Teeküche, eine Tür mit der Aufschrift «WC» und einen weiteren Raum, in dem sich Kartons stapelten.

Herr Hartmann führte sie in ein Zimmer voller Monitore. Auf jedem war ein anderer Ausschnitt des Parks und der Räume im Schloss zu sehen.

«Sie sind tatsächlich Wachmann», stammelte Julia. Aber

dann spürte sie erneut diese Wut in sich aufsteigen. «Sie missbrauchen Ihre Stellung!» Jetzt war ihr klar, von wem Patrick den Schlüssel hatte. «Was soll das hier werden?! Und vor allem: Was soll diese blöde Mail?»

«Beruhigen Sie sich bitte.»

Während Herr Hartmann gefasst blieb, klang ihre Stimme immer schriller. «Woher haben Sie meine Adresse?»

«Nachdem Patrick mir Ihren Namen verraten hat, habe ich gegoogelt und Ihre E-Mail auf Ihrem Facebook-Profil gefunden», sagte er hastig. «Patrick weiß nichts davon.»

Sie schluckte. Panik befiel sie. Was wollte der Kerl von ihr?

Er kratzte sich an der Schläfe und deutete auf einen von zwei freien Stühlen, die vor dem einzigen Schreibtisch standen. «Bitte setzen Sie sich, und ich erkläre Ihnen alles.»

Sie nahm Platz, wobei sie die Finger in ihre Handtasche krallte. Darin befand sich Tränengas. Das würde sie sofort benutzen, wenn er es wagen sollte, sie anzufassen!

«Ich bitte Sie, sich etwas anzusehen. Danach werden Sie verstehen.» Herr Hartmann schob eine DVD in den Computer und schaltete an einem der Monitore herum. Er drehte an einem Rad, bis die digitale Anzeige 40:35 anzeigte. Das Bild flackerte kurz, aber dann offenbarte sich Julia das Grauen. Sie wusste sofort, wer die nackte Frau war, die mit gespreizten Beinen auf dem Tisch in der Magdalenenklause lag. Beschämt wandte sie den Kopf ab.

«Bitte, es ist wichtig!»

Julia sprang auf. «Sie perverser Mistkerl!»

«Bitte, Julia, schauen Sie sich das an, und Sie werden sehen, dass Patrick Sie nicht belogen hat!»

Was? Zögernd drehte sich Julia zum Monitor um. Gerade kam die Stelle, als Patrick den Vibrator in sie schob. Sie zwang sich, einen Moment lang hinzusehen. Es war so unglaublich entwürdigend. Aber trotzdem: Hatte er vielleicht doch die Wahrheit gesagt? Tatsächlich war es immer nur er gewesen, der sie befriedigt hatte, denn Franzl befand sich nicht einmal in ihrer Nähe! Er durfte sich mit Wilhelms Sklaven vergnügen, der gleichzeitig seinen Herrn befriedigte. Margarete schaute abwechselnd zu Julia und den drei Männern. Offensichtlich konnte sie sich nicht entscheiden, welcher Anblick sie mehr faszinierte.

Patrick hatte sie nicht mit anderen teilen wollen.

Julia sah sich auf dem Video aus dem Raum stürmen. Patrick starrte ihr hinterher, wandte sich dann jedoch an Wilhelm und fuhr ihn aufgebracht an. «Verdammt! Du hast mit keinem Wort erwähnt, dass ihr das alles aufzeichnet!»

Julia ließ sich zurück auf den Stuhl sinken. Patrick war total außer sich! Er wäre Wilhelm wohl an die Gurgel gegangen, wenn sie nicht davongelaufen wäre.

«Tut mir leid! Ich hab vergessen, dass du ja noch nichts von den Kameras weißt!», rief ihm Wilhelm hinterher.

Plötzlich klingelte es an der Tür. Herr Hartmann schaltete den Film aus.

Julia hatte ohnehin genug gesehen. Patrick war wirklich unschuldig!

Herr Hartmann holte die DVD heraus und steckte sie in ein Gerät, das wie ein Aktenvernichter aussah. Laut krachend wurde das Plastik geschreddert. Die Aufzeichnung war zerstört.

«Entschuldigen Sie mich einen Moment», sagte er und ließ sie allein.

Sie hörte, wie er in den Flur trat und die Tür öffnete. Sofort ertönte eine aufgebrachte Stimme: «Warum hast du mich herbestellt? Zwischen uns ist alles gesagt.»

Es war Patrick!

«Mir tut es so leid, dass das mit dir und deiner Freundin schiefgegangen ist. Deshalb wollte ich es wieder geradebiegen», erwiderte Herr Hartmann.

«Geradebiegen?» Patricks Stimme klang bitter. «Julia ist weg. Sie hasst mich, sie glaubt mir nicht! Und nur, weil du mir verschwiegen hast, dass ihr eure Spielchen jetzt aufzeichnet!»

«Es ist alles okay und ich habe die Aufnahme vernichtet», unterbrach ihn Wilhelm, aber Patrick redete unaufhörlich weiter.

«Julia war das Beste, was mir je passiert ist. Deinetwegen habe ich sie verloren!»

«Patrick, bitte ...»

«Endlich, nach so langer Zeit, habe ich mich getraut, wieder jemanden in mein Herz zu lassen. Ich habe eine Frau gefunden, die perfekt zu mir passt, die meine Neigung teilt und die mir sogar helfen wollte, mein Buch zu beenden!»

Julia hörte so gebannt zu, dass sie beinahe vergessen hätte zu atmen. Sie holte tief Luft und stand auf. Langsam ging sie zur Tür. Ihre Knie zitterten so stark, dass sie befürchtete, sie würde hinfallen.

Hieß das, Patrick liebte sie?

«Beruhige dich», hörte sie Wilhelm ... Herrn Hartmann sagen. «Du kannst Julia das alles selbst erzählen.»

«Machst du Witze?», knurrte Patrick.

«Sie ist hier.»

«Was?»

Julia trat hinaus in den Flur.

«Julia!» Es war das erste Mal, dass sie Patrick rot werden sah. Der zornige Ausdruck wich, seine Augen wurden groß. «Hast du ...»

«Ich habe alles gehört», wisperte sie. Vor Erleichterung wollte sie weinen, lachen, schreien – alles zugleich.

Auch Patricks Augen schimmerten feucht. Er sah so gut aus, in Jeans und T-Shirt. Jetzt, wo sie wusste, dass alles ein Missverständnis war, liebte Julia ihn umso mehr.

«Es tut mir so leid, dass ich dir nicht geglaubt habe.» Bevor sie schluchzend zusammenbrach, hatte Patrick sie aufgefangen. Er drückte sie fest an sich und gab ihr den Halt, den sie so dringend brauchte.

Julia vergrub die Nase an seinem Hals, um tief seinen Geruch einzuatmen. Ihre Hände presste sie auf seinen Rücken. Sie musste ihn spüren, ihm so nah sein wie möglich.

«Ich, ähm ... geh mal raus und sperre die Eingänge ab», sagte Herr Hartmann, bevor er verschwand.

Julia war mit Patrick allein.

Er umfasste ihr Gesicht. «Ich ...» Lächelnd schüttelte er den Kopf. «Ich wollte dir so viel sagen, und jetzt weiß ich nicht, wo ich anfangen soll.»

Wie wäre es mit: Ich liebe dich?, dachte sie.

«Ich bin überglücklich, dass dieses Missverständnis aus der Welt ist.»

«Und ich erst.» Julia wischte sich über die feuchten Augen. «Ich wollte schon fast ins Kloster gehen.»

«Das hätte ich auf jeden Fall verhindert», erwiderte er schmunzelnd. Im nächsten Moment wurde Patrick wieder ernst. «Dieser Robert hat dir sehr wehgetan, oder?»

Neue Tränen trübten ihre Sicht. «Wegen dem Typen hab ich eine Menge Komplexe. Deshalb bin ich so ausgerastet und wollte dir nicht glauben.»

«Ist gut», sagte er leise und streichelte ihren Rücken. «Du brauchst dich nicht zu entschuldigen. Ich bin derjenige, der hier Mist gebaut hat. Aber jetzt ist alles wieder in Ordnung.»

Mit beiden Händen umfasste er ihr Gesicht und sah ihr tief in die Augen. «Trotz deiner bösen Erfahrungen warst du sehr mutig.»

«Na ja.» Sie zuckte mit den Schultern. «Ich wollte dir unbedingt beweisen, dass ich eine gute Sklavin bin, damit du mich … magst.»

Patrick drückte sie an den Oberarmen zurück und sah sie streng an. Eigentlich sah er fast erschrocken aus. «Du hast das *mir* zuliebe getan?»

«Ein wenig», gab sie kleinlaut zu.

Patrick schüttelte den Kopf. «Tu nie wieder jemandem etwas zuliebe, wenn du nicht völlig dahinterstehst. Außerdem habe ich dich schon vorher gemocht, deinetwegen bin ich ja zu dieser Agentur gegangen.» Ein Schatten huschte über sein Gesicht. «Hat dir denn wenigstens ein bisschen gefallen, was wir getan haben?»

«Ein bisschen?» Was hatte er plötzlich? «Es war das beste Erlebnis meines Lebens!»

Aufatmend zog er sie wieder in seine Arme. «Da bin ich aber froh. Bitte sei immer ehrlich zu mir und tu nichts, was dir nicht gefällt.»

Plötzlich wurde Julia klar, dass sie nicht die Einzige war, die mit den Dämonen der Vergangenheit zu kämpfen hatte. «Willst du darüber reden?», flüsterte sie und schmiegte ihren Kopf in seine Halsbeuge. Mmm, wie gut er dort roch.

«Ich ... war mal mit einer Frau zusammen, die meine Vorlieben zu teilen schien. Ich war gerade mit dem Studium fertig, und wir zogen gleich zusammen. Es ging ein Jahr gut, dann hat sie mich von heute auf morgen verlassen. Einfach so, ohne Begründung. Erst später erfuhr ich, dass sie sich eigentlich nur mir zuliebe unterwarf.»

Jetzt verstand Julia sein Zögern vor der Grotte und warum er ihr nie seine Gefühle gestanden hatte.

«War sie ...» Julia schluckte. «Hast du sie auch in die Ruine mitgenommen?»

Patrick nickte. «Ja. Ich dachte, es würde ihr gefallen. Hat es dann ja auch. Aber aus anderen Gründen. In Wahrheit hat sie sich nämlich in einen der Sklaven verliebt.» Er seufzte.

«Mit dem ist sie durchgebrannt?»

«Sozusagen», erwiderte er leise. «Lass uns nicht von der Vergangenheit reden. Jetzt gibt es uns, und nur das zählt.» Er räusperte sich. «Hast du vielleicht Lust, irgendwo ein Eis essen zu gehen? Der Abend ist so schön.»

Julias Herz schlug schneller. «Ein Eis wäre wunderbar.»

Lächelnd griff er nach ihrer Hand. «Vielleicht sollten wir noch mal von vorne anfangen, wie bei einem ersten Date.»

«Zwick mich mal», sagte sie und lachte, als er sie tatsächlich in den Arm kniff. «Was soll das eigentlich heißen: Du bist meinetwegen zur Agentur gekommen?»

Inzwischen hatten sie das Schloss verlassen, und er zog die Tür hinter ihnen zu. Die Besucherparkplätze leerten sich, und von Herrn Hartmann war nichts zu sehen. Der Abend war warm und wolkenlos. Ein herrlicher Tag für einen Neubeginn.

«Nach meiner Trennung von Barbara war ich lange nicht mehr hier», begann er zögerlich.

Julias Magen verkrampfte sich. Barbara hieß sie also.

«Dann war ich eine Zeitlang jeden Nachmittag im Botanischen Garten, um die Schmetterlinge zu beobachten. Eines Tages kam ich auf die Idee, Wolfgang zu besuchen. Ihm einfach mal hallo zu sagen und mich zu erkundigen, wie es den anderen geht.»

«Du meinst Margarete und Co?»

Patrick nickte lächelnd, während sie an dem großen Brunnen vorbeigingen. «Ich weiß, sie ist nicht dein Fall. Meiner übrigens auch nicht.»

Es tat so gut, ihn fröhlich zu sehen. Einfach er selbst. Ein ganz normaler Mann mit einem äußerst spannenden Sexleben.

«Wir haben uns vor vielen Jahren auf einem BDSM-Treffen kennengelernt und herausgefunden, dass wir eine gemeinsame Vorliebe für historische Rollenspiele haben. Als dann Wolfgang sagte, er arbeite hier als Wachmann, war uns allen klar, wo wir weiterspielen würden.»

Julia konnte ihre Ungeduld kaum zügeln. «Du wolltest Wolfgang besuchen und ...»

«... und da sah ich dich. In deinem Zofenkleid, wie du die Besucher vor dem Schloss begrüßt hast. Ich war so fasziniert von dir, dass ich mich sofort für eine Führung angemeldet habe.»

Julia überlegte scharf. «Ich kann mich nicht an dich erinnern.» Dabei war er ein Mann, den man so schnell nicht vergaß.

«Ich habe mich im Hintergrund gehalten, um dich in Ruhe zu beobachten. Damit ich meinen Tagträumen nachhängen konnte.»

«Lüstling», flüsterte sie und erntete dafür einen strengen Blick.

«Ich werde dir deinen Ungehorsam schon noch austreiben», sagte Patrick mit einem gefährlichen Glitzern in den Augen. Doch gleichzeitig umspielte ein Schmunzeln seine Mundwinkel.

Es machte Spaß, mit ihm herumzualbern. Julia fühlte sich so leicht, als würde sie jeden Moment davonschweben.

Er hielt ihr die Autotür auf, und sie stieg ein. Patrick nahm neben ihr Platz, startete den VW jedoch nicht. «Ich lebe schon eine Weile allein. Irgendwie habe ich gedacht, ich finde nie mehr eine Frau, die zu mir passt. Doch dann habe ich dich in deinem Zofenkostüm gesehen. Du schienst völlig in deiner Rolle aufzugehen, und ich konnte dich einfach nicht mehr vergessen.»

Gebannt lauschte Julia seinen Worten. Patrick hielt den Kopf gesenkt und spielte nervös mit seinem Schlüsselbund.

«Ursprünglich wollte ich keine feste Beziehung, nur eine Spielpartnerin. Aber ich habe mich in dich verliebt. Leider wurde mir das erst klar, als alles zwischen uns zu Ende schien.»

Julia holte tief Luft. Ihr war ganz schwindlig.

Patrick schaute sie an und griff nach ihrer Hand. «Ich habe alles getan, um dir nahe zu sein.»

«Was hast du gesagt?», flüsterte sie.

«Ich habe mich bei der Agentur angemeldet. Und ich habe Peter bestochen, den Tag mit mir zu tauschen, damit wir zusammen sind.»

Sie zitterte am ganzen Körper. «Nein, das davor, den Teil mit der Liebe.»

«Ich liebe dich, Julia, wie verrückt sogar.» Einen Moment lang wirkte er leicht verunsichert.

Doch das änderte sich sofort, als Julia ihm stürmisch um den Hals fiel. «Und ich liebe dich ... äh, Euch, mein Herr.»

Sie besiegelten ihren Neubeginn mit vielen Küssen, die Julias Inneres zum Glühen brachten. «Stimmt es eigentlich, dass sich Schmetterlinge über Stunden lieben?», fragte sie an seinen Lippen.

Er nickte. «Passionsfalter sogar bis zu sechs Stunden.»

Sehnsüchtig seufzte sie und löste sich von ihm. «Ich wünschte, wir wären Schmetterlinge.»

«Ich denke, das bekommen wir auch so hin», sagte er und startete grinsend den Wagen. «Gleich nach dem Eis. Die Nacht gehört uns, meine Dienerin.»

Englisch im Garten[*]

War es richtig, was er gleich tun würde?

Eine Sporttasche in der Hand, spazierte Tom durch den Englischen Garten. Es roch nach gemähtem Gras, und er vernahm das sanfte Rauschen des Baches, der durch den Park führte. Beinahe übertönte das fließende Wasser den klopfenden Puls in seinen Ohren.

Obwohl es erst früh am Morgen war und die Luft noch frisch, schwitzte Tom leicht. So aufgeregt war er schon lange nicht mehr gewesen.

Der südliche Teil der riesigen Grünanlage, hinter dem Haus der Kunst, war offiziell für FKK-Anhänger freigegeben. Dort wollte Tom nach Nacktbadenden Ausschau halten. Jetzt trieb sich allerdings noch kaum jemand auf der Schönfeldwiese herum. Doch laut Wetterbericht sollte es ein heißer Sommertag werden, dann würde es hier vor Leuten wimmeln.

Die junge Frau mit den schwarzen Haaren fiel ihm sofort auf. Nach ihr hatte er gesucht. Sie lag allein, abseits auf einer Decke neben einer Baumgruppe, an die sich ein Wäldchen anschloss. Ungeniert rekelte sie sich in der Sonne. Ihre Brustspitzen waren hart, das erkannte Tom

* Als «englisch» werden erzieherische Rollenspiele bezeichnet, die sadistische oder masochistische Züge aufweisen können, wie etwa Spanking oder andere Bestrafungen, ohne dass dem devoten Part direkt körperlicher Schmerz zugefügt wird. Dazu gehören auch Bondage oder die Einschränkung von Hören, Sehen und Fühlen.

sogar aus der Ferne. Ob das an der kühlen Morgenluft lag, oder war sie erregt?

Das würde er herausfinden.

Er verstärkte den Griff um die Henkel. Die Tasche enthielt wichtige Utensilien, mit denen er der Kleinen die Flausen austreiben würde. Was erlaubte sie sich, ihren Körper derart freizügig zu präsentieren? Jeder Mann, der sie ansah, musste unweigerlich geil werden!

In seiner Hose zuckte es. Das Mädchen war genau nach seinem Geschmack: schlank, apfelgroße Brüste, zierliche Statur. Dadurch wirkte sie jünger, als sie war. Wie süße neunzehn.

Sie drehte sich auf den Bauch und zupfte an den Fransen der Decke. Wenige Sekunden später legte sie sich auf die Seite, ihm den Rücken zugedreht. Ihre Haut war gebräunt, lediglich die Stellen, an denen sie einen knappen Bikini getragen hatte, waren heller. Ihr runder Knackpo war eine Sünde. Wie konnte sie den so schamlos zur Schau stellen!?

Die Kleine hielt es nie lange in einer Position aus, wälzte sich vom Bauch auf den Rücken und wieder herum. Was für ein Früchtchen!, dachte Tom, als sie ihre Beine öffnete. Jeder, der an ihr vorbeiging, konnte ihre Schamlippen sehen.

Hektisch fuhr er sich mit der freien Hand durch das blonde Haar und wartete ab, bis drei Jugendliche, die sich in der Nähe aufhielten, zum Ufer gingen. Der Schwabinger Bach – ein Seitenarm des Eisbachs – floss mit starker Strömung entlang der Wiese. Das Wasser war kühl und klar, eine herrliche Erfrischung an heißen Tagen. Es gab nur einen Nachteil: den Spazierweg auf der gegenüberliegenden Seite des Gewässers. Dort blieben oft Touristen stehen, um die Nackten zu fotografieren. Jetzt aber war keiner da, der Zeuge seines Auftritts werden konnte. Die Jungs bespritzten sich prustend mit dem kalten Nass und waren abgelenkt. Ja, besser, sie gingen auf Abstand. Einer dieser Schnösel hatte sein Mädchen schon zu lange angestarrt. Die Kleine gehörte ihm, nur ihm allein!

Als er sich unbeobachtet fühlte, eilte er zu ihr. Mit der Sporttasche sah Tom aus wie jemand, der selbst zum Baden herkam. Gekleidet war er normal, in Jeans und T-Shirt. Nur auf eine Unterhose hatte er verzichtet. Für sein Vorhaben musste es schnell gehen.

Sein Schwanz war hart, noch bevor er das Mädchen erreichte. Tom stellte sich so vor sie, dass er ihr die Sonne nahm.

Als sie die Augen aufriss, beugte er sich zu ihr und hielt ihr kurz seinen Ausweis vor die Nase. «Ordnungsamt.»

«Was?» Sofort setzte sie sich auf und bedeckte sich mit ihrem Handtuch. Außer der Kleidung, die neben ihrer Decke lag, schien sie nicht viel dabeizuhaben.

«Ich muss Sie mitnehmen. Nacktbaden ist hier verboten», sagte er so streng wie möglich – was ihm schwerfiel, da sie so eingeschüchtert aussah. Das machte ihn noch heißer.

«Ist es nicht», protestierte sie. «Hier ist es erlaubt!»

Stumm starrte er sie an.

«O-oder nicht?» Die Unsicherheit stand ihr ins Gesicht geschrieben. «Falls das geändert wurde, weiß ich davon nichts.»

«Unwissenheit schützt nicht vor Strafe.»

«Strafe?»

Er sah, wie sie schluckte. Ihre dunkelgrauen Augen waren riesengroß, wie bei einem verschreckten Tier.

«Sind Sie überhaupt vom Ordnungsamt? Warum tragen Sie keine Uniform?»

«Ich bin zivil unterwegs.» Er lächelte kühl. «Sonst wären ja alle gewarnt.»

Tom schaute sich um. Die Jungs waren immer noch im Wasser, und in unmittelbarer Nähe hielt sich niemand anderes auf. Die Gelegenheit war günstig. «Wie heißen Sie?»

«S-Sonja», stotterte sie. «Sonja Brandl.»

«Mitkommen!», befahl er.

«Wohin?»

Mit dem Kopf deutete er auf die Bäume. In dem Wäldchen würde niemand bemerken, wie er sie verhörte. Auf seine Art.

Als Sonja sich anziehen wollte, riss er ihr die Kleidungsstücke aus der Hand: Flipflops, eine knappe Shorts und ein Trägertop. «Die nehme ich.» Er raffte alles zusammen und rollte es mit ihrem Handtuch in die Decke ein.

«Aber ... Warum darf ich mich nicht anziehen?» Ihre Wangen färbten sich tiefrot. Sie versuchte, ihre Scham mit den Händen zu bedecken. Sie war blitzblank rasiert. Das gefiel Tom. Haare störten ohnehin nur, außerdem sah sie so noch verletzlicher aus. Unschuldig.

Statt zu antworten, packte er sie am Handgelenk und zog sie mit sich, die Sporttasche in der anderen Hand, die eingerollte Decke unter die Achsel geklemmt.

«Bitte, zeigen Sie mich nicht an!» Sonja stolperte hinter ihm her, während sie tiefer in das Wäldchen marschierten, immer am Eisbach entlang, bis zu der Stelle, an der das Wasser über eine große Stufe floss. Dort rauschte es so laut, dass alle anderen Geräusche übertönt wurden.

Tom warf die Decke auf den Boden und zerrte Sonja zu einem großen Laubbaum, der eine glatte Rinde und einen dicken Ast genau in der richtigen Höhe besaß – über ihrem Kopf. Die Hände an ihren Schultern, dirigierte er sie rückwärts zum Stamm, bis sie dagegenstieß.

«Warum sollte ich dich nicht anzeigen?» Tom versuchte, möglichst furchteinflößend auf sie hinunterzusehen. Sonja war kleiner als er und starrte genau auf seine Brust. Unter seinem enganliegenden T-Shirt wölbten sich Muskeln. Er trainierte viel und war stolz auf seinen Körper. Man sah die Kraft, die in ihm steckte.

«W-weil ich einen Freund habe, der ist … arbeitet … für das Gesetz. Er darf das niemals erfahren.»

Tom versteifte sich kurz. Wenn jemand sie hier erwischte und die Polizei oder tatsächlich das Ordnungsamt informierte, ginge es ihm an den Kragen. Er riskierte viel. Nur wegen seiner Geilheit. «So, quasi ein Kollege. Wie heißt er denn?»

Sie stieß die Luft aus und presste den Rücken gegen den Stamm. «Er … nein … bitte! Ich möchte nicht, dass er Probleme bekommt.»

«Gut, vielleicht können wir das unter uns klären», sagte er leise und beugte sich nah zu ihr. Wie sie duftete … himmlisch. Wie eine Blume.

Sie schlug die Augen nieder. «Das wäre sehr nett von Ihnen.»

Ihre Unterwürfigkeit machte ihn so spitz, dass seine Hose beinahe platzte. Wenn er nicht bald seinen Schwanz befreite, würde Tom wahnsinnig werden. Ohnehin wollte er am liebsten sofort über sie herfallen, sie hart ficken, sie … Stopp!, ermahnte er sich, um nicht auf der Stelle zu kommen.

Alles zu seiner Zeit. Tom wollte spielen. Sich an Sonjas Reaktionen weiden. Aber vorher musste er sie fixieren, dann machte es mehr Spaß.

«Arme über den Kopf», verlangte er.

«Was haben Sie vor?» Ihre Stimme war nicht mehr als ein Hauch.

Tom zog Handschellen aus seiner Sporttasche, ergriff Sonjas Handgelenke und hob ihre Arme hoch. Wie schlank sie waren.

Sonja war nicht mager, aber da sie so klein und zierlich war, wirkte sie zart.

Sie leistete kaum Widerstand, als er ihre Hände an den Ast kettete. Daran würde sie sich festhalten können, falls es zu heftig wurde.

Ihre Augen vergrößerten sich erneut. «Was soll das? Warum tun Sie das?»

«Du wirst deine Strafe gleich hier ableisten, und ich sehe von einer Anzeige ab.»

Ihr Atem raste, und sie bekam am ganzen Körper eine Gänsehaut.

Als er einen schwarzen Schlagstock aus der Tasche zog, holte sie scharf Luft. Ihre großen dunklen Augen, ihr flackernder Blick, das feingeschnittene Gesicht und die langen schwarzen Haare, die ihr bis zu den Brustspitzen reichten, erinnerten Tom an Schneewittchen. Verletzlich, süß und unschuldig.

«Bitte tun Sie mir nicht weh!», flehte sie.

Tom weidete sich an ihrer Furcht. Hektisch blickte sie

sich um. Suchte sie Hilfe? Oder hatte sie Angst, in dieser ausgelieferten Pose von anderen beobachtet zu werden? Die Vorstellung, dass ihnen jemand zusah, erregte ihn zusätzlich.

«Wenn du dich nicht wehrst, wirst du keine allzu großen Schmerzen haben.» Er berührte ihre Brüste, die jetzt kleiner wirkten, da sie die Arme nach oben gestreckt hatte. Ihre Haut fühlte sich warm und glatt an. Am liebsten wollte Tom sie überall ablecken.

Sonja schloss die Augen. «Ich werde artig sein», versprach sie.

Zärtlich streichelte er über ihr Gesicht. «Braves Mädchen. So möchte ich das.»

Ihre vollen Lippen erweckten in ihm den Wunsch, sie zu schmecken, seine Zunge in ihren Mund zu stoßen.

Seufzend schmiegte Sonja ihre Wange in seine Handfläche. Dieses Luder! Sie wusste genau, wie das auf ihn wirkte.

Sein Herz wummerte wie verrückt. Sie vertraute ihm, obwohl sie ihm ausgeliefert war.

Toms Fingerspitzen wanderten über ihr Kinn, ihren schlanken Hals und erneut zu den Brüsten. Sachte drückte er ihre Nippel zusammen. Sie waren hart, wie kleine Kugeln.

Er konnte nicht anders, er musste sie in den Mund nehmen. Tom ging in die Hocke, um die zarten Spitzen abwechselnd einzusaugen, fest und ohne Nachsicht. Mit der Zungenspitze neckte er die Warzen oder schabte mit den Zähnen darüber.

Leise stöhnend wand sich Sonja.

Er schaute zu ihr auf, in ihr elfenhaftes Gesicht. «Tut das weh?»

Sie nickte.

«Gut, denn es soll eine Strafe sein und keinen Spaß machen.»

Ihre Nippel glichen Beeren. Dunkelrot und saftig. Sanft biss er hinein, woraufhin sie einen unterdrückten Schrei ausstieß.

Rasch presste er seine Finger auf ihren Mund; die andere Hand verkrampfte sich um seinen Schlagstock. «Still! Keinen Laut!»

Sie nickte erneut.

Ihr abgehackter Atem traf auf seinen Handrücken. Tom würde die Kleine knebeln, wenn sie noch einen Ton von sich gab.

Hastig sah er sich um. Sie waren immer noch allein, nur umgeben von Natur. In der Ferne hörte er die Jungs, die im Wasser herumalberten. Sie hatten nichts bemerkt.

Langsam nahm er die Hand weg, wobei er versuchte, sein Zittern zu verbergen. War er jemals zuvor so nervös gewesen?

«Schön artig sein», raunte er und legte erneut einen Finger an ihre Lippen. Sie waren weich wie Seidenkissen. Damit konnte sie seinen Schwanz wunderbar zärtlich verwöhnen.

Fuck!, fluchte er in Gedanken. Allein Sonja anzusehen und sich auszumalen, wie sie ihm auf alle erdenklichen Arten Lust verschaffte, brachte ihn fast zum Abspritzen.

Tom musste sich ablenken. Tief durchatmend ließ er den Blick zum Bach schweifen und beobachtete eine Amsel, die am Ufer saß und in der Erde nach Futter pickte. Er überlegte, was er heute Mittag zum Essen zubereiten sollte. Tom kochte mit Leidenschaft. Gern kombinierte er

Nahrungsmittel auch mit Sex, fesselte seine lebendige Servierplatte und verteilte Obststückchen auf ihrem nackten Körper, die er anschließend ... Nein, keine gute Idee, jetzt ans Essen zu denken.

Er wandte sich wieder seinem Opfer zu und knabberte an den in die Höhe gestreckten Armen entlang. Weit kam er jedoch nicht, weil Sonja kicherte und zappelte.

Streng schaute er sie an. «Hab ich dir nicht gesagt, dass du still sein sollst?»

«Ja, das haben Sie», sagte sie leise. «Es tut mir leid.»

Er hob ihr Kinn an. «Brav, wie du dich entschuldigst. Dein Freund hat dich gut erzogen.»

«Er ist der Beste», erwiderte sie mit fester Stimme und sah ihm direkt in die Augen.

Tom schmunzelte. Was für eine Göre.

Er ging in die Hocke und leckte über ihre makellose Haut, die sich kühl und glatt anfühlte, bis er zu ihrer Scham kam. Dort atmete er tief ihren Geruch ein, wobei er ständig zu ihr hochblickte, um ihre Reaktionen zu überprüfen.

Sonjas Wangen brannten. Es war ihr offensichtlich peinlich, dass er sie roch. In ihrer Spalte glitzerte es. Mit Daumen und Zeigefinger zog er sie auseinander.

«Du bist geil», stellte er kopfschüttelnd fest, fasste unter ihr Knie und hob eines ihrer Beine an.

Sonja keuchte auf, als sich ihre zierliche Spalte öffnete. Tom sah alles. Die großen und kleinen Schamlippen und sogar ihre Rosette.

«Ts, ts.» Er grinste zufrieden. «Macht es dich an, wenn man dich benutzt?»

Heftig schüttelte sie den Kopf. «Nein!»

«Lügnerin», knurrte er und rieb den Schlagstock über ihren Kitzler.

Sie zuckte. Der harte Gummi war kalt. Sonjas Klit war bereits so geschwollen, dass sich das Köpfchen aus der Vorhaut geschält hatte. Tom flatterte mit der Zunge darüber, neckte den Knubbel und saugte ihn in den Mund. Ihre Spalte war heiß und glatt, ihr süßer Duft machte ihn schwindlig. Tom tauchte in den Eingang, um ihren Saft zu probieren. Er war süß, bitter und salzig zugleich. Tom konnte nicht genau definieren, wonach er schmeckte, er wusste nur, dass er köstlich war. Mühsam hielt er sich zurück, sie nicht hart auszulecken. Das würde der Kleinen nur gefallen.

Er verstärkte den Griff um den Schlagstock. Damit würde er sie vögeln. Unnachgiebig drückte er die abgerundete Spitze in ihre nasse Öffnung, während er ihr Bein weiterhin gespreizt hielt. Was für ein Anblick! Wie der dicke Stab in ihren zierlichen Eingang rutschte, als würde er eingesogen, und wie er ihre inneren Schamlippen auseinanderdrängte. Tom zog ihn ein Stück heraus, um den Saft abzulecken, wobei er über Sonjas Kitzler züngelte. Immer heftiger fickte er sie mit dem Knüppel und drückte ihn vorsichtig tiefer in sie.

Sonja stöhnte laut auf, ihre Schenkel zitterten.

«Das geht so nicht», zischte er. Man würde sie hören. Auch wenn der Gedanke an Zuschauer verlockend war, wollte Tom nichts riskieren.

Er ließ von ihr ab, um einen Knebel aus der Tasche zu holen. Er bestand aus einer Silikonkugel, die an einem Ledergürtel befestigt war, sodass man sie um den Kopf schnallen konnte. Der Knebel war weich und etwas größer als ein Tischtennisball. Er würgte nicht, ließ einen aber nur durch die Nase atmen.

«Ich muss dir leider dein süßes Mäulchen stopfen.»

Sie versuchte zurückzuweichen, doch es gelang ihr nicht. Tom drängte sie mit seinem Körper gegen den Stamm und drückte den Ball zwischen ihre Lippen. «Draufbeißen!», befahl er.

Sie gehorchte, und er schloss den Gürtel.

«Perfekt.» Schmunzelnd tätschelte er ihre Wange. «Jetzt kannst du schreien, so laut du willst. Niemand wird dich hören.»

Im dunklen Grau ihrer Augen tobte ein Sturm der Gefühle. Angst, Lust, Wut. Ihre Nasenflügel bebten. Der Knebel passte der kleinen Wildkatze offenbar nicht.

«Schsch, versuch, ruhig zu atmen.» Zärtlich streichelte er über ihren Kopf. Wie weich ihr Haar war ... Tom erlaubte sich, kurz seine Nase darin zu versenken und tief ihren Geruch einzuziehen. Das roch wie sein Shampoo!

Als ihre Atmung sich schließlich verlangsamte, drückte er den Schlagstock auf ihren Venushügel. Tom überlegte. Wenn er ihn weiterhin benutzte, würde er selbst keinen Spaß haben. Es machte ihn zwar an, Sonja damit zu befriedigen, aber seine Lust war inzwischen so angestachelt, dass er selbst endlich zum Zug kommen wollte.

Er warf den Stock zurück in die Tasche, öffnete die Knöpfe der Jeans und seufzte erleichtert.

Nachdem er sich versichert hatte, dass sie weiterhin allein waren, musterte er Sonja. Sie starrte auf seinen Schwanz, während sie ihr Gewicht unruhig von einem Bein aufs andere verlagerte. Ihre Finger umklammerten den stabilen Ast über ihrem Kopf. So schnitten die Handschellen nicht in ihr Fleisch. Tom wollte auf ihrer Haut keine dauerhaften Spuren hinterlassen.

«Willst du ihn? Oder macht er dir Angst?» Er lächelte, während Sonja seinen Schaft anstarrte. Er war nicht überdurchschnittlich lang, wies allerdings einen stattlichen Umfang auf. Damit würde er sie richtig schön dehnen, mehr noch als mit dem Stock.

Seine Erektion zuckte, ein Tropfen perlte aus der Spitze. Wenn er daran dachte, in ihre enge Muschi zu stoßen, sie zu weiten und Sonjas Wimmern zu hören, wurde er so hart, dass es beinahe schmerzte. Ein weiterer Tropfen floss über seine Eichel. Schade – da Sonja gefesselt und geknebelt war, konnte sie ihn nicht sauber lecken.

Erneut packte er sie am Unterschenkel, um ihr Bein anzuheben, und ging leicht in die Knie, damit er seinen Schwanz an ihr reiben konnte.

Stöhnend schloss sie die Augen, während er mit der Spitze in sie eindrang. Sein dicker Schaft drückte ihre kleinen und großen Schamlippen zur Seite. Tom liebte diesen Anblick. Sein Luder, gespreizt, wehrlos und ausgefüllt. Und eng wie eine geschlossene Faust.

«Sch», machte er. «Entspann dich, Kleine.»

Sie kniff die Lider zusammen und atmete hektisch, als er sich tiefer in sie trieb. Doch die Stellung war unbequem für ihn. Kurzerhand griff er unter ihr anderes Knie und hob Sonja hoch.

Sie schrie erstickt auf und klammerte sich am Ast fest. Weit gespreizt präsentierte sie sich ihm. «Jetzt kommst du mir nicht aus.» Er stieß mit den Hüften vor, bis er ganz in ihr steckte, sie voll dehnte. Erst jetzt gab er ihr Zeit, sich an ihn zu gewöhnen.

Ihre Scheide pochte um ihn herum, ihr Inneres kontrahierte ständig. Sie stand offensichtlich selbst kurz vor dem Höhepunkt. Der zarte Lustschmerz, den er ihr zufügte, ließ sie fast jedes Mal vor ihm einen Orgasmus erleben.

Tom wartete, bis sie sich entspannte und er sich selbst ein wenig beruhigt hatte. Anschließend begann er sich in ihr zu bewegen. Raus und rein. Es schmatzte, mehr Saft lief aus ihr. Wie nass sie immer wurde, unglaublich!

«Was würde dein Freund jetzt sagen, wenn er uns hier so sehen könnte? Wie ich dich ficke? Dich so hart nehme, dass du vor Pein und Lust schreien würdest, wenn du nicht geknebelt wärst?»

Sie konnte ihm natürlich nicht antworten, verdrehte aber die Augen.

«Ungezogenes Mädchen», flüsterte er an ihrem Hals, küsste ihn und saugte an ihm, bis ein blauer Fleck ihre zarte Haut markierte. Sein Zeichen. Am liebsten hätte er ihre Nippel auch so hart eingesaugt, aber das ging in dieser Stellung nicht. Tom hätte Sonja losmachen und auf der Decke nehmen können, doch er war schon an einem Punkt angekommen, von dem es keine Rückkehr gab. Er spürte seinen Orgasmus rasant kommen. Schnell fasste er Sonja unter ihrem Gesäß, weil er sie so besser im Griff hatte. Sie legte die Beine wie eine Zange um ihn, sodass er noch enger mit ihr verbunden war.

Ihre aufgerissenen Augen und ihr Wimmern brachten ihn über den Rand der Ekstase. Nur mit größter Selbstbeherrschung schaffte er es, nicht aufzubrüllen. Sein Schwanz wurde noch härter, bevor er abspritzte, tief in seine kleine Sklavin. Ein köstliches Kribbeln kroch von seinen Lenden bis über die Wirbelsäule. Zwei Mal schaffte er es noch, in sie zu rammen, während Sonjas Scheidenwände sich so fest zusammenzogen, als wollten sie ihn erdrücken. Dann war auch der letzte Tropfen aus ihm geflossen, und Sonja hing matt in seinem Griff, kaum fähig, sich weiterhin am Ast festzuhalten.

Tom schmiegte seine Wange an ihre und küsste ihre feuchte Stirn. Seine Arme zitterten ebenso wie ihr Körper. Vorsichtig setzte er sie ab und passte auf, dass ihre Beine nicht wegknickten.

Was für ein Fick!

Hastig befreite er sie von dem Knebel und den Handschellen – dann sank sie in seine Arme.

Er drückte sie fest an sich. «Ist dir kalt? Soll ich dir die Decke umlegen?»

«Nein», hauchte sie an seinen Hals. «Halt mich einfach nur fest.»

«Ich habe eine bessere Idee.» Während sich Sonja an Tom abstützte, breitete er die Decke aus. Falls jetzt jemand kam, würden sie aussehen wie Nacktbadende. Na ja, fast. Er war ja angezogen.

Sie legten sich hin und Sonja schmiegte sich an ihn. Dabei wandte sie nicht eine Sekunde den Blick von ihm ab. Zärtlich streichelte sie ihm durch sein verschwitztes Haar, und er genoss die Liebkosungen, während ihn eine angenehme Müdigkeit befiel …

Tom erinnerte sich, wie er Sonja in einer Diskothek kennengelernt hatte. Nach Mitternacht hatten er und seine Kollegen nach Minderjährigen Ausschau gehalten.

«Ordnungsamt. Ausweiskontrolle», sagte er zu der

schwarzhaarigen Schönheit, die neben einigen anderen jungen Frauen stand, und hielt ihr seinen Dienstausweis vor die Nase. Die Kleine kam ihm sehr jung vor. Aber er sprach sie nicht nur aus Pflichtbewusstsein an, sondern auch, um ihren Namen und ihre Adresse zu erfahren. Irgendetwas an ihr faszinierte ihn. Die großen, schwarz umrandeten Augen zogen ihn in ihren Bann. Oder war es ihre Stupsnase, von der er nicht den Blick abwenden konnte? Als er ihre Lippen betrachtete, die einen sündhaften Schwung besaßen, verdoppelte sich sein Pulsschlag. So ein Mund gehörte verboten!

«I-ich bin achtzehn», erklärte sie. Dabei schaute sie so ängstlich und unterwürfig zu ihm auf, dass er ihr nicht glaubte.

Verdammt, er wollte ihr keinen Ärger machen. Unauffällig spähte er zu seinen beiden Kollegen, die sich in anderen Bereichen der Diskothek aufhielten. Keiner sah zu ihm. Vielleicht konnte er die Kleine unbemerkt laufenlassen, obwohl das gegen seine Prinzipien verstieß.

Als sie sich auf die Unterlippe biss, musste er wegsehen, um sie nicht in die Arme zu reißen und zu küssen. Verflucht, was war los mit ihm?

Tom starrte auf ihre schlanken Beine. Das Mädchen trug einen viel zu kurzen Rock. Irgendwie passte ihm das nicht. Am liebsten wollte er sie übers Knie legen, um ihren süßen, kleinen Hintern zu versohlen ... Gott, was waren das für Gedanken? Er wollte ihr doch nicht wehtun!

Mit zitternder Hand holte sie ihren Ausweis aus dem Geldbeutel. Tom nahm ihn an sich. Als sich ihre Finger für den Bruchteil einer Sekunde trafen, fuhr ihm diese Berührung tief ins Herz. Hastig wandte er den Blick ab.

Sonja Brandl ... achtzehn Jahre alt. Wohnhaft in München-Schwabing.

Sie war volljährig! Erleichtert grinste er sie an. Auch Sonja huschte ein Lächeln über die Lippen. Fuck, das machte sie noch attraktiver.

«Gut, alles okay», stammelte er und ging weiter, bevor er sich zum Idioten machte. Seit wann stellte er sich wie ein Junge an, der noch grün hinter den Ohren war? Er hatte doch sonst keine Probleme, Frauen anzusprechen.

Am übernächsten Tag fuhr er nach Dienstschluss zu der Adresse, die auf ihrem Ausweis gestanden hatte. Sonja ging ihm einfach nicht mehr aus dem Kopf. Während er tagein, tagaus vor dem Mehrparteienhaus wartete und beobachtete, ob sie allein oder in Begleitung heimkehrte oder das Haus verließ, kam er sich vor wie ein Stalker. Falls sie einen Freund hatte, wollte er sich nicht zum Affen machen. Aber sie war immer allein.

Eine Woche später nahm er all seinen Mut zusammen, betrat den düsteren Hausflur und klingelte an ihrer Wohnungstür. Als sie öffnete, erkannte sie ihn offenbar sofort, obwohl er keine Uniform trug. «Was wollen Sie?», fragte sie erschrocken.

Warum hatte sie nur solche Angst vor ihm? «Es ist alles in Ordnung», beruhigte er sie. «Keine Sorge, ich bin privat hier.» Sonja sah klasse aus, selbst in T-Shirt und Jogginghose. Er streckte ihr die Hand hin. «Ich bin Thomas. Thomas König.»

Sie atmete auf und reichte ihm ebenfalls die Hand. «Ich bin Sonja.»

Das weiß ich doch längst, wollte er antworten, verkniff sich jedoch den Kommentar. Sonst bekam sie womöglich wieder Angst vor so einem verrückten Kerl wie ihm. Tom musste wirklich verrückt sein. Er hatte tatsächlich bei ihr geklingelt! Sie hielt seine Hand weiter fest. Erst als ein peinlicher Moment der Stille entstand, ließ sie ihn schnell los und bat ihn herein.

Das hatte er nicht erwartet. Tom hatte sich überlegt, sie auf ein Eis einzuladen, mit ihr spazieren zu gehen ... aber niemals hatte er damit gerechnet, ihre Wohnung zu betreten!

Wie vertrauensselig sie war. Oder leichtsinnig.

Sonja führte ihn durch einen winzigen Flur in ein kleines Wohnzimmer. Es war hell und freundlich eingerichtet und wirkte nicht überladen.

«Möchtest du etwas trinken?», fragte sie und bedeutete ihm, auf dem hellblauen Sofa Platz zu nehmen. Dabei strich sie sich eine Haarsträhne hinters Ohr.

Tom schüttelte den Kopf. Seine Kehle war zwar tatsächlich trocken, aber seine Gedanken überschlugen sich. Er wartete, bis sie sich neben ihn gesetzt hatte, und tadelte sie dann für ihre Vertrauensseligkeit. «Lass bitte nie wieder einen Fremden einfach so in deine Wohnung», bat er eindringlich.

Doch sie erwiderte leise: «Ich weiß, dass du mir nichts tun wirst.»

Da hätte er sie schon fast geküsst. Anstandshalber – und um sich abzulenken – stellte er ihr Fragen, die sie alle ohne Zögern beantwortete.

Sonja lebte mit ihrem Hamster in einer Zwei-Zimmer-Wohnung, war seit einem Jahr Single und arbeitete als Goldschmiedin.

Also musste sie geschickte Finger haben.

Sie redeten über alles Mögliche, über ihren kreativen Job, über seinen und über die Ausweiskontrolle, bei der Sonja so ängstlich gewesen war, weil Männer in Uniform ihr Respekt einflößten.

Das machte ihn an.

«Du hast also Respekt vor Männern wie mir?», fragte er.

«Mm», sagte sie. «Wenn ich dann noch Handschellen sehe oder sogar eine Waffe ...»

Da kam Tom eine Idee. «Möchtest du sie einmal anfassen? Vielleicht wirken diese Dinge dann weniger furchteinflößend auf dich.»

«Sehr gern.»

Er holte seine Tasche aus dem Auto und breitete den Inhalt auf dem Wohnzimmertisch aus: eine Kartusche mit Tränengas, einen ausziehbaren Schlagstock, Handschellen, Handschuhe, ein mit Munition gefülltes Magazin und eine Taschenlampe. Da Tom später noch zum Schießplatz wollte, hatte er auch seine Pistole dabei.

Aber Sonja nahm sie nicht in die Hand. «Ich habe Angst, dass sie plötzlich losgeht», gestand sie ihm.

«Sie ist nicht geladen.» Ihr zuliebe verstaute er die Waffe wieder. Die Handschellen schienen Sonja dagegen nicht so viel Respekt einzuflößen. Neugierig drehte sie sie in den Händen.

«Soll ich sie dir mal anlegen?» Toms Herz wummerte heftig. Sonjas Handgelenke sahen so zart aus. Er wollte ihr nicht wehtun.

Zaghaft nickte sie. «Okay.» Als sie ihre Arme vorstreckte, zitterten sie.

Ihr Vertrauen überraschte ihn erneut. «Keine Angst.

Ich lege den Schlüssel vor dir auf den Tisch.» Tom setzte sich dicht neben Sonja, die sich ihm zuwandte, und bettete ihre Hände auf seinen Schoß. Dabei streichelte er ihre Finger. So fein, so zierlich, wie alles an ihr. Er nahm die Fesseln. Das harte, kalte Metall, Sonjas warme Haut ... Diese Gegensätze gefielen ihm.

Zuerst ließ er nur eine Schelle einrasten – so, dass Sonja jederzeit herausschlüpfen konnte.

«Du schummelst», sagte sie lächelnd.

Er grinste. «Okay, wie du willst.»

Klick, klick ... Jetzt saß das Metall fest.

Niemals zuvor war das Anlegen von Handschellen so erotisch für ihn gewesen. Sogar seine Hände zitterten jetzt. «Traust du dich wirklich?»

Ihre andere Hand lag immer noch auf seinem Oberschenkel. Viel zu nah an seinem Schwanz, der bereits auf halbmast stand. Zu seinem Unglück starrte Sonja auf seinen Schoß, die Wangen zart gerötet.

Tom räusperte sich. Die Situation erregte ihn. «Vielleicht sollte ich gehen.»

«Nein, bitte bleib.»

Zu seiner Überraschung brachte sie sich den zweiten Metallring selbst an. Ihre Stimme bebte, als sie fragte: «Was würdest du jetzt mit mir machen, wenn ich gegen das Gesetz verstoßen hätte?»

«Kommt darauf an, wie du dich verhältst.»

«Ich würde mich mit Händen und Füßen wehren.»

«Dann müsste ich dich ...» Als sie die Arme über den Kopf nahm und sich auf der Couch zurücksinken ließ, rutschte ihr T-Shirt ein Stück nach oben und entblößte ihren Bauch.

«Ich spiele das böse Mädchen und du den guten Cop.»

Tom schluckte. O Gott, Sonja hatte eine verdorbene Seite. Wie geil war das denn?

Er stand auf und legte ihre Füße auf das Sofa. Danach schob er ein Knie zwischen ihre Beine, beugte sich über sie und drückte ihre Handgelenke in das Polster. «Mit bösen Mädchen würde ich nicht zimperlich umgehen.»

«Ich halte schon was aus», sagte sie leise.

Langsam beugte er sich tiefer und küsste sie. Er musste das einfach tun, wenn sie sich ihm so anbot. Erst befürchtete Tom, Sonja würde sich sträuben, doch zu seiner Überraschung erwiderte sie seine Zärtlichkeiten. Scheu, zurückhaltend. Was ihn noch mehr anturnte, vor allem weil sie sich leicht rekelte. Sanft knabberte er an ihren Lippen und stupste seine Zunge dagegen. Als Sonja ihm entgegenkam, schoss pure Lust bis in seine Schwanzspitze. Sofort war er steinhart.

Tom legte die Hand auf ihren nackten Bauch und fuhr unter ihr T-Shirt. Die weiche Haut und ihr körpereigener Duft, der ihn an Lavendel erinnerte, berauschten seine Sinne.

Als er ihre kleinen, spitzen Brüste berührte, keuchte sie in seinen Mund und drückte sich seiner streichelnden Hand entgegen.

«Mit unartigen Mädchen würde ich das machen.» Vorsichtig kniff er in die harten Warzen, worauf Sonja kehlig stöhnte. Es elektrisierte ihn, solche Reaktionen bei ihr hervorzurufen. Tom küsste ihre heiße Wange, schnupperte an ihrem Hals, wo sie besonders intensiv duftete, und ließ seine Hand tiefer gleiten, unter den Hosenbund. Dort stieß er an ihren Venushügel ... und plötzlich rutschte sein Finger zwischen ihre Schamlippen. Sonja war feucht!

Aufstöhnend warf sie den Kopf zurück und wand sich heftiger, doch die Arme behielt sie weiterhin oben. «So schnell ergebe ich mich nicht.»

Und wie sie sich ihm ergab. Vollkommen.

«Ich würde schon wissen, wie ich dich gefügig mache», raunte er zwischen zwei Küssen. Ihr zarter Mund war Versuchung pur und schmeckte so gut, dass er nicht viel reden wollte. Also schwieg er und ließ sich von seiner und Sonjas Lust treiben. Tom schob ihr das T-Shirt über die Brüste, wobei Sonja weiterhin artig die gefesselten Hände über dem Kopf hielt, und zog ihr schließlich die Hose bis zu den Knien hinunter.

Gott, sie war wunderschön. Der flache Bauch, die helle, makellose Haut, das blonde Dreieck zwischen den Schenkeln.

Da Sonja keinerlei Anzeichen von Furcht zeigte, ging Tom einen Schritt weiter. Er schlüpfte aus seinem Oberteil und warf es zu Boden.

Abwechselnd starrte Sonja auf seine nackte Brust und seine Hose, die sich gewaltig ausbeulte. Gefiel ihr, was sie sah? Mochte sie Männer mit Muskeln? Ihre Wangen röteten sich, während ihr Blick an seinem flachen Bauch hinabglitt und erneut die Ausbuchtung inspizierte.

Langsam öffnete Tom die Knöpfe an seiner Hose. Sonja so hingebungsvoll unter sich liegen zu sehen – das hätte er nie zu träumen gewagt, nicht an ihrem ersten Tag!

Sich vor ihr auszuziehen und ihre Reaktionen zu beobachten erregte ihn maßlos. Er stieg aus der Hose, doch den Slip behielt er noch an. Erst wollte er sehen, wie sie reagierte.

Sonja presste die Schenkel zusammen, was Tom veranlasste, ihr die Hose ganz von den Beinen zu ziehen. Untenrum völlig entblößt lag sie auf der Couch.

Sein Schwanz zuckte. Am liebsten wollte Tom Sonjas Beine spreizen, eines über die Lehne der Couch betten und das andere nach unten hängen lassen. Dann könnte er in ihre süße kleine Muschi ficken.

Als sie ihre Schenkel anzog, weit öffnete und Tom direkt in ihre feuchte Pussy sehen konnte, packte er einfach ihre Beine und tat genau das, was er sich eben in seiner Phantasie ausgemalt hatte. Offen lag sie vor ihm. Bereit, gefickt zu werden.

Hör auf, dir so was auszumalen!, ermahnte er sich. So weit würde sie niemals gehen. Und er würde ihre Erregung sicher nicht ausnutzen. Tom wollte nicht, dass sie sich danach von ihm abwandte.

Beschämt drehte Sonja den Kopf zur Seite und schloss die Augen. Sie atmete schwer, ihre kleinen Brustwarzen ragten ihm entgegen. So süß und verlockend.

Tom beugte sich zu ihr und saugte eine dieser harten Perlen in den Mund, während er über die Innenseiten ihrer Schenkel strich.

Sonja wand sich, ihre Hüften drängten sich gegen seine streichelnde Hand. Tom fuhr über ihren erhitzten Schoß, versenkte einen Finger darin und spielte an ihrer Klit. Mit der anderen Hand zog er ihr das T-Shirt über den Kopf, bis es an den Fesseln hängen blieb.

Jetzt konnte er nicht länger warten, er musste Sonja einfach fühlen und mit allen Sinnen wahrnehmen. Hastig stieg er aus seiner Unterhose und kniete sich zwischen ihre gespreizten Schenkel. Er roch ihre Erregung, süß wie Honig, und weidete sich an ihrer nackten Gestalt.

Sonja sah zu ihm, starrte mit großen Augen auf seine Erektion, die hart von seinen Lenden abstand. Tom wollte Sonja nicht ängstigen, aber sein Schwanz war recht dick. Würde er ihr Schmerzen bereiten? Sie sah so eng aus!

«Damit bestrafst du die Mädchen?» fragte sie zögerlich.

Tom wollte sagen: «Ja, mit meinem dicken Prügel lehre ich sie Demut und Respekt. Ich ficke sie so lange, bis sie wimmern und versprechen, artig zu sein.» Aber das würde vielleicht lächerlich klingen. Daher nickte er bloß. Er wollte die Stimmung nicht zerstören. So ein Spiel hatte er noch nie gespielt. Seine meist flüchtigen Bekanntschaften waren nicht auf diese Art von Sex abgefahren.

Damit Sonja nicht plötzlich Bedenken bekam und das herrliche Spiel abbrach, musste er sie ablenken. Darum versenkte er die Zunge in ihrer glitschigen Spalte. Zuerst leckte er sie vorsichtig und genoss ihren Geschmack, ließ ihn auf seiner Zunge perlen wie teuren Wein, bis Sonja unruhig wurde. Da zog Tom ihre winzigen Schamlippen auseinander und züngelte hart über ihre Klit.

Sonja stöhnte zurückhaltend, drückte ihm jedoch ihren Unterleib entgegen, während sein Schwanz vor Sehnsucht unzählige Lusttropfen verlor.

Als sie seinen Namen flüsterte, legte er sich auf sie. Dabei drückte sich seine Erektion an ihren feuchten Schoß.

Die Tränen in Sonjas Augen versetzten ihm einen Stich.

«Ich habe das noch nie gemacht», erklärte sie erstickt.

«Ich auch nicht.»

«Nicht, dass du denkst, ich wäre …»

«Willst du denn?», fragte er. Sein Herz überschlug sich vor Aufregung.

Als sie nickte, küsste er ihre Bedenken einfach weg. Er wollte jetzt nicht reden, sondern genießen. Hoffentlich träumte er das alles nicht nur.

Ihr Unterleib drängte an seinen harten Schaft, daher ließ er ihn durch ihr nasses Tal gleiten. Tom musste endlich in sie, wenn er nicht auf ihr kommen wollte. Während er Sonja küsste, fasste er mit einer Hand an seinen Schwanz und hielt ihn fest. So behutsam er es trotz seiner Erregung vermochte, schob er die Hüften vor. Sonjas enger Eingang pulsierte um seine Eichel, und es schmatzte ein wenig, als er sich in sie drückte.

Ihr plötzliches Wimmern ließ ihn innehalten. «Tu ich dir weh?» Er legte den Kopf neben sie und küsste ihr Ohr. «Du bist so eng.»

Langsam drehte sie ihm das Gesicht zu, bevor sie ihre gefesselten Hände um ihn schlang, als hätte sie Angst, er würde sie verlassen.

«Ist es schlimm für dich, dass ich so … schmal gebaut bin?», wisperte sie.

Was redete sie da? «Du bist perfekt, wie du bist.» Ihre Unerfahrenheit ließ ihn fast kommen. Und was nicht passt, wird passend gemacht, dachte er, während er mit dem Daumen über ihren Kitzler rieb. «Entspann dich. Und wenn du nicht mehr möchtest, hören wir einfach auf.»

O Gott, hatte er das wirklich gesagt? Er würde sterben, wenn sie jetzt aufhörten.

Lächelnd strich sie ihm durchs Haar, wobei ihr T-Shirt,

das um ihre Handgelenke gerafft war, über sein Gesicht fiel. Sonja steckte ihren Kopf zu seinem unter den Stoff, um Tom wild zu küssen.

«Hey!» Grinsend drückte er sie zurück auf die Couch. «Wird mein freches Mädchen aufmüpfig?»

Er fasste ihre Handgelenke, um sie diesmal selbst über ihren Kopf auf die Polster zu pressen. Dann saugte er erneut an ihren spitzen Brüsten und schob seinen Schwanz tiefer in sie.

Ihr feuchtheißes Inneres schloss sich fest um seinen Schaft. Tom kostete es allen Willen, den Orgasmus zurückzuhalten. Ihre schmale Gestalt unter seiner, ihr leises Stöhnen und vor allem ihr Flüstern nach mehr rüttelten extrem an seiner Beherrschung. Immer tiefer glitt er in sie, bis er bis zur Wurzel in ihr steckte. So verharrte er für mehrere schwere Atemzüge, damit Sonja sich an ihn gewöhnen konnte.

Fasziniert betrachtete er ihr Gesicht, die zusammengekniffenen Lider, die leicht geöffneten Lippen. Tom hauchte Küsse auf ihren Mund und freute sich, als sie diese stürmisch erwiderte.

Nachdem sich ihr Körper entspannt hatte, begann Tom, sich in ihr zu bewegen. Vor und zurück. Er fasste unter ihren Po, versenkte sich tief in sie. Sonja legte ihre Beine um seinen Rücken und wollte Tom erneut umarmen, doch er drückte ihre Hände wieder zurück.

Da stöhnte sie auf, erzitterte unter ihm. Hektisch rang sie nach Atem, ihre Wangen färbten sich rosig.

Auch Tom hielt es nicht länger aus. Während Sonja ihren Höhepunkt erreichte und ihr Inneres regelrecht an seinem Schwanz zerrte, stieß er sich noch zwei Mal langsam und tief in sie, bis sein Sperma aus ihm herausschoss. Sie küssten sich minutenlang, bis Sonja plötzlich den Kopf abwandte.

«Was ist los?», fragte Tom vorsichtig. Er steckte immer noch in ihr. Vorsichtig zog er sich zurück, umarmte sie und drehte sich mit ihr herum. Er hatte völlig vergessen, dass sie auf der Couch lagen und nicht in einem Bett. Im nächsten Moment fiel er mit Sonja auf ihm zwischen Sofa und Tisch auf den Teppich. Beide lachten vor Überraschung auf.

Schließlich setzte Sonja sich auf seinen Schoß und holte den Schlüssel vom Tisch, mit dem Tom die Handschellen aufsperrte. Hastig streifte sie sich ihr T-Shirt über, blieb aber auf ihm sitzen. «Ich ...» Räuspernd schaute sie auf seine nackte Brust und zeichnete mit den Fingerspitzen kleine Kreise um seine Brustwarzen. «Ich weiß nicht, was über mich gekommen ist. Denk bitte nicht, dass ich ein leichtes Mädchen bin. Das war erst das zweite Mal, dass ich mit jemandem geschlafen habe.»

Im ersten Moment wusste Tom nicht, was er darauf erwidern sollte. Sein Herz floss über vor Zuneigung. Sonja war perfekt. Einfach perfekt. So schnell würde er sie nicht mehr loslassen ...

Seit diesem Tag vor zwei Jahren war er der glücklichste Mensch auf Erden. In Sonja hatte er sein Gegenstück gefunden. Seine Seelenverwandte.

«Wir sollten lieber verschwinden, bevor noch jemand kommt.» Tom stand auf und half Sonja auf die Beine. «Vielleicht hat uns jemand beobachtet.»

Hastig zog sie sich an. «Ich hatte solche Angst, dass uns jemand sieht!»

Er war stolz auf sie, weil sie mitgespielt hatte. Zum ersten Mal in der Öffentlichkeit. «Ich hatte auch Angst», gestand er ihr ehrlich.

«Du bist verrückt.» Lächelnd legte sie die Hände um seinen Nacken.

«Ja, verrückt nach dir. Ich liebe dich», antwortete er, während er zärtlich an ihren Lippen knabberte und all seine Gefühle für sie in diese Berührung legte. «Und jetzt beeil dich, Süße. Lass uns zu Hause weitermachen.» Zu Fuß hatten sie es nicht weit bis zu ihrer gemeinsamen Wohnung.

Sie grinste bis über beide Ohren. «Mit oder ohne Handschellen?»

«Wie du möchtest.» Für sie würde er alles tun.

MIX
Papier aus verantwortungsvollen Quellen
FSC® C083411

Das für dieses Buch verwendete FSC®-zertifizierte Papier
Holmen Book Cream liefert Holmen, Schweden.